中公文庫

瀬戸内海の見える一軒家
庭と神様、しっぽ付き

支倉凍砂

中央公論新社

目次

瀬戸内海の見える一軒家
庭と神様、しっぽ付き

第一幕

高岡加乃《たかおかかの》はその日、ついに念願のフリーランスデザイナーとなった。

とても自分に言い聞かせなければ、先行きの暗さに心が折れそうだった。

デザイナーとしての実績などないし、フリーランスではなくて単なる無職だったのだから。

勤めていたデザイン事務所が買収だか合併だかして、社内合理化という大掃除の際に掃《は》き出された。しかも同僚のデザイナーたちはそっくりそのまま新会社に移籍でき、スキルのない事務職の加乃だけが、放り出された格好となる。

加乃としては、最悪のタイミングだった。

なぜなら、それまでクリエイティブなことにはとんと縁がなかったのに、同僚に触発されてデザイン系専門学校の夜間コースに通っていたのだから。講師からは筋が良いと褒《ほ》められていて、卒業の暁《あかつき》には自分も晴れて同僚たちとともにデザイナーとして働けるだろう、なんて思っていた。

しかし学校に通っているのを公言するのも恥ずかしくて、隠していた。なので加乃はデザイナー見習いではなく、あくまで「事務の高岡さん」だった。

そこで意を決した加乃は、クビが宣告されて間もなく、上司に向けて学校の課題で作ったポートフォリオを必死の思いで見せてみた。その時のことを思い出すと、今でも比喩ではなくて、床にのたうち回ってしまう。

恥ずかしさと、悔しさによって。

そんなわけで、クリエイティブな作業と書類仕事って相性が悪いんだよね、と言って加乃に毎回しりぬぐいを押し付けてきた彼らは、その時の恩など一ミリも思い出さず、加乃を残留させようと上司と戦ってくれる者など皆無《かいむ》なのだった。

「また就活するのか……」

季節は夏。

セミの鳴き声が聞こえる海辺の平屋。

縁側から庭の見える、畳敷《たたみじ》きの居間にあるちゃぶ台の上には、履歴書《りれきしょ》と、たっぷり汗をかいた麦茶入りのグラスが置かれていた。

「やる気ー……でろー……」

加乃はボールペンを放り出して、畳に寝転がった。

ずいぶん日に焼けた畳なので、今更いぐさの匂いなどしないのだが、畳にはフローリングにはない独特の良さがある。

ごろんと仰向《あおむ》けになれば、染《し》みだらけの木の天井が目に入る。

子供の頃は人の顔に見えて怖かったし、今もまあ怖いけれど、仕事が見つからないかもしれない怖さに比べれば、いかほどのものか。

それに今、ここは黙って加乃を受け入れてくれる、唯一の場所なのである。

加乃が無慈悲《むじひ》な無職の世界に放り出される少し前、この家に長らく一人で住んでいた祖母が他界した。病床の祖母は加乃の会社の未来など知っていようはずもなかったが、行くあてがなくなった時には住んで構わないから、と言い残してくれていた。

単に不出来な孫ゆえに、遠からずそうなると予見できただけなのかもしれなかったが、祖母の言葉を錦《にしき》の御旗《みはた》に、無料で住み着くことが許された。もっとも、売れる見込みもない田舎の土地で、空き家にして不審火でも出されるくらいならと、親戚の誰からも反対が出なかった。

加乃は専門学校に貯金をはたいてしまっていたこともあり、若干《じゃっかん》背伸びをして借りていた都内のマンションにはさっさと見切りをつけ、祖父母の思い出が詰まった空き家にやってきた。群馬の実家に戻らなかったのは、一人暮らしの気楽さを手放せなかったからと、心機一転したかったから。

そもそもデザインに興味が出て、こっそり専門学校にまで通っていたのは、このままなんの変化もない一生を送るのか、という漠然《ばくぜん》とした不安があったからだった。

生まれてから一度も離れたことのない関東圏を出て、西の国に住んでみるというのは、悪くない選択肢に見えた。なにより、家賃は無料なのだし。

「もう少し都会だったら、最高だったんだけどなあ」

文句を言ったらばちがあたるが、否《いな》めない事実で、こっちにはまったく仕事が……というか、加乃が思い描いていたタイプの仕事はなかったのだ。

この平屋の住所には、愛《え》媛《ひめ》県《けん》松山《まつやま》市《し》の文字が冠されている。言わずと知れた四国最大級の都市で、ここを田舎と呼ぶのは多分、憚《はばか》られる。しかし自分が子供の頃は別の市だった気がするのに、と思いながらあれこれの荷物を送る際に住所を確認して、そうか、市町村合併かと気がついた。

大学時代から東京暮らしの加乃には、市町村合併という単語に聞き覚えはありつつ、実感を伴ったものではなかった。ここにきてそれがなにかとんでもないものらしいと感じたのは、松山市というのがあまりにも広かったからだ。地図を見ると、どこまで行っても松山市だ。三国志みたいに周辺市町村を飲み込んで増殖しているようで、そのうち愛媛県の大半が松山市になるのではないかと疑っている。

その松山市の北辺に位置する、かつては北条市《ほうじょうし》と呼ばれた土地。ぐるりと海に囲まれた四国は案外に砂浜が少ないのだが、ここは南北に長く砂浜が残っていて、穏《おだ》やかな海沿いの土地には山がすぐそこまで迫っている。アウトドア派ならよだれを垂らして喜ぶところだろうが、残念ながら加乃はそうでもない。

この家に越してきて二日目に、家から見えていて、泳いでもいけそうなところにある鹿《か》島《しま》という小さな島に船で渡ったきり、海岸沿いの散歩すらしていない。

夏真っ盛りのこの季節、とにかく暑いし、日が暮れはじめると今度は虫がすごいせいもある。

あと、別に雑木林《ぞうきばやし》の中とかではなく、普通の開けた道なのに、歩いていると顔に蜘蛛《くも》の巣が引っかかるのも辟易《へきえき》する。

免許はあるが車はなく、郊外型の巨大店舗も歩いていけるような距離にはないため、外に出たところでまったくすることがない。引っ越しの時は変なテンションだったせいもあり、在宅でデザイン仕事をすれば住む場所なんて関係ないと思っていたが、大いに関係ありだった。

そもそもフリーランスのデザイナーになるんだなどと本気で思っていた辺り、会社から放逐《ほうちく》されたことが自分で思っている以上に、精神をむしばんでいたのだろう。都内のキンコーズで印刷してきた、デザイナーという肩書の書かれた名刺は段ボールの底に眠っている。できたらそのまま消えてなくなり、元のお金に戻ってくれないだろうかと加乃は思っている。

「……だめ、だめ！　横になってると気分まで沈む！」

日本式の家屋はどこでも横になれるのがよくない。

加乃は起き上がり、せめて一日を有意義なものにするため、家の掃除をしようと決意する。

空き家だった期間もさほど長くなく、そんなに汚れてはいないのだが、長年人が住んでいれば開かずの間はあちこちにできる。定番の古新聞やデパートの紙袋、それからなぜか駅弁の釜《かま》めしの釜が大量にあって、押し入れを占拠《せんきょ》していたりする。庭にある大きな物置には祖母よりずいぶん前に亡くなった祖父が残した、野良《のら》仕事や猟の器具などがパズルのごとく詰まっている。

それから加乃としては、唯一、この家に不満のある場所があった。

「……あれ、どうしたらいいんだろ」

古めかしい平屋家屋なので、縁側と西向きの小さな庭がある。昔ながらの物干し棹《ざお》を置いてシーツでも干せば「映《ば》える」のだろうが、その隅には見慣れぬものが鎮座《ちんざ》していた。

手作り感満載の不安定な柱の上に、今にも落っこちそうな朱塗《しゅぬ》りのお社《やしろ》が乗っかっていた。

「お稲荷様《いなりさま》……なんかな？」

祖母からは特になんの申し送りもなく、もちろんいわれがあるものではないだろう。

加乃が小学生くらいの頃にできたものだったし、母は祖母がおかしな宗教にはまっていやしないかと不安がっていた。

民家の庭に時折こういうのがあるのは都内でも見かけるが、祖母の家に残されたそれには狛犬《こまいぬ》代わりの狐もなく、ご神体らしきものも特にしまわれていない。

とはいえ明らかに宗教的建造物とわかるそれを、古新聞と共にゴミに出してしまうのはためらわれた。というか粗大ゴミだろうから、そこにかかる費用も無職の加乃には痛かった。これがなくなれば、すっきりした良い庭になるのだが。

あるいはばらばらにして、庭で燃やしてしまってはどうだろう、などと思いつつ、それもそれで祟《たた》りがありそうだった。

加乃はため息をつき、ひとまず手のつけられそうな個所を掃除し、ガラクタとしか思えないものが詰まった物置で、変な虫とか湧いてないだろうかと恐る恐る確認したりする。犬用なのかなんなのか、子供が簡単に入れそうなケージなどが無駄にスペースを取っていた。

綺麗《きれい》にするのは諦めた後、軽く草むしりをして、シャワーを浴びて、祖父母の仏壇を掃除してから、夕食の買いだしに出かけた。この近辺にそんなに人が住んでいるようにも思えないのだが、スーパーは驚くほどあちこちにある。顔に引っかかる蜘蛛の巣に悪態《あくたい》をつきながら出かけ、帰ってきた。

寝るまでに就職先をもういっぺん探すかあ、と玄関に鍵を差すその折りに、ちょっとした気まぐれで、買い物袋から朝食用のチョコレートバーを取り出して、崩《くず》れかけの社にお供えした。

「良い就職先が見つかりますように」

少なくとも、ばちは当たるまい。

なんの展望もないが、どこか呑気《のんき》な海辺沿いの生活だった。


田舎の生活は、昼間こそ静けさがよいが、夜はそうも言ってられなくなる。都内のマンションの百倍静けさが身に染みるので、加乃は夕食を平らげると早々に寝るようになった。車の音も、人の話し声もせず、ただ海の音と、妙に強い風の音が耳につく。この近辺の古い地名は風早《かざはや》とも言われ、夜は海風が随分《ずいぶん》強いのだ。

それに加えて、夜になるとすぐ近くにある鹿島から、鹿の鳴き声まで聞こえてくる。名前のとおりに、小さい島ながら野生の鹿がうろついている不思議なところだった。

さらにはマンションでは考えられないほどの家鳴《やな》りがして、不気味な静けさを強調する。だから奇妙な音がしても、都内にはあり得ないなんらかの自然現象だろうと、加乃は自分に言い聞かせていた。

しかし、その夜は明らかに様子が違っていた。

「……」

庭からはっきりと、物音がする。それも継続的に、がさごそと。

見るのも怖いが、見ないのはもっと怖いと震《ふる》えていたところ、どうも霊的ななにかにしては存在感がありすぎると思った。かといって泥棒《どろぼう》ならば、こんな間抜けなやつもいるまいというくらい、大胆だ。

となれば残るは野生の動物というわけで、加乃はチョコレートバーのことを思い出した。

「迂闊《うかつ》だった……」

山が近いので、熊は出ないが猪《いのしし》は普通に出るらしい。昨今増えているアライグマやらにも目をつけられると困るので、生ゴミの出し方には注意しろという注意書きを見た。ひとまず正体を確かめねばと、懐中電灯代わりのスマホを手にして、縁側に面した障子戸をそっと開けた。

田舎の夜は想像以上に明るい。街の灯《あか》りがほとんどないので、かえってわずかな星や月の明かりでよく見える。

目を凝《こ》らすと庭にはなにもいなさそうだが、物音はまだしている。

ざくざくとか、ぽりぽりとか、なんかそんな音がして、チョコレートバーに含まれるシリアルとピーナッツのあられもない姿が想像された。明らかになにかしらの生物が、お供え物を食べている。

「……」

障子戸の隙間《すきま》から縁側に顔を出し、音の方向を見やる。

そして加乃は、息を呑んだ。

「こ、子供？」

夜中に他人の家の庭先で、お供え物のチョコレートバーをむさぼり食《く》う子供。輪郭から、成長途上の少年らしかった。

とっさに脳裏をよぎるのは、ネグレクトとか、子供の貧困だとか、悲惨な単語の数々だ。

考える間もなく足を踏み出した瞬間、築《ちく》ん十年の縁側が、思っていた以上の音を立てた。

「！」

音を聞きつけた子供が、その耳と尻尾《しっぽ》を逆立《さかだ》てたのがはっきり見えた。

そう思った加乃の頭に、遅れて違和感がやってくる。

耳と、尻尾？

目の前にある光景に意識が追い付く間もなく、文字通り飛び上がった少年は、慌てて駆《か》けだそうとして――。

「あっ」

ごす、という音は、少年の頭が社の支えに思い切りぶつかった音であり、加乃が思わず首をすくめて背中を丸めてしまったのは、直後に社本体が落下してきたから。

大きな音がしたような、しなかったような気がするが、少なくとも閉じた目を開けると、静寂《せいじゃく》が漂っていた。

「……え、え？」

そして加乃の視線の先には、ピクリとも動かない一匹の狸《たぬき》がいたのだった。

その傍《かたわ》らには、ばらばらになるのは避けられたものの、はっきり形の歪《ゆが》んでいるお社と、乱暴に開けたらしいチョコレートバーの空き袋。なにが起こったかは、一目瞭然《いちもくりょうぜん》だ。

けれど加乃が目をこすったのは、チョコレートバーをむさぼり食っていたのは、少年だったはずだから。

一方の現実では、昏倒《こんとう》しているのは狸である。

わけがわからず、べたに自分の頬《ほお》などつねってみるが、夢ではなさそうだ。ならば狸を少年と見間違えたのが正解だろう、と加乃は自分を納得させるのだが、それで問題が解決したわけではない。

「死んでる……のかな」

保健所に連絡？　いや生きてるなら獣医《じゅうい》さん？　でもこんな夜中に？

「……」

このまま放っておいて、そのうち目を覚ましてどこかに行きつつ、この時のけがが元で死ぬということを考えると、寝覚《ねざ》めが悪いし、なんだか祟られそうだ。

かといって保健所も獣医さんも、こんな夜中ではちょっと難しい。

迷った加乃がひらめいたのは、昼間にいじくった物置のこと。

そこに祖父の残した猟具やらがある。

「確か……」

と、玄関に回って靴を履《は》いて外に出て、庭に回り込む。倒れたままぴくりともしない狸を横目に、物置を開けた。

そこには夕方に見かけた、鉄製の檻《おり》があった。

加乃はそれを引っ張り出し、よっせと運んで、倒れたままの狸の横に置く。大きさは十分すぎるほどだし、倒れている狸は痩《や》せているのか、自分のイメージの狸よりもずいぶんシュッとしていた。毛皮の色合いもあまりきれいではなく、黒と赤毛がまだらのようになっていて、なんとなく毛皮の病を想像させた。

それでようやく、加乃は野生動物の伝染病という単語に思い至った。

ネット上での人慣れした野生動物と触れ合うほんわかした投稿に、野生動物に触れるとかありえない、人獣共通病を知らないのかみたいな辛辣《しんらつ》なコメントが殺到する事例を思い出す。直接触れるのはためらわれ、屋内に戻ってからゴミ袋を持ってきた。中に両手を入れてゴミ袋越しに持ち上げる作戦だったが、さらに鍋摑《なべつか》み用のミトンも着けたのは、いきなり目を覚まして嚙《か》みつかれたら、狂犬病で死ぬかもしれないと思ったから。いや日本に狂犬病はなかったか？　犬だけの話？　などと考えながら、突然降って湧いた死の予感に、悪い夢のようだと思いながら、倒れたまま動かない狸の体に触れた。

すると、驚くような柔らかさを手に感じた。それからちょっと苦しそうに閉じられた目を見て、生きているのだと直感する。

そこからはためらわずに小さな体を持ち上げ、ケージの中にしまってから、植木鉢用のトレイに水を入れて檻の中に置いておく。ソーセージでも入れておいたほうがいいかと思ったが、あまり人の食べ物をやるのは良くないかと思って、やめておいた。

そして、檻に入れてしまうとそれ以上やれることもないのだとようやく気がついて、ため息をついて屋内に戻る。加乃が縁側からもう一度檻を見ると、狸は寝返りを打ったのか、姿勢が変わっているように見えた。

狸はあまりに驚くと仮死《かし》状態になるとか聞いたことがある。

明日は朝一で獣医さんに電話しようと思いながら、手を洗って布団に入る。いや、狸だと市役所の害獣とかの部署なのかとか、あれはアライグマの話だったかとか、それだと殺処分されてしまうのかとかあれこれ考えているうちに、眠りに落ちていたのだった。


ぎりぎり朝と呼べる時間に起きて、なんだか変な夢を見ていたような、となんの気なしに縁側に続く障子戸を開けて、加乃は凍り付く。

少年と目があった。

夏休みの少年を絵に描いたような、ランニングシャツと短パン姿の少年だ。日焼けした細い手足がすらっと伸びていて、ぼさぼさの髪の毛ながらやや鋭い眼光が、今からイケメンの兆《きざ》しをうかがわせる。対する加乃は寝起きのあられもない格好《かっこう》にどすっぴん、ということよりもなによりも、わけがわからなかった。

なぜ庭に少年が？

というか、その少年は、ケージの中で横になっていたのだ。

小学生くらいの男の子なら、秘密基地にちょうど良い大きさのケージの中。いたずら盛りで中に入ったら出られなくなった、なんて一瞬思ったが、このケージに罠《わな》としての機能はない。

それに、少年の脇に置かれた植木鉢用のトレイを見て、記憶がはっきり蘇《よみがえ》る。この中には狸を入れたはず。ゴミ袋と鍋摑みのミトン越しにではあったが、確かに感じたいきものの柔らかさが、まだ手に残っている。

疑問がぐるぐると渦巻《うずま》いていたところ、ケージの中で横になっている少年が、大きなあくびをしてみせた。

「なあ、出してくれよ」

そうだ、こんなところを人に見られたらどうなるか。未成年者略取《りゃくしゅ》、監禁《かんきん》、という単語と、頭からコートかなにかをかけられてパトカーで連行される自分の姿が脳裏をよぎる。

加乃は慌てて庭に降り、ちょっと複雑な閂《かんぬき》形式の鍵を開ける。

少年はのんびり加乃の作業を眺め、ふてぶてしく時折あくびを挟《はさ》んでいる。

そして扉が開くと、のそのそと這い出てきて、気持ちよさそうに伸びをしていた。

「えーっと……」

近所の子？　なぜケージに？　やっぱりなんかずいぶん痩せてる？

と様々な疑問が一斉に湧いてくるせいで、なにを言ったらいいのかわからない。

そこに、少年の腹からすごい音がした。

「……お腹、減ってるの？」

今からでも親切にすれば、いざという時には有利に証言してくれるかもしれない、という邪《よこしま》な打算があったのは確かだ。

「朝ごはん……食べる？」

「食う！」

少年の輝くばかりの笑顔は、すべての不穏《ふおん》な疑念を吹き飛ばす、それこそ夏の太陽にも負けないくらいの明るさなのだった。

卵焼きにソーセージにレタスにトマト、そこに山盛りご飯という、朝食らしい朝食を用意してやると、少年は上機嫌に食べ始めた。

ランニングシャツも短パンも裾がよれよれだし、髪の毛はごわごわの不揃《ふぞろ》いで、お世辞《せじ》にも上品とは言えないのだが、不思議と不潔感はないし、箸《はし》の持ち方も綺麗だった。

麦茶を入れたグラスをちゃぶ台においてやると、ご飯をかきこむ手を止めて、一息に飲んでしまう。新しい麦茶をグラスに注《つ》いでやりながら少年が元気にご飯を食べる様を見て、どうして祖父母が孫たちにやたら飯だのお菓子だのを食べさせたがるのか、わかる気がした。

「ごっそーさま！」

綺麗に平らげた少年に、「お粗末さまでした」と思わず返してしまう。

「あー、うまかったー」

そしてそのままゴロンと横になってしまう。

自由という言葉から手足が生えたような振る舞いに、加乃は注意する気も起きない。

ただ、皿を片付けてから自分の分のお茶を用意すると、ちゃぶ台を挟んで少年の向かい側に座ったのは、やっぱり聞いておかないといけないことがあるからだ。

「えーっとさ。それで、なんでケージの中にいたの？」

ちょっと複雑な閂形式の鍵は、確かにしっかりとかかっていた。

それに台所脇の勝手口には、昨晩使ったゴミ袋が丸めておかれていた。

いくら夜中でも、狸と少年を間違えはしない。

「あと、ケージの中には——」

加乃がそう言おうとしたところ、少年はむくりと起き上がって、麦茶のグラスに手を伸ばすと、やはり一気に飲み干してしまう。

そして、手の甲でぐいと口を拭《ぬぐ》ってから、こう言った。

「なんでって……あ、そっか」

「？」

少年はぺたぺたと自身の体を触ってから、こちらを見てにやりと笑う。

「お前の願い、しかと受け取った」

「は？」

「五穀豊穣《ごこくほうじょう》、無病息災《むびょうそくさい》、学業成就《がくぎょうじょうじゅ》、商売繁盛《しょうばいはんじょう》！」

少年は戦隊もののアクションヒーローを真似するかのように立ち上がってポーズを取り、腰をかがめたかと思いきや、その場でひょいととんぼ返り。

ただ、加乃が呆気《あっけ》にとられたのは、その身軽さとか、突然なにをしだすのかといったことに対してではない。見事にくるりと回ってみせた少年は、たちまち昨晩見かけたあの姿に変わっていたのだから。

『我が名は佐助《さすけ》。お前の願いと供え物、しかと受け取った』

黒地にいくらかの赤毛が混じる、あんまり美しいとは言えない毛並み。自分のイメージよりもずいぶんシュッとしてはいるが、それは加乃の記憶によれば、昨晩確かに見た、あの狸なのだった。

『願いは良い就職……商売繁盛だったよな？　楽勝、楽勝。俺の神通力《じんつうりき》で、たちまち縁を引き寄せてやる！』

狸が口をパクパクさせ、人語を喋《しゃべ》っている。対する加乃は固まったまま動けないでいたが、得意げになにかを話す狸という姿に、なんだか既視感があった。

アニメかなにかの記憶と混同しているのだろうかと思うが、あまりに唐突に、小学生の頃のまだ元気だった祖父の胡麻塩《ごましお》頭が蘇った。つんと鼻の奥をくすぐったのは、祖父が狩りの時に愛用していた皮の手袋の匂い。何度か山に連れて行ってもらったことまで思い出す。

けれど加乃は、その時の記憶に懐かしさを感じていたわけではない。なんで今まで思い出さなかったのだろうという、戸惑《とまど》いばかりがあった。

見上げても無限に高い針葉樹《しんようじゅ》。足元の朽ちかけて湿った倒木と、苔《こけ》の間をせっせと歩く蟻《あり》。

山の記憶が過剰《かじょう》なほど鮮明にあふれ出る中、加乃の視線は自然とそれに引き寄せられる。

ちゃぶ台の上の喋る狸。

なぜかそこに、いわれをまったく思い出せないはずのお社の前で祖父母と揃って、手を合わせている記憶が横入りする。

この記憶は、一体なに？

もう少しですべてが明らかになるというその瞬間、ピンポーン！　とインターホンが鳴った。

はっと我に返った加乃は玄関を振り向くが、佐助は一向に気にせず、なんだか呻《うめ》いている。

『む、むむ……あれ、神通力が……？』

そこだけ綺麗に真っ黒な毛並みの前足を器用に合わせ、佐助はなにかお祈りするような格好のまま、怪訝《けげん》そうにしている。

インターホンがもう一度鳴り、古めかしいガラスの引き戸がほたほたと叩《たた》かれた。

「ごめんください」

涼やかな女の子の声で、年の頃は小学生くらいか。それも一言でわかる育ちの良さには、思わず腰を浮かし、早く応対に出なければと思わせるなにかがあった。

佐助のことが気になったが、インターホンがさらにもう一度鳴った。佐助は相変わらず、化け方を忘れた狸そのものにあれこれ試していたが、とりあえず今は来客の対応だ。

加乃が立ち上がり、ふすまを開けて廊下に出ると、昔ながらのガラスの引き戸の向こうに小柄な人影が見えている。

「ごめんください」

向こうもこちらに気がついたのか、少女が申し訳なさそうにそう言った。

「はいはい、ちょっと待ってくださいね」

サンダルをつっかけ、鍵を開ける。

そして引き戸を引けば、加乃はそこにいた人物にぎょっとした。

「突然の訪問、失礼します」

優雅に目礼をしてくるその来訪者に、加乃が身を引いた理由はいくつかある。

まず、その服装だ。なぜか巫女《みこ》服であり、朱の袴《はかま》が目に痛い。

次にその顔だ。びっくりするほど整った顔で、加乃はそこになにか冷たいものさえ感じてしまう。それから最後に、そんな美少女巫女さんがかぶっている、あまりに不似合いな麦わら帽子の存在感。しかもその麦わら帽子には、なぜか鹿の角が刺してあった。

加乃が言葉を失ったまま阿呆《あほう》みたいに突っ立っていたとして、誰も責められないだろう。

「つかぬことをおたずねしますが」

凛《りん》とした少女の声で、加乃は我に返る。

「ここに、悪そうな獣《けもの》がきませんでしたか？」

「え」

「願いを叶えるとか、そういった、人をたぶらかそうとするような」

「あ」

——お前の願い、しかと受け取った。

佐助の声が蘇るのと、目の前で巫女さんがため息をつくのはほとんど同時だった。

「まったく……伊予《いよ》のしきたりを知らない流れ者のしわざでしょう」

美少女は、呆《あき》れる様子もまた美しいのだと加乃は変な感動を覚えつつ、事態の理解にどうにか努めようとするがうまくいかない。

「あなたはこの土地と縁《ゆかり》のある人ですから、悪い獣が引き寄せられてしまったのかもしれません。あるいは、元々そういう性質なのやも」

「う？」

「幼い頃に山で迷われた時も、そうだったと」

さっきから言葉が言葉として出てこないのは、加乃の頭の中で百の言葉が渦巻いているからで、その渦の向こうにようやく、ぼんやりと模様らしきものが見えてきた。

その手掛かりは、山だ。そう。ついさっきに突然降って湧いた山の記憶は、あれは迷った時のものだ。初めて目《ま》の当《あ》たりにする山の景色に見とれていたら、祖父とはぐれてしまった。

怖くて大泣きしていたら、自分より小さな毛むくじゃらのなにかが現れた。

その毛玉はこちらのことを振り返り振り返りしつつ、幼い加乃をどこかに導いていく。

そうして気がつけば、山狩りの準備をしていた祖父たちの目の前にひょっこりと出ていた。

そうだ。それでその後に鹿島の神社にお参りして、翌日にはこの庭で祖父が木材とのこぎりを用意して――。

「詳しいことは、うつけ者を捕《と》らえてからにいたしましょう。多分、あなたには私のことが子供に見えているはずですし」

ややうんざりしたような様子で、歳若い巫女さんはそう言った。

「では、中に入らせていただいても？」

まだ頭のどこかが幼い頃の記憶に引っ張られていた加乃は、我に返って慌ててうなずいた。

その直後、家を覆《おお》うなにか薄い膜《まく》のようなものが、パチンと弾《はじ》ける音が聞こえてきた。

「縄張《なわば》り、と言いますが、それですね。土地神といえど、勝手に敷地に入るわけにはいきませんから」

巫女さんはそう言って微笑み、玄関に入ってくる。

小学生くらいの小さな体なのに、妙な威厳がたっぷりだ。

目が覚めるくらいに白い足袋《たび》に、真っ赤な鼻緒《はなお》の高価《たか》そうな草履《ぞうり》をはいている。

慌ててスリッパを出そうとしたら、それは手で制された。

「悪い獣は、中に？」

加乃は思わずうなずいてしまったが、佐助が果たして本当に悪い獣なのかと自問すると、ちょっと疑問だった。

確かに人の言葉は話す。夜中に忍び込んできて、勝手にチョコレートバーも食べていた。けれど朝食をおいしそうに平らげていた様に、なにか悪い兆しみたいなものは欠片《かけら》も感じられなかったし、それは狸に戻ってからもそうだ。願いを叶えてやろうという得意げな顔は、到底人を騙《だま》すようなものとは思えない。それでも巫女さんを止めることもできず、居間に案内する。

するとそこでは相変わらず佐助がなにか必死にお祈りを続けていて、今はちゃぶ台の上に後ろ足ですっくと立ち、前足をねじり合わせるようにして天井を拝《おが》んでいた。

『う～……我が名は佐助、お答え願う、正一位《しょういちい》の――』

そこまで唱《とな》えたあたりで、佐助は加乃たちにようやく気がついたらしい。

くりくりの瞳《ひとみ》が、加乃と、それから加乃の隣の少女に向けられる。その直後、雷に打たれる瞬間というのは多分こんな感じなんだろうというくらい、佐助の体中の毛が逆立っていた。

『わああああああ！』

ちゃぶ台の上ですっ転び、頭をぶつけ、そのままでんぐり返しするかのように畳の上に落ちた。あまりにひどい落ち方だったので、思わず加乃は駆け寄ってしまう。

畳の上でわずかのあいだ気絶していたらしい佐助は、ぱっと目を開き、加乃を認めるとたちまち胸に飛び込んでくる。

「な、なに、どうしたの？」

腕の中でぶるぶると震える動物に、加乃は場違いながら保護欲を刺激されてしまう。

それに佐助の毛皮の見た目はいまいちながら、触ってみると案外ふかふかだった。

「あなたの神通力は封じています」

凛とした言葉に、加乃は巫女さん少女を見やる。

「秩序を守らぬ力の行使、この龍神の管理下では許しません」

加乃はそこでようやく、巫女さんの顔から感じる妙な冷たさは、そのあまりの美形からではないのだと気がついた。龍神と口にした少女の目は、瞳孔《どうこう》が縦《たて》に割れている。

まさにそう、蛇《へび》のように。

同時に加乃は、なぜ少女の麦わら帽子の上から角がつきだしているのかも把握した。

「いずこの流れ者か知りませんが、伊予のしきたりに沿わぬその狼藉《ろうぜき》。鹿島より風早の安《あん》寧《ねい》を守る我が名において、裁きを下します」

腕の中で佐助がますます体をこわばらせた。蛇に睨《にら》まれた蛙《かえる》ならぬ、龍に睨まれた狸だ。

そういえばすぐそこにある鹿島の神社には、龍神伝説があると思い出す。

そしてどうも佐助は悪いことをしたようなのだが、加乃の脳裏をよぎったのは、おいしそうにご飯を食べる佐助の姿であって、人を騙そうともくろむ悪い顔ではない。つい、口を出してしまっていた。

「あの」

「なにか？」

蛇に似た目は感情を感じさせず、加乃の口をつぐませるには十分すぎる迫力がある。けれど、腕の中で震える毛玉への保護欲が、立ち向かう気力を奮い立たせた。

「えっと、その、なにか誤解があるのでは……と……」

年の頃が自分の半分くらいの少女相手なのに、加乃がどうにももごもごと言い淀《よど》むと、龍の巫女さんはあからさまに面倒そうなため息をついた。

「ありません。ここには無主の社があり、なんの断りもなくやってきたよそ者が、お供え物を受け取った挙句《あげく》に神通力の行使を試みました。これは土地の決まりを破る重大な違反行為です。私には土地神として、そのような狼藉を取り締まる義務があります」

淀《よど》みなく言われてしまう。

それに、土地のしきたり云々《うんぬん》という言葉に、加乃は怯《ひる》んでしまう。というのも、加乃がここに越してきた初日にもそれを目の当たりにし、世の中には法律以外の決まりごとがしっかり存在するのだと、ちょっとしたカルチャーショックを受けたのだから。

それはこの家に住み着く際の、町内会から求められた町内会費だった。その毎月の会費が、なんと二千五百円だというのだから仰天《ぎょうてん》した。都内では、町内会費などあったとしてもせいぜい百円とかそんなものだ。どうやら盛大な地域のお祭りの費用らしいのだが、自分は参加しないからとか言える雰囲気でもなく、理不尽だと思いながら払うほかなかった。

「それとも、数百年にわたり土地の秩序を守ってきたこの使命が、間違っているとでも？」

見た目は少女でも、相手は龍。かといって、腕の中で震える佐助を差し出すのには大きなためらいがある。

なにより、佐助はこの龍の少女の訪問にまったく気がつかず、間抜けな様子でちゃぶ台の上で祈りを捧《ささ》げていたあたり、しきたり云々のことはまったく知らなかったのではなかろうか。

ならば罪の減免《げんめん》は考慮されてしかるべきなのでは。

そう思っていたところ、腕の中でもぞりと佐助が身じろぎした。

『いい……。お前に、迷惑かけたくない』

「え？」

佐助は腕の中からするりと抜け出てしまう。

ほんのちょっと抱いていただけなのに、たちまちエアコンの冷たさが胸に染み込んでくる。

『……煮るなり焼くなり、好きにしたらいい』

お白州《しらす》に引き出された罪人のようにうなだれる佐助に、龍の少女は冷たい表情を崩さない。

「ふん。では、参りましょうか」

龍の御使いは大上段に受け答えをし、優雅に袴を翻《ひるがえ》す。

佐助はとぼとぼとその後をついていきしなに、ふとこちらを振り向いた。

『ご飯、ありがとな』

獣の顔でも笑うことができるのだ、というのを加乃はその時初めて知った。

佐助はどうなるのかとか、迂闊にお供え物をしてしまった自分にも責任があるのではとか、加乃はあれこれ思うのだが、体が動かない。それは土地のしきたりという得体のしれないものや、おそらくは何百年と生きているのだろう少女の、龍としての威厳のせいだ。

縦に割れた瞳孔と、麦わら帽子の上から突き出る立派な角。確か鹿の角は一年生きるごとに節目がひとつできるはずなので、ならば龍の角は百年で一節か。だとすると目の前の少女は、四百年はくだらない時間を生きていることになる。二十余年しか生きていない無職の人間には、到底かなうものではない。

けれど加乃はその瞬間、自分だけクビを宣告された会社での記憶が蘇った。無力感は胸に痛みを感じさせ、思わずちゃぶ台に手をついたその音を、佐助が聞きつけて振り向いた。

自分はここで声を上げるべきなのだ。

そこに、ふすまを開けた龍の少女が佐助を見咎《みとが》めるように、こう言った。

「それよりあなた、狸のままだと目立ってしまいます。封を解くので人に化けられますか」

目の覚めるような朱色の袴に、角の生えた麦わら帽子のほうがよほど目立ちそうなものだが、いや玄関で出迎えた時のやり取りを思い出すに、別の人には別の姿に見えているらしい？　とか加乃が思っていたら、龍の少女は佐助を見て怪訝そうに言った。

「どうしました？」

立ち止まった佐助は、またぞろ震えているようだった。

けれど加乃も気がついたのだが、さっきまでと様子が違う。佐助の両足が、しっかりと畳を摑んでいる。

そして、うめくような声が聞こえてきた。

『今、なんて言った？』

佐助は怒っているのだと、声音から理解できた。

けれども龍の少女は欠片も怯まず、むしろ麦わら帽子の下で眉《まゆ》をひそめている。

「人に化けられますかと言いました。その狸の格好では困るのです」

そんなこともわからないのかと言わんばかりの物言いに、加乃は小学校の頃の、常に大上段に話す学級委員長の女の子のことを思い出す。

そして、いかにもそりの合わなそうな佐助が、鼻をつけんばかりだった畳から顔を上げた。

『狸……と言ったか？』

龍の少女が初めて、ちょっと怯んだようだ。巫女さんが一瞬加乃のほうを見たのは、佐助がなにに怒っているのかわからなかったからだろう。

『俺の、ことを、狸と……狸と、言ったか？』

ざわ、ざわと、風が吹く河川敷《かせんしき》のススキのように、佐助の毛皮が波打っている。

黒地に赤毛の混じった、ちょっとみすぼらしいその毛皮。

それから加乃がなんとなく違和感を抱いていた、記憶の中の狸よりもずいぶんシュッとしたシルエット。

「な、なにを？　そ、それより、勝手な神通力の行使は、土地のしきたりの——」

『俺を狸と言うなあ！』

その大きな声には、はっきりと質量があった。

ふすまが揺れ、床が軋《きし》み、畳が毛羽立《けばだ》った。

『俺は……俺は、狸じゃない！　誇り高き狐の一族だ！』

「きゃあ⁉」

そして佐助に飛び掛かられた少女は、案外可愛い悲鳴を上げて尻《しり》もちをつく。そこに牙を剝《む》いた佐助が馬乗りになり、少女に噛みつこうとしたところで加乃は青ざめた。

佐助の牙の鋭さは、肉食獣のそれだ。

考える間もなく止めに入っていた。

「ちょっと、それは……！　それはまずいって！」

『取り消せ！　この！　龍だからって、偉そうに、うううう!!!!』

暴れる佐助の体を後ろから取り押さえる。癇癪《かんしゃく》を起こした佐助はなおも暴れようとするが、突然静かになった。

今度は一体なんだと思ったら、抱きしめた佐助の向こうで、龍神を名乗った少女がわたわたしていたのだ。身を守ることすらせず、倒れた拍子《ひょうし》に転がっていった麦わら帽子に必死に手を伸ばしていた。

巫女さんはようやく手にした麦わら帽子をかぶり直すのだが、帽子から突き出た鹿そっくりの角は、頭の前後に並んでいる。それに尻もちをついた拍子に飛んでいった麦わら帽子の下に、佐助だけでなく加乃もまた、はっきりとそれを見つけていた。

『お前……』

佐助が呟くと、畳の上でへたりこんでいた龍の少女が身を縮めていた。

さっきまでの威厳はどこへやら。年相応の女の子そのままの様子は、麦わら帽子の下に見えたものとぴたり一致する。

立派な角が突き出した麦わら帽子の下には、いかにも生えたてといった、小さな可愛らしい角があったのだから。

女の子は麦わら帽子で真っ赤な顔を隠し、明らかに、見られたくないものを見られたようだった。そして目ざとい佐助はすぐにそのことに気がつき、勝ち誇った声が響く。

『なんだよ、お前、その角は！　龍とか言って、まだ赤ちゃんトカゲじゃんか！』

少女ががばっと顔を上げて佐助を睨んだのは一瞬のこと。

たちまちその目尻に涙がたまり、ほどなく泣き出してしまった。

『へっ、へっ、なんだよ、さっきまでの偉そうな態度は——』

佐助の無神経な追い打ちは、小学校のクラスの喧嘩《けんか》そのものだ。佐助をたしなめようとしたその瞬間、少女のほうもまた似たような子供だったらしいことが判明した。

「うう、う、うるさい！　うるさい、馬鹿！」

『おげっ⁉』

麦わら帽子を佐助の顔にたたきつけると、巫女さんが袴を振り乱して飛び掛かってきた。

「この！　誰がトカゲよ、この狸！　どう見たって狸じゃない！」

『ぐぬ、おあっ、この！』

加乃に後ろから羽交《はが》い締《じ》めにされている佐助は、殴りかかられ、毛皮を鷲掴《わしづか》みにして引っ張ってくる女の子に対し、後ろ足を繰《く》り出《だ》して応戦していた。

なんなんだこれはと呆気にとられつつ、どうやらこの場では自分が唯一の大人らしいと自覚した加乃がすることは、ひとつしかない。

「こらあ！　喧嘩はやめなさい！」

一匹と一人はたちまち動きを止めたが、すぐに戦いを再開し、結局都合三回、怒鳴《どな》ることになったのだった。

ぎょくりかんどしまたつき。

三度少女の名乗りを加乃が聞き直した結果、ちゃぶ台の上には見事な筆致《ひっち》で、玉里寒《ぎょくりかん》戸島龍姫《どしまたつき》、とふりがな付きで書かれた紙が置かれることになった。

「鹿島にて、土地の管理を引き受けています」

落ち着きを取り戻した少女、龍姫は、ちゃぶ台の前に正座して、むすっとした様子で受け答えをする。そんな様子を、部屋の隅にうずくまった佐助が剣呑《けんのん》な顔つきで睨んでいる。

「まあ、その、父より受け継いだばかりの、若輩《じゃくはい》の身の上ですが……」

そう付け加えられた言葉に、佐助が嘲《あざけ》るように忍び笑いして、龍姫は睨み返していた。

「えーっと……その龍姫さんは、しきたりの違反を検知したので、ここにやってきたと」

「はい」

きっとその角に電波的ななにかを感じるに違いないと加乃は思ったが、角の話題は禁句に感じられたので黙っておく。

「ただ、噂自体はありました。どうも野良狸が今治《いまばり》のほうから流れてきているらしいと」

『狸じゃないって言ってんだろ！』

佐助が再び喚《わめ》くが、龍姫はつんと顔を逸《そ》らし、加乃はまあまあと佐助にてのひらを向ける。

「加乃さんはご存じでないかもしれませんが、この伊予のみならず、四国は狸の国なのです」

「狸の国」

そういえば、加乃は祖父母からそんな話を聞いたことがある。

「確か、あれだよね。その昔いたずらしすぎた狐がいて、空海《くうかい》か誰かが追い出したんだっけ」

「はい。鉄の橋が架《か》かる頃には戻ってきてもよいという許しがあったので、今は行き来がありますが」

千年以上前に瀬戸《せと》大橋《おおはし》の存在を予言していたのか、それともあり得ないものという意味でそう言ったのかはわからないが、時は流れ、狐も四国に戻ってこられたようだ。

「とはいえ千年の長きにわたって土地を支配してきたのは狸の皆様であり、それは今も変わりませんが……」

「変わらないが？」

言葉を濁《にご》した龍姫は、頬に手を当て、ため息をつきながら言う。

「このご時世です。狸の皆さんの地位を脅《おびや》かすものはたくさんあります。ですからその反動か、締め付けが大変厳しいのです。土地の者の許可なく野良狸が無主の社に住み着いた、なんてことになれば、我が家は偉い狸様たちから厳しく叱られてしまうのです」

大手の守旧勢力とその下請けという感じだろうか。

加乃が見かけたデザイン仕事の現場でも、大手クライアントから下請けに向けられるずいぶん理不尽な話がいくらでもあった。

ただ、ちょっと気になったことがある。

龍姫はおそらく土地神として、土地の管理の下請けをしていたのだろうが、佐助に対して人に化けろと言っていた。狸だと、目立つからと。

「ですから私としては、穏便《おんびん》に話をして、誰にも知られず土地から出て行ってもらえたら、それでよかったのです」

問題が発覚したら龍姫も困るので、問題はそもそも起こらなかった、ということにしたかったようだ。大上段に構えていたのは、父龍から受け継いだばかりの仕事に対する過剰な力《りき》みか、舐《な》められないようにという精一杯の演技だったのかもしれない。張りぼての角を麦わら帽子にくっつけて被《かぶ》っているくらいなので、若い身空なことに強いコンプレックスがあるのだろう。

「なんだか大ごとなんだね……」

加乃はひとまずそんなふうに同意してから、あることに思い至る。

「え、じゃあ、勝手に居ついたのが狸じゃなく、狐だったりしたら？」

ここは狸の支配する国、四国だと言う。

加乃の問いに、龍姫は無表情に答えた。

「毛を丸刈りにされて、訳《わけ》あり格安じゃこ天の材料にされると思います」

じゃこ天はさつま揚げに似た伊予松山の名物だが、なんとなくヤクザ映画のコンクリート詰めシーンを思い出してしまった。

「ですから私は、佐助さんにはこのまま黙って出て行ってほしくあります」

きちんと佐助さんと呼ぶあたり、龍姫のほうが大人のようだ。

おおよその事情は分かったが、部屋の隅で不貞腐《ふてくさ》れている佐助を見て、加乃は思う。

ずいぶん痩せていたように思えるし、そもそもチョコレートバーを夜中にむさぼり食べる様子も必死に見えた。

佐助に行くところなどあるのだろうか。

「まあ、行くところなど、ないと思いますが」

加乃の視線の意味を理解したのか、龍姫は自らそう口にした。

「あなたはどこから流れてきたんですか？」

龍姫の問いが向けられても、佐助はしばらく視線を外し、壁を睨んでいた。それがやがて諦めたように腹ばいになって、ため息をつく。

「伏見《ふしみ》だよ」

「伏見？」

小首を傾《かし》げる龍姫の代わりに、加乃がたずねた。

「伏見って、京都のお稲荷さんの？」

中学の修学旅行で行ったし、社会人になってからも行った。実に映える写真が撮れるからだ。

『そうだよ。トカゲの赤ちゃんはそんなことも知らないのか』

龍姫が佐助を睨みつけてまた喧嘩になりそうだったので、加乃はその肩に手を伸ばして落ち着かせる。

『けどまあ、この毛皮だからな。十字狐、なんて言って吉兆《きっちょう》の兆しとしてありがたがってくれる地方もあるらしいけど……伏見では、偽《にせ》狐、狸野郎っていじめられてた。だから家出したんだ』

加乃も佐助のことを、シュッとした狸だとずっと思っていたし、今でも、正面から見ると狸っぽく見える。けれどそれは、佐助にとってはアイデンティティに関わる辛《つら》いことなのだ。

トカゲと言われて逆上していた龍姫も、賢そうな少女だけあって、そのことに気がついたらしい。不承《ふしょう》不承《ぶしょう》ではあったが怒りを収め、佐助に問いを向けた。

「今治あたりで目撃情報があったのは、あなたのことですよね？　なんで今治から……いえ、そもそもなぜ、四国に？」

『狸の国なら、居場所があるかなって』

怒りすらもないとばかりの佐助の物言いが、余計にもの悲しかった。

狐社会に受け入れられず、仕方なく狸の国にやってきた。

狸と呼ばれいじめられ、それが心底嫌だったにもかかわらず。

『そんな甘いもんじゃなかったけど』

佐助は体を起こし、後ろ足で首元を掻《か》いてから、また腹ばいになる。

『今治は……海沿いに旅してきて、しばらく今治城のお堀にいたんだよ』

龍姫は怪訝そうにしているし、加乃も理由がわからない。

『あそこのお堀、海とつながってて魚が大繁殖してるから、捕り放題なんだ』

丸々肥《こ》えた鯖《さば》とかうまかったなあ、なんて佐助は言っている。

『けど、今治城は珍しく吹揚《ふきあげ》稲荷って連中の縄張りでさ』

「そこでお世話になってたの？」

加乃の問いに、佐助は狐の姿のまま、器用に肩をすくめる。

『あいつらに知られたら、伏見に連絡されちゃうだろ。だからこっそり隠れて夜中に魚を捕ってたんだけど、それを見かけた稲荷の連中が、狸が縄張りで魚をかすめてるって思ったわけ。それで地元の狸連中に苦情を出したらしいんだ』

「あー……」

加乃はすぐに理解できた。

「それで狸側は、もちろん知らないって返したのね」

『そうそう。あっという間に喧嘩が始まっちゃってさ。でも自首したら間違いなくじゃこ天にされるから、申し訳なかったけどこっちに逃げてきたんだ』

龍姫が現れ、龍の存在に心底震え上がっていたのに、佐助は思いのほかすんなりと加乃の腕の中から自ら出て行った。それは今治のこともあって、加乃に迷惑をかけられないという気遣《きづか》いなのだろうし、なんとなく、実家でいじめられていたせいで諦めるのが普通になっているようにも思えた。

佐助は見た目こそがさつな感じだが、綺麗な箸の持ち方といい、根っこは繊細《せんさい》なのだろう。

「大変だったんだね」

加乃が思わずそう言うと、佐助はちょっと驚いたように顔を上げる。けれど年頃の男の子らしさは忘れていないようで、ぷいっと壁側を向いてしまう。照れているのはわかったし、大変だったのも間違いないことだろう。

それに、先行きの不安さも、無職の身ゆえによくわかる。

「ねえ、龍姫、さん」

龍姫ちゃんと言いたくなってしまうが、土地神様というわけで、なれなれしすぎるのもよくないかと思った。加乃の支払う毎月二千五百円という莫大な町内会費は、この龍姫の管理するお祭りに使われるらしいのだから、この土地では結構な権力者のはずだ。

「そのー……佐助がここにいられるようにするのって、難しい、のかな」

加乃自身、会社をお払い箱になってここにきた。その自分が佐助を放り出すのは忍びなかったし、狐一匹となら、暮らせないこともないだろう。

「……」

龍姫は加乃を見て、それからほんのちょっとだけ、佐助を見た。

佐助は聞こえていない振りをしているのか、壁を向いたまま動かない。

寝床が確保できるかも、なんていう希望にがっつくのは男としてみっともないと、変な見栄《みえ》を張っているのかもしれないが。

「できなくは、ありません」

「それじゃあ——」

「ですが、私の客分としてです。そこのお社の存在とは関係なく、しかも短期の滞在に限られます。もちろん神通力を使うなどもってのほかです」

客分、という語をやけに強調していた気もするが、加乃は素直に喜んだ。

「それでもひとまず十分だよ。ね？」

佐助に向かって言葉をかければ、相変わらず壁を向いたままの佐助は、ふわふわの尻尾をぱたりと振って返事としていた。

龍姫はそんな佐助に手を貸すのは癪《しゃく》なのだが、放っておくのも良心に反するという複雑そうな顔で、ため息をついていた。

加乃が見る限り、龍姫はなにかと損しがちな、真面目な性格のようだ。

「ちなみに、長期的にいようと思ったら？　たとえば、その、庭にあるお社に住むとか」

龍姫にあまり負担はかけたくないと思いつつ、今のところこの四国という土地を巡る秩序の案内人は、龍姫しかいない。

「その場合は、狸連《たぬきれん》……大四国狸連合会の松山支部に届け出を出して、審査を受ける、という感じでしょうか」

「そんなのあるんだ。やっぱり霊山みたいなところに？」

四国は大部分が山の国。効きそうなパワースポットがあるなら、行ってみたい。

「いいえ、松山市役所の住民課のところに窓口がありますよ」

「え⁉」

「狸ですから。普通の顔をして化けて溶け込んでいるんです。それに四国では、お役所でさえも、狸連抜きには大きなことを決定できませんし」

知ってはいけないことを知ったような気がしたが、狸がちょこんと座っている窓口は見に行きたいな、とも思ってしまう。

「それにここのお社が無主なのは、未登録だからです。父からの申し送りでは、加乃さんのおじい様方の信心の表れであって、特定のなにかを祭るものではないと」

確かに手作り感満載で、ご神体らしきものもない。そう言われると加乃は、先ほど思い出した山で迷った時のうすぼんやりした記憶の中には、なんの動物に出会ったのかとしきりに聞かれた場面があることに気がつく。

けれど加乃が覚えているのは、目の前でフワフワしている尻尾と、時折こちらを振り向くつぶらな瞳だけ。あれが狸なのか狐なのか、はたまた別のなにかなのかというのは、なるほど結構な問題につながる重要事項だろう。

ここのお社にご神体がないのは、そういうことらしい。

「ですから、今治の吹揚稲荷さんのところは無理でも、どこか大きなお稲荷さんに間借りをするか、伏見の実家に帰るかしたほうが――」

『絶対嫌だ！』

佐助は怒鳴り、きつく体を丸めてしまう。

龍姫と一緒にため息をついた加乃は、「他の選択肢は？」とたずねる。

「地元の有力な狸の推薦があれば、ここのお社の登録も通るかもしれません。あとはまあ、十分な寄付を集められるくらい、参拝者がいるとか」

「でもその参拝者を集めるためには、お社が必要だよね？」

デザイナーの採用は、基本的に経験者のみ。しかし雇ってもらえなければ経験者になることもできない、というループを加乃は思い出す。

「参拝者の減少で、狸の皆さんでさえ不景気ですから」

格差社会はここにも、というわけだ。

「とはいえ、しばらくここには暮らせるってさ」

加乃が佐助に声をかけると、佐助は丸まっていた体を少しだけ緩《ゆる》めて、加乃を見やる。

それから、ばつが悪そうに龍姫のほうも。

「恩に着せるようなことはいたしません。私は誇り高き鹿島の龍神なのですから」

つんと澄まし顔で龍姫は言う。

佐助は面白くなさそうに鼻を鳴らしていたが、もごもごと礼らしき言葉を口にしていた。

ひとまず一件落着しそうで、加乃はやれやれと安堵《あんど》した。


それから加乃は龍姫もまじえてお昼に冷やし中華を食べて、ここ北条の話をいくらか聞かせてもらった。加乃が鹿島を訪れていたことはもちろん龍姫も知っていて、身投げにきたのではとちょっと心配になるような顔つきだったと言われ、げたげた笑う佐助の首根っこを摑んでおいた。

鹿島の神社には冷房がないと嘆いていたので、日が暮れるまでここにいたらいいと言えば、龍姫は固辞《こじ》しようとしたが、文明の恩恵《おんけい》には抗《あらが》えなかったようだ。それにどうも夏になると、鹿島の夜はとんでもない量の例の黒光りする虫に悩まされるらしく、寝不足らしい。

龍姫はたっぷりの昼寝をして、結局夕食まで一緒に食べたあと、恥ずかしそうに恐縮しながら帰っていった。ちなみに鹿島への渡し船は、夏の時期だと夜八時近くまである。釣り人やキャンパーが結構利用するのだそうだ。

「変な奴」

龍姫の乗った船が桟橋《さんばし》を離れると、なんだかんだ見送りについてきた少年姿の佐助が、そんなことを言った。

「良い人、の間違いでしょ」

佐助は頭の後ろで手を組んでいた。

「なあ、それよりスマホ貸してくれよ。さっきのゲームの続きやりたい」

「ええ？　私も就職のこと調べたいんだけど。というか無料の通信枠は少ないんだから、あんまり使わないでよ」

「ネット契約しろよ～。性能いいノートパソコンあるんだからさあ」

狸みたいな化け狐のくせに、佐助はきちんと現代っ子だ。

「伏見の山はＷｉ－Ｆｉ完備だったのに！」

狐の尻尾がアンテナなのだろうかとか、加乃はちょっと想像したりした。

「けど、あれだなあ」

この北条の地は、西に向かって海なので日が沈んでもまだちょっと明るい。

そんな紫色の空の下の海沿いの道を歩いていたら、佐助が貝殻《かいがら》を蹴《け》飛《と》ばしながら言った。

「神通力使えないっての、ごめんな」

「ん？」

佐助は加乃を見て、申し訳なさそうな、ふてくされたような顔をした。

「就職……俺の御利益《ごりやく》で見つけてやろうと思ったのに」

ちゃぶ台の上で祈りを捧げていた姿を思い出す。あの時の必死な様子と、目の前の少年の顔に加乃は小さく笑い、そのぼさぼさ頭をかき混ぜるように撫《な》でてやった。

「その気持ちだけで十分だよ」

なにせ勤めていた会社では、その気持ちすら向けてもらえなかったのだから。

「というか、この後、すぐにお風呂入りなね」

佐助に不潔感はないのだが、髪の毛はぼさぼさで、聞けば川の水浴びばかりだったと言う。

ノミはいないと強く主張していたが、ちょっと怪しいものがある。

龍姫からもこっそりと、色々な事情に目を瞑《つぶ》ってくれる獣医がいますからと言われている。

「犬用のシャンプーとかのほうがいいのかな」

そう呟くと、佐助は心底嫌そうな顔を向けてきた。

そしてなんだかよくわからないが、伊予での奇妙な同居生活が始まったのだった。

第二幕

佐助《さすけ》との生活は特に問題が起こることもなかった。

佐助はおとなしくて遠慮するタイプではないけれど、変な我がままを言って困らせるタイプでもなく、実に付き合いやすい。

それに納戸《なんど》を探せば、泊まりにきた加乃《かの》が退屈しないよう祖父母が買ってくれたゲーム機が見つかって、それを渡したら勝手にテレビにつなげて遊んでいた。加乃もなんだかんだ対戦相手を務めつつ、現実と向き合うことももちろん忘れていなかった。

佐助には夜闇《やあん》に乗じ、目の前の海で魚やらを捕《と》ってきてもらい、食費の足しにした。というかちょっと歩いたところにある用水路が海に流れ込むようなところで、ハマグリみたいな大きさのシジミなども掘りだしてきたりして、食生活は都内にいた頃より豊かになりそうだ。漁業権、という単語が一瞬脳裏をよぎったが、狐には適用されまい。とはいえ狩猟採集生活には限度があるので、加乃は稼ぎを得るべく、新しい勤め先を探していた。

こちらは佐助の魚《さかな》獲《と》りのようにはうまくいかず、デザイン仕事もできそうな勤め先、という高望みもあってか難航していた。

やはり潰しのきく事務職か、手っ取り早く派遣《はけん》登録か……しかしそうなると給与は下がり、不安定さも……と思い始めたころ、あっさりと決まることとなった。佐助が嫌そうな顔をしていたのは、龍姫《たつき》の斡旋《あっせん》だったから。

　龍姫は冷房目当てか、あるいは単に家出中で行くあてのない佐助が気になるのか、ちょくちょく加乃の家にくるようになって、加乃とはすぐにお茶飲み友達みたいになった。その龍姫が、みすぼらしい服しかない佐助用にと甚兵衛《じんべえ》を仕立てる針仕事の最中に、人手を探している印刷会社の社長さんがいると教えてくれたのだ。

　知らない土地で助けになるのは、いつでも人の縁《えん》。ふたつ返事だった。

「おお、鹿島さんの紹介の」

「今日からお世話になります。高岡《たかおか》加乃です」

　制服もないしラフな格好で、と言われていたが、私服だとかえって面倒だったので、オフィスカジュアルで赴《おもむ》いたが、オフィスではなく事務所という表現がぴったりすぎるそこでは、それでもなお浮いているように感じた。

　加乃の家から歩いて十分ほどのところに駅のある予讃《よさん》線に揺られ、車内では身なりを何度もチェックしていたのに拍子《ひょうし》抜《ぬ》けだ。ちなみに松山《まつやま》市内までは鈍行《どんこう》で二十分から三十分ほど。時間に大きな開きがあるのは、単線ゆえに走っているよりすれ違い待ちの時間のほうが長いこともあるせいだ。

　ただ、一時間に一本しかないみたいな田舎路線を覚悟していたが、十五分に一本くるので都心部の感覚とそれほど変わらなかった。気になるのは座席の座り方くらいで、立ってる人がいるのに平気で座席に荷物を置いたり、詰めなかったり、効率的に乗客が座れるようにという配慮《はいりょ》がまったくなく、都会の効率に毒されている加乃は見ていてハラハラした。そんな予讃線に揺られ、なぜか市街地から大きく離れた場所にぽつねんと置かれた松山駅から、今度はレトロな路面電車に揺られて松山城近くの賑《にぎ》やかな場所まで行くと、加乃の新しい勤め先があった。ご時世柄、即正社員採用とはいかなかったが、正社員前提での試用ということだったので非常にありがたい。その会社は、松山市内にて地元向けに印刷から出版まで一気に手掛けるところだった。

そこの社長と龍姫とが知り合いだったのは、龍姫の管理する鹿島の浜辺に社長が新しい海の家をオープンさせたからだそうだ。

鹿島さんの、と社長が言ったのは、龍姫の外向きの身分は神主だから。それから龍姫本人から聞きそびれたままなのだが、どうもやっぱりあの麦わら帽子に鹿の角が突き刺さった巫女《みこ》さん姿は、普通の人には別の姿に見えているらしい。ただ、龍姫は自分の若さにコンプレックスがあるようなので、それがどんな姿なのかは、加乃はあえて深く問いはしなかった。

「東京のデザイン会社にお勤めだったってことで、期待してますよ！」

髪をオールバックにして金の鎖《くさり》を首にかけているような脂《あぶら》ぎった社長だが、良い人ですから、と龍姫のお墨付《すみつ》きがあるので信じても良いだろう。それにどちらかというと、この時点では悪い奴は加乃のほうだ。

消防署のほうからきました、という文句で消火器を売る古典的詐欺《さぎ》がある。経歴に専門学校のこととデザイン会社に勤めていたことを書けば、誰しもデザイナーと誤解するだろうが、社長の誤解をあえて解こうとはしなかった。事務がメインだったがデザインもできる人物、と誤解されたままにしているのだ。

嘘《うそ》はなにひとつ、ついていない。真実を語っていないだけ。

若干《じゃっかん》、良心の痛みがあったが、背に腹は代えられないし、スキルがまったくないわけではないのだから、つじつまさえ合わせれば嘘にはならないはずだと言い聞かせた。

「ただまあ小さなところですから、しばらくはいろんな仕事を雑用的にしてもらって、という形になりそうなんですわ。それからおいおい、持ち場を見つけてもらうという感じで。細かい仕事はもう山ほどありますから」

誤解をあえて解こうとしなかったのは、こんな感じで自分にもどうにかなりそうな仕事だったからというのもある。

雑居《ざっきょ》ビルの中のその事務所は、細かい仕事はもう山ほど、なんていう社長の言葉をそのまま形にしたような、ドキュメンタリー番組で見た昭和の会社みたいに雑然としていた。しかも一応窓際に置かれてはいるが、喫煙所《きつえんじょ》らしき区画が普通に同じフロアーの中にあり、先輩社員らがたばこを吸っているのを見て、おおらかなところなのだと理解する。

「で、早速《さっそく》なんですが、ちょっと急ぎの仕事をお願いしたくて」

「あ、はい。なんでもやります。お任せください！」

龍姫への義理もあるし、せっかく摑《つか》んだ仕事を放してなるものか。諦めかけていたデザイナーへの道がここにあるのだ。

「じゃあ、このカメラと、これ、急ぎで刷った名刺です。正式なのはまた用意するので。それとこれが、社の腕章《わんしょう》。これがあれば、撮影してても怒られませんから」

ぽいぽいと荷物を渡されつつ、気になる単語があった。

「怒られる？」

週刊誌的な、出歯亀《でばかめ》的なあれだろうかと思うと、社長はなんとも味のある笑みを見せた。

「いや、いや、ゴシップとかスキャンダル系じゃないですよ。けどまあ、その、ご時世って言いますかね。それにほら、私みたいなのより、高岡さんのような若くておきれいな女性なら……あ、いや、今はこの言い方もまずいのか」

社長は自身の額《ひたい》をぺちんと叩《たた》き、それから混沌《こんとん》とした机に手を伸ばし、一冊の雑誌を取り出した。

「これ、『砂浜ガールズ』っていううちの長寿雑誌。素人グラビアっていうか、四国の砂浜にいるギャルたちを毎年掲載してるんですよ」

「……」

　加乃が受け取った雑誌をめくると、確かに水着姿の女の子たちが写っている。しかも、本当に延々《えんえん》と、同じ構成の写真がただひたすらに載っていて、ある種の潔《いさぎよ》さを感じる作りだった。

　それにギャルとは言うが、写っているのはいわゆる普通の女の子たち。表紙に載っている子も、学校のクラスにいたらまあまあ目立つだろうが、いわゆるグラビアアイドルという感じではない親しみやすさがある。

「知り合いの知り合いは大体出てるから大丈夫！　ってのがまあ、コンセプトで」

　コンセプトという言葉の使い方を間違っている気もしたが、加乃にもなんとなくノリが見えてきたし、この雑誌のことはおぼろげに知っていた。

「この雑誌、母が載ったことがあるって言ってたものかもしれません」

「あ、四国の人？」

「結婚で上京したみたいですが、祖父母は北条の」

「ああ、そういえば履歴書《りれきしょ》の住所はあっちでしたね。じゃあ載っててもおかしくないかもなあ。本当に知り合いの知り合いは大体出てる感じですから。ちなみにこんな雑誌、四国だけなんですよ。先代社長は、目の付け所が良かったんだねえ」

　表紙には、創刊三十周年みたいな文字がある。三十年の長きにわたってあちこちの砂浜の女の子を載せ続けたら、きっと四国中の子が載っているに違いない。

「で、誌面構成してたら、松山市内の砂浜の女の子の数がちょっと足りないかもってことになってしまって。ちょうど手の空いてる人もいなくて、私なんかは、ほら、カメラ持って女の子に向けたらすぐ、通報でしょう」

笑っていいのかわからず、加乃は曖昧《あいまい》にうなずいておく。

「それに年々ビキニの女の子が砂浜から消えちゃってるのも事実でねえ、数を揃《そろ》えるの大変なんですよ。毎年の目標は千人掲載なんですけど、なかなか。というわけでお願いできますかね」

望んでいたデザイン仕事ではないが、ひとまず居場所を確保しなければならない加乃に、否《いな》もない。

「わかりました。こんな感じで撮影してくればいいんですね？」

難しい気取った構図ではなく、まさに記念写真、みたいな感じの写真ばかりが並んでいる。

「うん。名前と一言コメントもらうだけで。あ、できればビキニね！　ビキニのチャンネーね！」

社長はそう言ってゲラゲラ笑っていたが、事務所にぽつぽつといた先輩社員さんがたは、冷静に聞き流している。加乃と目が合うと小さく苦笑してから目礼《もくれい》してきたので、いちいちこのノリに付き合わなくてもよいらしい。

加乃は社名の入ったカバンを受け取り、会社の車に乗り込んで、龍姫の言葉を思い出す。

社長はあんな感じの例にもれず、海とキャンプとお酒が大好きで、夏は鹿島のキャンプ場に入り浸《びた》っているが、一番きれいに後片付けをして帰るのだそうだ。

龍姫が彼をいい人だと言うのは、それなりに当たっているのだろうと加乃は思う。

「ただ、やっぱりずっとあのノリだと疲れるかなあ……」

ペーパードライバーなので慎重に車を出しながら、加乃はちょっと苦笑いしたのだった。

四国は驚くほど砂浜が少ない、というのが加乃の印象だ。

祖父母の家の目の前に砂浜が広がっているし、四国はぐるりと海に囲まれているのだから全部砂浜なのだろうと思っていたら、全然そんなことはなかった。

祖父母の家の近くのそれも、整備された砂浜というわけではなく、沖に消波ブロックを置いたらその手前に勝手に砂がたまったという感じなので、普通に漁船みたいなのが係留されていたりする。

当然、ビキニのチャンネーはうろうろしていないので、くたくたにくたびれた道路マップを見て、社長に言われた松山市北部の砂浜に向かっていた。

なんなら通勤してきたのを逆戻りするわけで、撮影が終わったら家の前を通過して車を返しにいき、また電車に乗って帰ってくることを思うと、虚無《きょむ》感がないわけでもない。

しかも松山市は呆《あき》れるほど広いので、のんびり電車に三十分揺られてきた先に、まだ松山市の領土は続いていて、そこにようやく、目当ての海水浴場がある。

加乃が向かうようにと指定されたのは、風早長浜《かざはやながはま》海岸というところで、祖父母の家から車で十分ほどの距離にある。加乃は行った記憶がないものの、スマホで調べると結構立派で、道の駅も目の前にあった。

平日の昼間から行って人なんているのかと思ったら、案外にぎわっていた。カメラを肩にかけ、渡された腕章をつけながら、ふと、こういうのって撮影許可みたいなのが要《い》るのではないかと思ったが、社長は腕章があれば大丈夫としか言わなかった。三十年も続いている雑誌なので、その辺はなあなあなのかもしれない。

怒られたらすぐ社長に電話しようと加乃は腹を決め、砂浜に向かった。

そして、心配はある意味杞憂《きゆう》に終わったのだった。

「いない……」

人はいるのだが、ビキニのチャンネーなど皆無だった。ファミリー、地元の元気な男子中高生、それから平日の昼間になぜ海水浴をしていられるのかわからない、数多《あまた》の成人男性たち。

女の子たちもいるにはいるが、まさに女の子という感じで、せいぜい中学生くらいだろうか。

雑誌で求めているのは十八歳以上ということだったので、対象外だ。

健全という意味では健全なビーチだったが、加乃の今の仕事としては大変に困る。

もっと海にこいよ若人《わこうど》などと胸中で言いつつ、加乃自身、海水浴行こうぜと友達に誘われたら行くだろうかと考え、行かないなあ、と思う。べたつくし、日焼けするし、なにもかもが面倒くさい。

「かき氷食べたい……」

早くも顎《あご》をつたう汗を手で拭《ぬぐ》い、エアコンの利いたオフィスでマックをいじっているデザイナー的ライフプランとの格差に肩を落とす。ビーチには海の家と呼ぶには本格的すぎる二階建てのレストランが併設《へいせつ》されているので、そこの窓際に陣取って、ビキニ集団がくるのを待ったほうがいいかもしれない。

それに、じっと観察していれば、沖合では時折ジェットスキーが海原を疾走《しっそう》し、なんとなく女の子も乗っているようだったから、彼らが陸に上がってくればシャッターチャンスかもしれない。

車の中ではどんなふうに撮影のお願いをしようかと、必死に台詞《せりふ》をシミュレーションしていたのにと思いながらも、ややほっとした心持ちでレストランに向かおうとしたその矢先。

自転車の前かごにカラフルな防水バッグと巨大な水鉄砲をのせ、海につく前から我慢できずに膨《ふく》らませ、邪魔《じゃま》だけど今更しぼませるのも面倒だ、と言わんばかりの浮き輪を抱えた集団が到着したところに出くわした。かりっかりのかりんとうみたいに日焼けした、いかにもな夏休みの少年たちなのだが、目を剝《む》いたのは、その中に見慣れた顔があったから。

それも、ふたつも。

そして加乃にとってのこの土地での知り合いは、今のところ二人しかいない。

我先にと駆《か》けて行く少年たちより、少し遅れてその少年が自転車から降りたのは、褒《ほ》められたことではないのだが、二人乗りをしていたからだ。

佐助はいつものランニングシャツと短パンで、その後ろに乗るのは、どうもどこかの学校の体操着を着て、ハーフパンツをはいている龍姫だった。こんな時でも麦わら帽子だが、今日は角はついていなかった。

佐助は水鉄砲だけ摑むと、先に行って佐助を呼んでいる少年たちに向かって駆け出してしまう。龍姫が佐助に文句を言うと、佐助は調子良さそうな笑顔を向けて、早くこいよ、とだけ言って駆けて行く。あとに残された龍姫はそんな佐助に不満そうながら、おとなしく前かごの荷物を手に持ち、彼らの後を追いかけようとする。

それから数歩歩いて、びくりと足を止めた。

加乃と目があったから。

「……」

「……」

龍姫はなにか言おうとして口を開きかけ、結局口をつぐんで、横を向く。

佐助が地元の少年らとあっという間に仲良くなったらしいのは知っていたが、龍姫も巻き込まれていたとは。

いや、加乃は記憶を巻き戻し、二人乗りしていた時の龍姫の様子や、そう言えば加乃の家にきてなんだかんだ佐助の世話を焼いていたことを思い出す。生活の乱れを指摘して、土地のしきたりを言い聞かせ、ぼさぼさの髪の毛に呆れて梳《くしけず》り、甚兵衛《じんべえ》までこさえていた。

この世の中、なぜか世話を焼く側のほうがのめり込んでしまう、という悲恋が後を絶たないのを、加乃は思い出す。そして子供の頃の一日とか二日というのは、大人になってからの一か月や二か月に匹敵するということも。

加乃はそれらのあれこれを勘案《かんあん》し、どうにか大人としての最適解《さいてきかい》を絞《しぼ》り出《だ》す。

「佐助が熱中症で倒れないように、見張っていてあげてね」

龍姫は目をぱちくりとさせてから、こくこくとうなずいていた。

「私は仕事……なんだけど、そこのレストランで休憩してるから」

土地神で龍の化身《けしん》で、四国を支配する狸《たぬき》たちから土地の管理を下請けしているらしい龍姫は、もう一度こくこくとうなずいて、それからどこか逃げるように佐助たちの集団のほうに小走りに駆けて行った。

加乃が目を細めたのは、夏の太陽があまりにも眩《まぶ》しいから、というだけではなかったのだった。

居候《いそうろう》の佐助と違い、龍姫はきちんと文明の利器を持っている。

加乃が涼しい店内でかき氷を食べていると、ほどなくスマホにメッセージが送られてきた。

完成した佐助の甚兵衛を届けに家を訪ねたら、地元の小学生たちと仲良くなった佐助が、彼らと一緒にビーチに行くと言い出したのだそうだ。家の前にいくらでも砂浜があるのにと加乃が思っていたら、管理されていない砂浜は足も見えないくらい海藻《かいそう》だらけなうえ、ちょっと沖に出ただけですごい海流に攫《さら》われるから危険なのだということだった。当然、渡し船に乗る金のない彼らの選択肢に、鹿島の砂浜は存在しない。

佐助は土地に慣れていないから心配で、と取って付けたような一文が最後にくっついていた。

「龍姫ちゃんは男で苦労しそうだね……」

佐助はあんな感じだが、妙に甘え上手なところがあるのも原因だろう。たとえば海沿いの日本家屋は夜になると驚くほど寒くなるのだが、佐助は狐の姿のまま加乃の布団に潜《もぐ》り込《こ》んできたりする。それで朝目覚めても特に照れた様子もないふてぶてしいところに、悪い男に育ちそうな気配がびんびんにあった。

さて健気《けなげ》な龍姫に対し佐助はどう思っているのかと考えてみるが、なんにも思っていなさそうなのが辛《つら》い。いまも龍姫は少年たちの荷物番といった様子で、ひとりぽつんとしている。時折うつむくのは、加乃にメッセージを送っているからだ。最近、龍姫は加乃の家にきて晩御飯を作ってくれることがあるのだが、その献立を尋ねる内容だった。加乃は自分が好きなものを書こうとして、佐助の好きそうなものを返信しておいてやる。

とにかくなんでもいいから気を利かせて輪に入れてやれよ佐助、と加乃は思うのだが、あのわんぱく坊主には難しすぎるかとも思う。

いずれにせよ、加乃にはずいぶんご無沙汰《ぶさた》の、縁遠い世界の出来事だ。もどかしさはあったものの、尊いものをそっとしておこうと心に決め、ブルーハワイを口に運ぶ。

それに加乃のほうも、他人の心配ばかりしている場合ではないのだから。

「写真、どうしよう……」

二階の窓際の席からビーチを眺めても、被写体になりそうな人はいなかった。あの雑誌に掲載できそうな年代をようやく見つけたかと思えば、ほとんどが大きな日傘を手にした、ちょっと海辺に散歩にきたという格好なのだ。

何時までに帰れと言われていないので、夕方まで粘《ねば》っても問題はなかろうが、一人も撮れていないとなるとさすがに立つ瀬がない。それに佐助を住まわせている手前、安定した仕事を手に入れなければという使命感もある。いっそ龍姫が神通力《じんつうりき》とやらで化けられないだろうか、などと考えていた矢先のこと。

ビーチの人たちに動きがあった。上から見ていると思いのほか全体の様子がわかるのだが、特に成人男性諸君が色めき立っている。椅子から腰を浮かせて彼らの関心の先を見てみた加乃は、急いで残りのブルーハワイをかきこんだ。

痛む頭をこんこんと叩きながら、会計を済ませて外に出る。

むわっとした熱気に顔をしかめつつ、砂浜には場違いな革靴で駆けて行く。

目指すは人々の関心の的でありながら、妙に距離を空けられている人物だ。

二人組の金髪日焼け男性らが、精いっぱい気《き》後《おく》れしていないよという笑顔を見せて声をかけるが、それこそ軽くあしらわれている。

遠巻きにスマホで撮影している人までいるのは、芸能人だと思ったからだろう。

加乃はそう思って、もし本当に芸能人だったら事務所を通したりしないと怒られるのかなと思ったが、それならそれで本人が言ってくれるだろう。

なにより加乃の目から見ても、それは非現実な美貌《びぼう》の持ち主なのだ。声をかけないという選択肢はあり得なかった。

「あのっ」

ひとしきり男性諸氏が玉砕《ぎょくさい》するのを見送ってから、控えめなシートを敷いてちょこんと腰を下ろしていたその人物に声をかける。この美女の写真を撮れれば、あの社長も文句は言うまい。

ショートカットは美人にこそ最も似合う髪型であることを証明するかのようなその人物は、優雅なしぐさで加乃を振り向いた。

「えっと——私、写真、あなたっ」

同性なのに加乃は妙にどぎまぎし、用意していた台詞が空中で分解する。

せめて何人かに声をかけて練習しておけば、と加乃が自分の社交能力を呪《のろ》っていたところ、怪訝《けげん》そうな顔をしていたその人物は、加乃の腕のあたりを見てぱっと顔を輝かせた。

「砂浜ガールズですか⁉」

ややハスキーな声も可愛らしいし、その顔立ちから幼く見えるが、大学生くらいだろうかと思う。なにより、雑誌の知名度の高さに加乃は恐れ入った。

「あ、はい、その、えっと」

「写真、もちろん、ぜひ！」

加乃に合わせたわけでもなかろうが、相手も単語ぶつ切りで言って立ち上がる。

加乃は年齢確認をし忘れたことにも、滴《したた》る汗にも気がつかず、天のくれたチャンスとばかりにカメラの電源を入れ、太陽光で見にくい液晶画面に四苦八苦しながら調整をする。なんだなんだと人が周囲に集まるのも恥ずかしいが、砂浜ガールズ、砂浜ガールズ、と聞こえてくるので、邪魔はされなさそうだ。当の女の子はまったく気にした様子もなく、わくわくした様子で加乃の準備を待っていた。

「お待たせしましたっ」

「よろしくお願いします」

早速ポーズまで取ってみせる。やっぱり芸能人なのだろうかと思うが、勝手に撮影しないでくださいと言うどころか、どうも撮られ待ちのようだった。

そんなにたくさん枚数はいらないのだが、相手がポーズを取るのでとにかく撮影していると、加乃はふと思った。こんな子が、失礼ながら片田舎の砂浜にいるのは妙ではなかろうか。しかも知名度があるとはいえ、およそきらびやかな感じとは言えない雑誌に撮られ待ちとは。

まさか、美人局《つつもたせ》の亜種では？　ここでカメラから顔を上げれば、怖いお兄さんが待ち構えていて、うちの店の女の子になにしとるんじゃいと出てくる展開なのではなかろうか。

加乃の手が止まり、カメラから顔を上げられなくなっていると、液晶に映った女の子が不思議そうな顔をしているのが見えた。

暑さとは違う理由の汗が頬《ほお》を伝う中、不意に女の子が目をぱちくりとさせ、はっきりと驚きに口を開けたのだった。

「うっ」

加乃は自分の後ろにいる想像上の怖いお兄さんに、すべては社長が悪いんですと言いまくろうと目を瞑《つぶ》る。

その直後に聞こえてきたのは、聞き慣れた声だった。

「うわ、やっべ！」

佐助だ。

加乃が顔を上げて振り向くと、野次馬《やじうま》の中にいた佐助が、脱兎《だっと》のごとく駆けだしていた。それが急に足を止め、呆気《あっけ》に取られて立ち尽くしていた龍姫の手を取り、引っ張っていこうとする。なにが起きているのか皆目わからなかったし、水着姿の美女を振り向くと、彼女は彼女でなぜか悲痛な顔をしていて、間を空けずにこう言ったのだ。

「待って！　待って、お願い！」

逃げようとする佐助と龍姫に声をかける、絶世の美女。

他のやじ馬たちはぽかんとしていたが、佐助や龍姫の正体を知る加乃にだけは、茹《ゆ》だり気味の頭でもなんとなく事態が見えてきていたのだった。

さっきまで加乃がブルーハワイを食べていたレストランの席に、大きめのカットソーに細身のジーンズという、絵に描いたようなわざとらしい芸能人みたいな格好《かっこう》をした、芸能人並みに美しい女の子が現れる。

彼女が着替えてくるのを待つ間、アイスティーを頼んだ龍姫と、クリームソーダを頼んだ佐助に確認したが、予想は間違っていなかった。

「お願い、このことは黙っておいてっ」

席に着くなり、千代《ちよ》と名乗ったその美少女は手を合わせた。龍姫は相変わらずぽかんとしているし、佐助は疑わしそうな顔でアイスクリームを頬張っている。

「あなた、土地神よね？　龍神様なら、鹿島の神様だっけ？」

千代の確認に、龍姫は気圧《けお》されながらうなずいている。

加乃の予想通り、千代は人ではなかったわけだ。

しかも佐助が気がつくなり逃げようとしたのだから、答えは限られる。

「その……千代、様は……」

龍姫がおずおずとたずねると、千代は困ったように笑っている。

「様なんてつけないで。私は狸連《たぬきれん》の奴らの偉そうな態度、ほんっとうに大嫌いなんだから」

千代は狸であって、四国は狸の国。

けれどいつの時代、どこの場所でもそうなように、主流から外れた者はいるようだった。

「それより……」

千代は加乃に視線を向け、首をすくめて見せる。

「撮影の件、狸連には黙っててほしいなあって」

野良《のら》狐が狸に捕まれば、じゃこ天にされるおそれがある。そこで反射的に逃げようとしたところを千代が呼び止めたのは、千代のほうでも口止めしたいことがあったからのようだ。

「私は、まあ、別に、はい」

加乃には狸連とやらに伝手《つて》も、知り合いもいないし、密告の理由がない。

「龍姫ちゃんは？」

「わ、私も、別に……」

その返事に、千代はたちまち満面の笑みになる。

最後に千代が佐助に視線を向けると、佐助は大人びたしぐさで首をすくめていた。

「ありがとう！」

千代はそう言って、加乃の手と、龍姫の手、それから嫌がる佐助の手をそれぞれ握っていく。

「あー、でもじゃあ、写真も没《ぼつ》にしたほうがいいです、よね？」

こんな逸材《いつざい》の写真を使えないのは残念だが、日はまだ高いので粘れば一人か二人はいけるかもしれない。加乃がそう思っていたら、アイスコーヒーを頼んだ千代はもう一度加乃の手を取った。

「掲載はして欲しいんです！」

「え？」

「そのためにおしゃれして、暑い中、うろうろしてたんですもん。ここで三か所目だったんですけど、全然撮影の人いなくって。遅かったかあって諦めかけてたんですけど」

どうやら本当に撮影待ちだったらしい。

が、加乃としては素直に気になった。

「千代さんなら、この雑誌にこだわらなくてもいい気が……するんですけど」

四国内ではそれなりの知名度の雑誌かもしれないが、全国的には全く知られていないということだけは加乃も保証できる。

すると、千代は大きく肩をすくめて言った。

「砂浜ガールズじゃなきゃダメなんですよ。四国中の狸をあっと言わせるんですから」

「？」

言葉の意味が分からないでいると、アイスコーヒーが運ばれてきて、千代はガムシロップをいっぺんに三つも入れていた。

「あ、知りませんでした?　砂浜ガールズって、もともと狸の修行《しゅぎょう》の成果を見せるための本なんですよ」

まばたきし、隣の龍姫を見やると、龍姫はもちろん首を横に振った。佐助から赤ちゃんトカゲとからかわれていた龍姫は、見た目どおりの年齢らしいので、創刊三十周年の本の由来は知る由もないだろう。

「何十年も前、いよいよ四国の山にも開発の手が入るようになったころなのかな。普通の狸たちももっと人里に関与しなければってことになったみたいで。それで四国中の狸たちが人に化ける練習を開始したらしくて。けど、なんでか狸ってみんな競争が大好きで、誰が一番うまく化けられるかって言いだしたんですよ」

確かに昔話でも、化け比べみたいなのは定番だと加乃は思う。

「で、その様子を写真に撮って販売したら、土地の狸の化け自慢になるし、四国に散らばる親戚たちに近況報告になるし儲《もう》かるのではって思いついた商売上手な狸がいたようで」

現社長もずいぶん胡散臭《うさんくさ》そうな見た目ではあったが、先代社長はどうやら本物の狸だったようだ。

「まあ、最近は載りたがる狸もめっきり減ったみたいですけど」

ビキニのチャンネーの減少には、単なる少子化だけでなく、狸たちの化け合戦熱が冷めたことも関係しているらしい。

「そういう経緯のある雑誌だから、今でも古狸たちは毎年購読してるんですよ。だったら私の両親の鼻を明かすには、砂浜ガールズしかないなって」

両親のくだりはよくわからなかったが、話を総合するに、狸の化ける技術には巧拙《こうせつ》があり、うまく化けられれば化けられるほど名誉な感じなのだろう。そして千代の親御さんは厳しくて、子供の成長を認めないとか、そういうあたりだろうかと加乃は思う。

「加乃さんや出版社には迷惑かけませんから」

加乃としては、気がつかなかった振りをするのはそんなに難しいことではないと思う。そもそも狸が化けているかもなんて、想像するほうが正気ではない。

それに千代の写真を提出できれば、自身の仕事の評価もそこそこ上がるのではなどと、こずるい計算をしていたところ、からんと氷の音がした。

見やれば、それまでおとなしかった佐助だ。

「じゃあ、俺のことも見逃してくれるか？」

上目遣《うわめづか》いの、やや卑屈《ひくつ》な目線。

佐助として気になるのは、もちろんそこだろう。

「あー、佐助くんのほうもなんか事情があるんだっけ」

龍姫の客分として北条の土地にいる、というのは伝えてあるが、少年狐が一人で狸の国にいるというのは、誰が見ても事情ありとわかるだろう。

千代は甘ったるそうなアイスコーヒーを一息に飲み、にやりと笑いかける。

「じゃあ、一蓮托生《いちれんたくしょう》。運命共同体ってことで」

握りこぶしを作って、掲げて見せる。

佐助は驚いたように首を伸ばしてから、急に笑って、テーブルに身を乗り上げてこぶしを突き合わせていた。

なんだか一瞬で意気投合している千代と佐助の二人を、龍姫がやや不安そうに見ている。

そこに、千代が言った。

「あ、でも、それだけだと釣り合わないな……」

加乃たち三人の視線を集めてから、千代は少しばつが悪そうな顔をする。

「実は、もうひとつお願いごとがあるの。私、お山の修行場《しゅぎょうば》から着《き》の身着《みき》のままで脱走してきてるんだけどさ、そろそろお布団で寝たいなーって……」

葉っぱのお金を使うとすぐに足がつくし、などと物騒《ぶっそう》なようなそうでもないようなことを口にしているが、千代には陽の者のみが持つ調子の良さと、押しの強さがあった。

「修行場では、まだ私が真面目に修行してるってみんな化かされてるはずだから、迷惑はかけない、はず！　だからお願い！　もう野宿は嫌なの！」

手を合わせて拝《おが》む千代に、最初に口を開いたのは佐助だった。

「うち、部屋空いてるよな？」

家出中の身ということで、野宿の辛さはよくわかっているのだろう。

それに佐助の顔には、新しい遊び相手ができそうだぞという期待感も見え隠れしていた。

「あ、あの、うちの神社も空いてます！　けど……」

龍姫が咄嗟《とっさ》に口を挟《はさ》んだ理由は、加乃にも痛いほどわかる。千代が恋愛対象として佐助を見るとは到底思えないが、佐助とは妙に気が合いそうなところがある。

がんばれ、と応援したいところだが、当の佐助が空気を読まずにこう言った。

「お前んところ、ゴキだらけだし冷房ないじゃん」

少年～、と加乃は思ったが、祖父母の家は無駄に広く、部屋は確かに空いている。

ならばせめて、加乃はこう言うべきだ。

「なんならいっそ、龍姫ちゃんも一緒に泊まればいいんじゃない？」

初対面の時の威厳はどこへやら。

地獄に仏を見たような顔で、龍姫は加乃を見つめていた。

「ん……っと、言っておいてなんだけど、ほんとに押しかけちゃって、大丈夫？」

なにか不穏《ふおん》なものを感じたのか、千代が尋ねてくる。

「大丈夫ですよ。実際、部屋がすかすかで寂《さび》しかったですから」

千代はぱあっと顔を輝かせ、「ありがとう！」と屈託ない笑顔を見せてくる。

龍姫と加乃が精神を消耗《しょうもう》している中、一人佐助は全く別のことを考えていたらしい。

「四人いるなら、桃鉄《ももてつ》できるな！」

女子二人の冷たい視線をまったく意に介さない佐助に、千代だけがにこにことしながら、

「桃鉄？」と首を傾《かし》げていたのだった。


その後、首尾《しゅび》よくジェットスキーで遊んでいた若者が陸に上がってきて、何人かが撮影に応じてくれた。聞けば、撮影されるのは今年で五回目という猛者《もさ》もいたが、そらそうだよなと加乃は思う。佐助と龍姫はまだ遊んでいくということだったので、千代もそれに付き合って、佐助たちと一緒に家に向かうとのことだった。

なので加乃は車で一人会社に戻り、撮影した写真を社長に見せてみた。もしもこの社長が狸なら、千代の正体を見抜くかもと思ったが、言葉を失っていたのは千代の美貌のせいだったらしい。

「芸能人じゃなくて？」

心配そうに聞いてきたので、そこは大丈夫だと答えておいた。

その後は撮ってきたばかりの他の写真と合わせ、綺麗《きれい》に見えるよう写真にレタッチの作

業をしていたら、初日の日が暮れた。

前の会社だと残業が当たり前だったが、皆六時前には帰るらしい。

加乃も先輩らに合わせて退社し、途中、銀天街《ぎんてんがい》と呼ばれる大きな商店街でケーキを買ってから、路面電車で松山駅に向かい、予讃線で帰宅した。

都内の通勤とはちょっと違った緩《ゆる》さがあって、悪くないなと思う。

「ただいまー」

なんて何気なく言ってしまったのは、玄関を開ける前から感じていた人の気配のせいだろう。

「お疲れさまでした」

出迎えてくれたのはエプロン姿の龍姫で、玄関にまでおいしそうな煮物の匂いが漂っている。

良い子だなあと心底思いながら加乃が居間に入れば、こちらはくつろいだ様子の千代が「おかえりー」と笑顔を向けてきて、すっかり旧知の間柄みたいな気の使わなさに、これはこれでほっとする。

テレビを見たまま振り向きもしないのは、ゲーム中のサイコロで良い目を出そうと、タイミングを計って無駄な努力をしている佐助だけだ。

「これケーキ。皆で後で食べよう」

「ケーキ⁉」

その単語に反応して、佐助は顔を上げていた。

「ご飯の後ね」

佐助がごくりと生唾《なまつば》を飲み込んでいたところ、龍姫がお盆にお茶わんやらをのせて居間に入ってくる。

「あんたも配膳くらい手伝いなよ」

加乃は佐助に言いおいて、着替えのために続きの仏間に行く。そして、今の完全にお母さんの口調まんまだったなと驚くやら、自分の過去の所業を思い出して反省するやらだ。

加乃が軽くシャワーを浴びて部屋着に着替え、居間に戻ると、驚くような和食が用意されていた。しかも食材はほぼ龍姫が神社から持ってきたもので賄《まかな》われているので、感謝の方法をなにか考えねばなるまいと加乃は思う。龍姫が言うには、神社はなにかにつけて食べ物を奉納《ほうのう》されるものの、先代の父上は引退するや世界周遊旅行に出てしまったとかで、龍姫の一人暮らしでは到底消費しきれないらしい。なのでここで使えるのはとてもありがたいとのことだった。

なんにせよありがたくいただいていたところ、千代がなんの気なしに聞いてきた。

「社長さんは写真で気がついた？」

自信なさそうに漬物《つけもの》をつついていたので、それなりに心配だったようだ。

「大丈夫だと思いますよ」

千代はほっとしたように笑い、佐助が夕闇《ゆうやみ》に乗じて捕まえてきたという立派な黒鯛の煮つけに手を伸ばしていた。佐助がいれば、魚にも困らない。

家賃は無料だし、しばらくお金には困らなさそうだ。

なんだか奇妙ななりゆきだが、賑やかな食卓は楽しいなと、加乃は素直に思っていた。


風向きによってはたばこの煙が目に染《し》みるオフィスで、加乃はひたすらビキニのチャンネーの写真をレタッチし、写真を管理する古めかしいエクセルファイルとにらめっこする毎日を過ごしていた。

今年の掲載数は七百人とのことで、写真の大きさを調整し、名前と一言コメントを管理し、ファイル名と一致しているかの確認作業だけでも、七百回繰《く》り返《かえ》すことになる。しかも砂浜ガールズの刊行は九月末で、六月末辺りから海に出て撮影するそばから編集を始めるというのだから、大変なことだ。その仕事の間にも地域向けのコミュニティ冊子《さっし》などは定期的に発行され、それとは別の単発の印刷物の依頼が持ち込まれるから、当然、この時期は人手が足りなくなる。

加乃は前の会社で事務をやっていたわけだが、先輩社員にはライター業務と勘違いされたようで、地域冊子の穴埋《あなう》め原稿などまで依頼されてしまった。さすがにこれは、と断りかけたが、どこかの神社の古木が台風で傷ついてしまった写真に説明を加えるだけだったので、駄目なら却下されるだけだろうととりあえず書いてみたら、すんなり通ってしまった。その拍子抜け感も手伝って、誌面を飾るためのちょっとしたバナー類や飾り枠《わく》などの作成を手伝いましょうかと申し出たら、天の恵みとばかりに感謝された。

世の中、一歩踏み出してみたら案外こんなものなのかもしれない。

そんなわけで会社での滑《すべ》り出《だ》しは上々で、このまま正式に雇ってもらえたらひとまず生活の地歩は築《きず》けそうだった。家賃が無料、食費もほぼ無料となれば、千代と佐助が居候していたとしても、貯金だって余裕でできるだろう。

ただ、電車に揺られ、街灯のほとんどない外の真っ暗な景色をぼんやり眺めていると、ふと、東京の夜景が恋しくなる瞬間があった。絶対に戻りたいわけではないが、いざ仕事が見つかって生活が安定しそうだとわかると、生活の先が、それこそかなり先まで見通せてしまうのだった。

たとえばこの土地に骨をうずめるのかと言われたら、まだそこまでの覚悟はない。なにせ土地の知り合いと言えば龍姫くらいなのだし、どうしたって遊ぶところの多寡《たか》を東京と比べてしまったりする。地方都市にスタバができるとたちまち行列になる、なんていうのは笑い話ではなくて本当のことらしくて、なんなら数年前には四国初のセブン‐イレブンがでただけで行列ができたと龍姫は話していた。加乃が東京からきたと聞きつけて話しかけてきた人好きのする古株のパートさんたちの話も、色々な意味で興味深く、遊ぶ場所の話になった時には、休日にフェリーで海を渡って広島のコストコに行くのがレジャーのひとつだと言っていた。それはそれで楽しそうなのだが、都心とはだいぶ趣《おもむき》が違うというのはすぐに理解できた。そういう土地で残りの一生を過ごすというのには、良《よ》し悪《あ》しとは別の、なにか特殊な覚悟が必要だぞと思ったのだ。

それに、今は家が妙に賑やかだからよいものの、修行場からちょっと抜け出してふらふらしているらしい千代がいなくなり、佐助が実家に戻るなりすれば、加乃はまたひとりだ。龍姫が一緒に住んでくれるのならそれはそれでありかもしれないが、しっかりものの龍姫にべったり甘えて堕落《だらく》する自分の姿しか加乃には想像できず、あまり賢明な選択肢とも思えない。

そうなれば、あの家の広さをなにで埋めるのか、選択肢は限られてくる。

そんなことをつらつら考えていると、最寄《もよ》り駅の伊予北条《いよほうじょう》駅に到着する。通勤時間帯は特急も止まる駅なので、そこそこ乗降客がある。手動の改札を抜けると、小さなロータリーは家族を迎えにきた軽自動車で埋まっている。

そういう光景を見ると、なるほど人が結婚を真剣に考えるのはこういう時かと、加乃は思う。

加乃の両親は空気を読んでいるのか、それとも本当に関心がないのかわからないが、加乃にその手の話を出すことはない。とはいえ無職になった時はさすがに実家に戻ってくるかと切り出されたし、帰ればその手の話題が出ないこともあるまいと思ったのも、この伊予北条に逃げ込んだ理由であった。

しかしこの辺のほうがよっぽどかその手の圧《あつ》は高いだろうし、住んでみるとなんとなく理由がわかる。

「とはいえ現実感がないなあ……」

加乃は呟き、海側に続く道を歩いていく。

なんなら佐助が実家に戻るとか言い出したら、今度は京都についていくのはどうだろうか、などと現実逃避をしていたら、家に着いた。まだどこか旅行客の気でいたが、体のほうは伊予北条での生活になじんできているらしい。

やれやれと玄関に鍵を差し込もうとしたところで、庭から人の声がするのに気がついた。

玄関を開けずに庭に回ると、千代が佐助と一緒に社《やしろ》を支柱に据《す》えつけているところだった。

「あ、おかえりー」

今日も美人な千代は屈託なく挨拶《あいさつ》してくるが、そんな千代の前ではなんだか気恥ずかしいのか、佐助はちらとこちらを見るだけで、作業に集中していますというふりをしている。

そういうところを見ると、佐助が布団の中に潜り込んできてあっけらかんとしていたのは、ふてぶてしいのではなく、単に異性として全く意識されていなかっただけなのだと、加乃は理解できた。納得するやら、なんとなく不服やらではあったが、まあそんなもんだろうと我ながら笑えてしまう。

「お社、直しちゃって大丈夫なの？」

縁側に腰掛けると、佐助は出来栄えにほれぼれしたようにうっとりしている。

汗をぬぐった千代は端材《はざい》やらをまとめてから、軍手を外して加乃の隣に腰掛ける。

「壊れたままにしておくのもあれだし、直すだけなら大丈夫だと思うよ。それに日中暇だし、なんにもしないのも悪いからさあ」

「気にしなくていいのに」

千代とはすっかり友達感覚で話せていて、龍姫よりももっと目線が近いせいか、大学時代に戻ったかのような感じがある。

「ただ、佐助は完全に自分の家だと思ってるみたいだけど」

いつの間にか狐に戻った佐助が、身軽に社の上に飛び乗って、招き猫よろしく座り心地を確かめてご満悦《まんえつ》だ。

「秘密基地は、男の子全員の夢だからね～」

お社の件では龍姫は血相を変えていたのに、千代はそんなことを言って呑気《のんき》に笑っている。

　これが元請けと下請けの違いか、などと世《せ》知辛《ちがら》さを加乃が嚙《か》みしめていると、屋内から龍姫の声が聞こえてきた。

「皆さん、ご飯ですよー」

　庭にいた全員が返事をする。佐助は社から飛び降り、そのまま縁側に上がろうとしたので、加乃は首根っこを捕まえて取り押さえた。

「足の裏を拭《ふ》いて！」

『ギャヴ〜』

　狐の鳴き声はおおむねこんな感じで可愛くないということを、加乃はユーチューブで確認している。こんこん、みたいな可愛い表現はなんなんだと思う。

　とにかく可愛げの欠片《かけら》もない鳴き声に最初は驚いたものの、今はこう返すのみだ。

「狂犬病の予防注射、行く？」

　佐助はたちまち牙を隠し、人に戻って水道のほうに歩いて行った。くすくす笑う千代と別れ、加乃は玄関から家に入り、さっさとシャワーを浴びて居間に向かえば、千代と佐助が配膳の手伝いをしていた。

　いただきます、と食事が始まった矢先、加乃は居間の隅に小さな黒い箱を見つけた。

「ネット、無事につながった？」

佐助がつなげろとうるさいのと、加乃も仕事で使いそうだったので、ネット回線の工事を申し込んでおいたのだ。

「それ！ノーパソのパスワード教えてくれよ！」

佐助は豚の生姜《しょうが》焼きから顔を上げて、勢いよく言った。

「はあ？ゲームならそこにあるじゃない」

「ユーチューブで動画が見たい！　龍姫はスマホ貸してくれないからさあ」

「ああ、動画……」

現代っ子めと思いつつ、年頃の女の子は野蛮《やばん》な男子にスマホを貸しはしないだろうし、多分単純に通信量の問題だろう。神様だろうと、スマホのギガは無限ではない。

ただ、自分もデザイン用のツール類の勉強を再開せねばと思っていたところだ。

「夜は私が勉強に使うから、絶対に返してよ」

「オッケー」

本当に大丈夫なんだろうなと加乃は思いつつ、今日も龍姫の手料理をありがたく味わっていたところ、今度は千代が口を開く。

「あ、加乃さん」

「はい？」

「えっと、私もパソコン、使わせてもらえたらなーって……」

小首を傾げるしぐさは、絵に描いたような可愛いおねだりだ。

まだ生活を共にして間もないが、千代にはなんとなくその手の芝居をことさら演じている、という雰囲気があることに加乃は気がついていた。ぶりっことも違う感じなのだが、砂浜ガールズはもともと狸の化け比べを掲載するものだったという話も思い出し、化け狸の習性か、あるいは訓練の一環なのではないかとか勝手に思っている。

「加乃さん、デザイン系の勉強してたって聞いたからさ、その〜……ツール類とか、あるよね？　それ、使わせてほしいなって」

千代の話は、なんだか若干込み入ったものになりそうだった。

佐助もそうだが、化け狸だろうと化け狐だろうと、普通に電子化された生活に順応している。狸の姿でマウスをいじっている姿は、ぜひ見てみたいと思う。

「ツール……まあ、うん。ひととおりは」

前職を放り出され、身の回りの品はケチっても、超有名なデザイン系ツールのサブスクリプション契約は解約しなかった。なんの実績もない加乃にとって、デザイナーと言い張る最後の砦《とりで》のようなものだ。

しかし一体なにに使うのかと聞こうとしたところで、佐助が口を挟んでくる。

「じゃあ、あとはケーブル？　マイクってノーパソについてるんだっけ？」

なんの話だと加乃が思っていたら、千代が言う。

「専用のマイクがあったほうが良さそうって書いてあったよね。あとはテレビ画面をキャプチャーして、パソコンに流し込む機械かな」

そしてなぜか千代が龍姫に視線を向けると、ほうれん草の煮びたしを食べていた龍姫は、やや呆れたように言った。

「メモしてありますけど、本当にやるんですか？」

なんだか浮き浮きした様子の千代と佐助を前に、龍姫の目は懸念《けねん》に満ちていた。

「狸連のことなら大丈夫だよ。私が保証する！」

「ネットの世界は誰の縄張《なわば》りでもないからな！」

千代に続けた佐助の言葉に、龍姫はため息をついていた。

「龍姫ちゃん、なんの話？」

加乃が尋ねると、龍姫はげんなりとした目で言った。

「ふたりで、ゲームの実況配信をするとかって」

「はっ」

それは驚きが鼻から漏れたのか、半笑いだったのかは、加乃自身にもわからない。

「なんで急に？」

子供のいきなりのやる気に理由なんてなかろうが、千代まで乗り気なのはちょっと気になったのだ。

「なんでって、決まってるだろ！」

加乃からなにか言われると予想していたのか、耳ざとく聞きつけた佐助が言った。

「人気配信者になれたらたくさんフォロワーが集まって、それって要するに信仰じゃん！」

確かにファンのことを、信者とかいう風潮もあるにはある。

「ついでに投げ銭してもらえば、これって要するにお賽銭《さいせん》じゃん！　信仰があれば神通力が使えるようになるし、しかもお金まで稼げるんだから、最強だろ⁉　お社もデジタルの時代なんだって！」

きっと最近の学校は、スマホの前で踊るイケてる子と、マイクに向かってはいどうも～とか言う子たちに分かれるのだろうが、その波は神様たちも容赦なく呑《の》み込んでいる……。かどうかはともかく、佐助の提案はそれなりに理に適《かな》っているような気がしないでもない。

「私としては、狸連から怒られないのであれば、いいかとは思うのですけど……」

学級委員長的な龍姫は、咥《くわ》え箸《ばし》で、もごもごそんなことを言う。

「世間の親御さんの苦労の、一端《いったん》を垣間見《かいまみ》た気がするね」

加乃としては不安しかないのだが、やめろというだけの理屈を持ち合わせていない。

そこに龍姫がちらりと加乃を見て、こっそり耳打ちしてくる。

「でも、お金を稼がないとっていうのは、本当にそう思ってるみたいで」

龍姫が強く反対しない理由と、千代が佐助の側に立っている理由は、ここにあったようだ。

千代は日中暇だと言い訳のように言いながらお社を直していたし、佐助もあんな感じだが、案外に責任感が強いのだろう。あるいは単に見栄《みえ》っ張《ぱ》りとも言えそうだが、毎日せっせと魚を獲ってくるあたり、居候として肩身の狭さは感じているはずだ。

「まあ、身バレしなければいいんじゃない？」

加乃はそう言って、アジの南蛮《なんばん》漬《づ》けを食べてから、ふと思う。

「ていうか、機材って言った？　そんなのどうするの？」

その言葉に、佐助と千代が事前に示し合わせていたとしか思えない顔を、揃って加乃に見せたのだった。

食事後、佐助の希望によって、早速機材を買いにいくことになった。

駅の反対側に大きめのホームセンターがあって、殺鼠剤《さっそざい》だの蜘蛛《くも》の巣取りだのと、都内ではそうそう見かけない商品が大々的に展開されている中に、家電類も一通りそろっている。

部屋着に着替えてしまった加乃は非常に億劫《おっくう》だったが、出資者として同行することとなった。

　それに日の暮れた夏の夜、わいわい皆と話しながら歩くのは案外悪くない。

「夏祭りの夜みたいですね」

　加乃の隣を歩く龍姫が楽しそうだったので、加乃はそれだけでも十分満足だった。

　引いていた汗がまた滲《にじ》んでくる頃、暴力的なほど冷房の利いたホームセンターに入って生き返る。佐助と千代は家電コーナーに走っていき、龍姫は害虫駆除《がいちゅうくじょ》グッズのコーナーに目が引かれていた。

　加乃はと言えば、ぐるりと店内を見回して、未成年が多かったのでなんとなく憚《はばか》られていた安売りの発泡酒を籠《かご》に入れる免罪符《めんざいふ》として、花火セットも入れていく。

「龍姫ちゃんはどんな花火が好き？」

　畳に座る時は必ず正座の龍姫なので、きっと線香花火だろうと思ったら、意外にも手にしたのは地面に設置して火花が空に向かって吹き出す系のものだった。ただ、その花火の名前がなんとかドラゴンなので笑ってしまった。

　しかもそういう冗談かと思っていたら、龍姫は無意識だったようで、なおのこと笑ってしまう。恥ずかしそうにする可愛い龍の化身様をありがたやと加乃は拝みつつ、そんな龍姫と一緒に家電コーナーに向かい、二人のお調子者が余計な買い物をしないよう目を光らせるのだった。

「絶対、登録者一万人は固いと思うんだよなー」

首尾よく手に入れた必要機材を両手で掲げながら、佐助は帰り道から浮き浮きだった。

驚くべきことに、一地方のホームセンターでありながら、動画配信用の機材がひとつのコーナーとして用意されていた。ｗｅｂカメラやマイクなどは数千円だし、ゲーム画面をパソコンに流し込むとかいう機械も高くて一万円くらいなので、一攫千金《いっかくせんきん》の狙《ねら》える趣味としてはちょうど良い価格帯なのだろう。

けれどもいつの間にこんな世の中に、という驚きはあったし、コーナーにはドローンなども置かれていて、この手のものにはとんと興味のない龍姫と一緒に、文明の進歩の速さに驚いていた。

「最初の目標は、まず収益化だね。毎日更新とかしないといけないかも」

こちらは案外冷静な千代だ。昼間、スマホであれこれ調べさせられたらしい龍姫が説明してくれたところによると、動画配信サイトで最も巨大なユーチューブでは、登録者数や視聴時間が一定数以上でないと広告料はもらえないらしい。

そのハードルを越えるだけでも相当大変らしいのだが、佐助はうまくいかないかもとは微塵《みじん》も考えていないようだ。

龍姫はその呑気なところに呆れていたものの、加乃は案外そうでもなかった。出資をしたのだから成功してもらわなければ困る、というわけではなく、そんな佐助を見ていたら、デザイナーになるんだと専門学校のパンフレットをかき集めていた頃のことを思い出したから。

貯金に余裕があるわけでもないのに機材購入に同意したのだって、そういう共感があったからだ。とはいえ大きな理由としては、家賃は無料、食費も無料の中、汲々《きゅうきゅう》と自分の貯金だけ貯めようとするのはなんとなくあさましく感じられたというのもあった。佐助が捕まえてくれる魚介類を金額に直せば、結構するはずなのだし。

そうこうして家に戻ると、機材を早速セッティングしようとする佐助を押しとどめ、先に風呂に放り込んでおく。きっと一度やり始めたら止まらないだろう。

佐助と違って大人の千代は、加乃と一緒に食器を洗っていたのだが、加乃の祖母が残した大きな皿を拭いていた千代が、こっそりこんなことを言ってきた。

「加乃さん、機材のお金だけど、後で払うから」

「へ？　いや、別にいいけど」

「だめだよ。家に泊めてもらってるだけでも悪いのに……。山でお金を盗んでくるわけにもいかなかったし、カード類を使ったら一発でばれちゃうから、今はどうしても無一文だけど、ちゃんと返せるから」

両親を見返し、四国中の古狸を驚かすために砂浜ガールズに写ろうとビキニ姿で砂浜をうろうろしていたという千代は、いつものどこかふわふわした雰囲気ではなくて、真面目な口調でそう言った。

　時折見せるその生真面目さと、四国を支配しているという狸連の権威をなにかと虚仮《こけ》にする反骨精神から、もしかしたら実はいいところのお嬢様なのかもしれないと、加乃は感じていた。

「私としては、バズって大儲けした時に分け前をくれたらそれでいいんだけど」

　加乃がことさらにやりと笑いながらそう言うと、千代も吹き出していた。

「電気代くらいは、頑張ります」

「顔出ししたら一発な気もするけどね」

　千代はその提案には、困ったように笑う。

「砂浜ガールズは身内ノリだけど、ネットはちょっと違うから……。それに、佐助君と一緒にやろうって話だったし」

　自分だけ目立っても、ということなのだろう。そして佐助はあんな感じなのに、顔出しは嫌というよくわからない奥ゆかしさを持っている。

　あるいは単に家出中なので、そのへんを気にしているのかもしれない。

「いっそ、狸と狐で出たらどう？　バーチャルユーチューバーって言って押し切ったらどうにかなりそうじゃない」

　イラストや３Ｄモデルを出演させ、そこに声を当てる形式の配信もあって、バーチャルユーチューバーなんて呼ばれて人気のジャンルだ。色んなタイプの配信者がいるので、狸と狐が喋《しゃべ》っていても違和感ないだろう。

「多分そういう人、いやそういう狸やら狐やら、結構いると思うんだよね。それに」

と、千代は苦笑して見せる。

「加乃さんはわからないかもだけど、狸と狐の姿のほうがむしろ、仲間にばれちゃうからね」

「あっ」

そらそうか、と思う。加乃からみたらどの狸も同じ顔だが、彼らにとってはむしろ人間の顔のほうが区別がつきにくいかもしれない。

「それに佐助君は珍しい毛並みだし、余計に変な話題になっちゃうかも」

「……」

顔出ししたくないと言った佐助の最大の理由は、それかもしれないのだと加乃はようやく気がついた。

加乃も佐助の口にした十字狐というものを調べてみたが、千匹に一匹とも、一万匹に一匹ともいわれる珍しい存在らしく、北海道では幸運の使いと言われているようだが、異質なものはいつだって排除されがちなのがこの世の中だ。持ち上げられるにせよ、つまはじきにされるにせよ、本人にとっては嫌なことがたくさんあるのだろう。

「なんとなくだけど、佐助君がここにきて、私が加乃さんに出会えて、龍姫ちゃんがご飯を作ってくれるのは、天命かなって」

確かにこの家にいるのは、なんとなく現実にしっくりきていない者たちばかりだ。デザイナーになれない加乃は言うに及ばず、あのしっかり者に見える龍姫でさえ、相変わらず巫女として外に出る時は、麦わら帽子の上に立派な鹿の角を刺している。千代もまた実家となにか確執《かくしつ》があるようで、脱走中の身の上だ。

みんな、こうありたいと思う姿と現実との間に、隙間《すきま》を感じている。

「だからもうしばらく、こうしてたいな」

湯呑《ゆのみ》を拭きながらの千代の言葉に、加乃は数瞬口をつぐんでから、笑って言った。

「なにかの前振りみたいに言わないでよ。ずっといればいいじゃない」

千代は目をぱちくりさせ、自分の発言の意味深さにようやく気がついたようだった。

「完全に無意識だった……。うわ、恥ずかしっ」

布巾《ふきん》で顔を隠して照れ笑っていた千代は、慌ただしく風呂から出てきた佐助の足音を聞きつけ、逃げるようにそちらを向いた。

「深夜まで、騒がしくするかも」

「それは困るかな……」

明日も仕事だし、日本式の家屋は遮音性《しゃおんせい》に欠ける。

それに千代と佐助が遅くまでわいわいしていれば、龍姫がやきもちを焼くかもしれない。

「じゃあ、加乃さんも一緒に」

「それは、嫌」

ぴしゃりと言い返すと、千代はからから笑い、居間に歩いていった。

加乃は一息ついて、買ってきたばかりの偽《にせ》ビールを冷蔵庫から取り出し、半分飲む。

そしてテレビ画面のゲーム映像をパソコンに流し込むという、謎の機械の説明書を熱心に読んでいた龍姫に声をかけ、一緒にお風呂に入ったのだった。

予測できていたことがいくつかあった。

それは、田舎のホームセンターに配信道具一式が置かれているくらいメジャーになっている中で、頭角を現すのは恐ろしく難しいということ。ただ、再生数が十とかでも二人はめげずに更新を続けていた。そこは素直に偉いと加乃も思うし、千代が説明動画と首っ引きで動画の編集をしていたりしたので、見かねてタイトル用の素材などを作ってあげたりした。

それからある意味切実な問題として、佐助と千代がわいわいやっているのを前に、龍姫が輪に入れずしょげているということがあった。

龍姫はゲームにも疎《うと》く、あまり興味がない。ゲームの苦手な人のプレイを面白おかしく配信して人気が出ることもあるようだが、その場合は動画の編集が巧《たく》みであるか、プレイヤーの会話が巧みであるかのいずれかであり、龍姫はそのどちらでもないので、佐助と千代がああでもないこうでもないとやっているのを、遠巻きに眺めているしかない。そしてついにある日、加乃に動画の編集とか画像加工のやり方を教えて欲しいと言ってきて、加乃はそのいじらしさに胸が張り裂けそうになってしまったのだった。

そんな具合なので、佐助が伊予の土地にしばらく滞在するため狸連に申請していた届け出とやらの手続きが進み、最後の書類を役所に提出しに行く段階になったところで、加乃は一計を案じることとなった。

「面倒くさいな〜」

加乃の仕事が休みの土曜日の朝。

佐助はこれから松山の市街地に向かうということに、不満たらたらだった。お昼には龍姫が選びに選んだ鯛めし屋に行くという話を聞いて、ようやくしぶしぶ納得したという感じだ。市街に出れば狸とすれ違うこともあるだろうから、修行場から脱走していることがばれるかもと千代だけが留守番となり、加乃たちは予讃線に揺られて松山市街へと向かっていた。

佐助は伊予北条駅に着いた時点で妙に口数が少なくなっていたのだが、初めて電車に乗ったということが判明した。たまに鳩が乗っていると教えてやると、悔しがっているのがちょっと面白かった。

土曜日のお昼前は、電車も空いているし景色もよく、いかにも夏の行楽《こうらく》という感じだ。ボックス席に座った龍姫は、膝《ひざ》の上でふせんだらけの地元案内を広げていて、準備に余念がない。

「せっかく松山にいるんですから、松山城を見て、ぜひ道後《どうご》温泉にも入って欲しいです。ここ風早の地も良いところですけど、やっぱり市街もすごく良いところですから」

「お城～？　今治城《いまばりじょう》で死ぬほど見たよ。温泉も暑いじゃん」

「……」

しゅんとする龍姫を見て、加乃は佐助の膝を小突《こづ》いておく。

それにそう言っておきながら、いざ松山駅から路面電車に乗り換えて、大きなお堀と天守閣が見えてくると、佐助は単純に大喜びしていた。

「道後温泉も、湯上がりにお団子食べられるよ」

加乃が観光客らしく調べていた情報を提供すると、ぜひ行こうということになって、龍姫もほっとしたようににこにこしていた。

とはいえその前に、まずは市役所で済まさなければならない手続きがある。

加乃たちは路面電車に揺られ、市役所前駅というそのままの名前の駅で降りたのだが、たちまち佐助が嫌そうな声を上げていた。

「うわ、でっかい狸のお社」

降りた駅のすぐそばのお堀端《ほりばた》の一角には、朱塗《しゅぬ》りの幟《のぼり》が何本も立っているような立派なお社があった。

「八股榎《やつまたえのき》のお袖狸《そでだぬき》がいらっしゃるところですね。松山の凄《すご》い実力者の方なので、あんまり大きな声は……」

「ふん」

佐助は不満そうだったが、ひとまず口をつぐんでいた。

対する加乃は、純粋な観光客気分で龍姫に尋ねてみる。

「なんか市内に、狸の祀《まつ》られたところがいっぱいあるんだよね？」

朱塗りの鳥居に幟旗となると、どうしても狐のお稲荷《いなり》さんを想起するが、ここでは狐の代わりに狸がいる。

「あ、はい。今日はちょっと案内の予定からは外していますけど……」

ちらちらと佐助を見ながら、龍姫はそう言った。狸と間違われるのを心底嫌がる佐助にとって、狸の祀られる社は見て回りたい場所ではないだろう。

「それは大丈夫。今度は千代さんもつれてきて、私たちだけで観光して、美味《おい》しいものでも食べようよ」

佐助は隣で嫌そうな顔をして、龍姫は困ったように笑っていた。

「うちの実家のほうが、あんなのよりもっとすごいんだからな」

ぼそりと言った佐助の言葉に、加乃はやれやれと笑ってしまう。

「伏見《ふしみ》稲荷は本当にすごいからね。龍姫ちゃんもそのうち京都行こうよ」

龍姫は佐助と加乃を見比べて、それから楽しそうに笑ってうなずいていたし、佐助も良い思い出がなさそうな実家とはいえ、褒められればまんざらではない様子だった。

「えーっと、市役所の住民課だっけ」

「はい。土曜日でも開いてるはずなので。こちらですね」

官庁街はお袖狸のお社から目と鼻の先にあり、龍姫の案内で進んでいく。

佐助が龍姫の客分として北条風早の地にいられるようにする申請とやらは、完全な書類仕事であって、面接があったりするわけではない。けれどゲーム配信の輪に入れない龍姫があまりに気の毒で、一日佐助と一緒にいられるようにと、加乃は一計を案じてこの日のことを提案したわけだ。

なお、一応役所に赴くことなので、真面目な龍姫は巫女服でくるつもりだったらしいが、そこは加乃が強く諭《さと》し、私服にさせておいた。

それで龍姫が着てきたのがいつもの麦わら帽子に、青と白のレトロなギンガムチェックのワンピースというのだから、佐助よりも加乃と千代たちのほうが大興奮してしまった。

佐助が龍姫の素晴らしさに気がつくにはまだ何年も必要に違いなかったし、その頃には永遠に手の届かない夏の思い出となっていることだろう。

　そんな龍姫を先頭に、加乃たちは土曜日で閑散《かんさん》とした市役所の中に入っていったのだった。

「本当に……狸がいる……」

　加乃も住民票の届け出できたことがある庁舎に、見慣れぬ一角があった。招き猫ならぬ招き狸が置かれたカウンターがあり、大四国狸連合会松山支部、と標識がぶら下がっていて、カウンターの奥では狸二匹が暇そうに、机の上に寝そべって壁掛けのテレビを見ていた。こんな光景、絶対見逃しようもないはずだから、存在を知っていないと見えないなんらかの術みたいなものが作用しているのだろう。受付に座って来訪した龍姫の相手をしているのは人間に見えたが、こちらも千代のように化けている狸に違いなかった。

　龍姫に付き添われた佐助は、明らかに狸の縄張りとわかるここで精いっぱいの虚勢《きょせい》を張っているのか、仏頂面《ぶっちょうづら》で書類に自分の名前を書き込んでいた。

　申請そのものは滞《とどこお》りなく済んだようで、数分ほどで龍姫と佐助は加乃のところに戻ってきた。

「大丈夫だった？」

「はい。半年くらい経ったら、またくる必要がありますが」

「半年かあ」

　夏が終わり、冬がきて、一番寒い頃だろう。ずいぶん遠い未来のような気もするし、過ぎてみたらあっという間の時間だろうな、とも加乃は思う。

　その頃にはきっと、自分はあの脂ぎった社長の下で仕事をこなし、この土地の生活にも慣れているだろうが、その時、佐助はどうしているのだろうかと思うと、想像がつかなかった。家出した子狐の一般的な運命というものを加乃には容易に思い描けないし、狐にだって学校とかなんとか、色々立ち向かわなければならない現実があるのではないのかとも思う。夏の少年少女を題材にした物語ならば、家出した少年たちは、九月になったら現実に戻らねばならないのだから。

「なんだよ」

　狸の匂いに気が立っているのか、それとも龍姫の前でちょっと悪ぶっているのか、加乃の視線に気がついた佐助が、不機嫌そうに言った。

「いやあ、半年後って言ったら、真冬だなって」

　加乃は答え、きちんとシャンプーしているのにぼさついた佐助の頭をつつく。

「寒くなったら、やっぱり冬毛になったりするの？」

「は？　なる、けど……それがなんだよ」

もふもふの冬毛の狐と一緒なら、冬の寒い日本家屋でもあったかく眠れるに違いない。

「楽しみだなって」

笑いかけると、佐助は戸惑《とまど》ってから、思惑《おもわく》に気がついたらしい。

「毛皮は湯たんぽじゃないからな！」

加乃は笑い、隣では龍姫もまた笑っていた。

それから三人で、銀天街とL字型につながっている大街道《おおかいどう》と呼ばれる大きな商店街まで歩いて向かい、アーケードの日陰をありがたがりながら、松山城に上るためのロープウェイ乗り場を目指していた。

そして、松山の二大商業施設、かどうかはわからないが、賑やかな大街道の一角を占《し》める百貨店の三越に差し掛かったところで、龍姫がこんなことを言った。

「私が生まれるちょっと前のことですけど、ここで狸同士の盛大な結婚式があったんだとか」

加乃はきょとんとし、龍姫の顔と、三越の立派な入り口を見比べてしまう。佐助も興味を引かれているようなのは、こんな街中で？　ということだろう。

「新郎の狸平《りへい》様は、さっきお堀端にあったお社の、お袖狸がお母様で、お嫁さんの真狸《まり》様は、こちらも北海道の札幌で有名なところのお嬢さん狸だとか。確か、狸小路《たぬきこうじ》という大きな商店街があるって」

「あ、知ってる。高校の修学旅行で行ったよ。へ～、北海道から嫁《とつ》いできたんだ」

「新郎のお父様、つまりお袖狸の旦那様は、伊予八百八狸の総大将である刑部《ぎょうぶ》狸に連なる家系です。しかもお嫁さんのほうも家系を辿《たど》ればあの證城寺《しょうじょうじ》の狸に連なるということですから、それはそれは賑やかな結婚式だったとか」

しょ、しょ、證城寺、と、加乃の頭の中に曲が流れてしまう。刑部狸も松山の歴史案内みたいなやつには必ず登場してくる有名人……有名狸だ。

多分、狸界ではエリート中のエリート同士の結婚式で、三越で盛大な式となったのだろう。

「その結婚式で結ばれた狸平様と真狸様には一男一女のお子様がいらっしゃって、それこそこれからの狸界を率《ひき》いていく逸材と言われてます。お会いしたことはないのですが、色んなすごい噂がいっぱいありますよ」

「へえ」

血筋を聞くに人間でいえば公家とか宮家みたいな話なのだろうが、どうしても狸だとビジュアルがしまらない。

「まあ、賑やかで楽しそうな結婚式だったんだろうなってのは想像がつくね」

「参列した父の写真を見たことがありますけど、すごかったです。この大街道を、端から端まで四国中の狸が連なって、三日三晩百鬼夜行《ひゃっきやこう》をし続けたとか、腹鼓《はらつづみ》の音が海の向こうの広島まで届いたとか聞きました」

狐はちょっと暗くて陰険なところが無きにしもあらずだが、狸は陽気でお祭り好きなイメージがある。狐の嫁入りも、しとしととしたお天気雨だ。

「楽しそうだけど、そんなに大騒ぎしてばれなかったの？」

少なくとも加乃は、松山の商店街を狸が占拠《せんきょ》して結婚式の大騒ぎをした、というニュースを見たことはない。

そして龍姫は、そんな加乃の質問に対し、やや誇らしげなような、でもどこか気圧されているような不思議な顔をして、こう答えた。

「一番驚くのは、それだけ大騒ぎしていたのに、この町の人たちが皆、その結婚式を他愛のない作り話だと思っているところだと思います」

「えっ」

「誰もその大騒ぎを、きちんと覚えていないんですよ」

市役所の窓口みたいに、人を化かしているということだ。

「それは、ちょっと、なんか……怖いね……」

「狸平様と真狸様のお子様も、それに負けず劣らずの神通力の持ち主だと言われています」

「……どっかにお参りしておいたほうがいいかな」

この四国はそんな狸の支配する土地であり、加乃はいわばよそ者である。なんとなく不安になって周囲を見回してしまうが、その折りにふと、やけに静かな佐助の姿が目に入る。腕組みをして、全然話に興味がないぜとそっぽを向いている佐助の髪の毛が、うなじのあたりでちりちり逆立《さかだ》っている。迂闊《うかつ》なことを口にするとじゃこ天にされるかもしれない、といよいよ実感が強まったのかもしれなかった。

「掟《おきて》を守っていれば大丈夫ですよ。それに地元を楽しんでもらえたら、嬉《うれ》しくならない土地の者はいませんから」

伊予北条を治める龍姫が言うのなら、そうなのだろう。

ただ、それは案内役の龍姫の願いでもあるだろうから、加乃は加勢しておいた。

「だってさ」

佐助の頭に手を置くと、佐助はびくりと背筋を伸ばしてから、嫌そうに加乃を見やる。

「べ、別にびびってないけど」

それから視線を逸《そ》らし、龍姫をちょっと見やる。

「まあ……松山城は、かっこいいし、道後温泉も、楽しみ、かな」

聞き耳を立てているかもしれない地元狸たちへの言い訳にも聞こえなくはないが、龍姫にはそれで十分だったらしい。

「お昼にはお勧めの鯛めし屋さんもありますから」

　笑顔の龍姫の言葉だったが、これには佐助の反応は鈍《にぶ》かった。食い意地の張った佐助のことだから、鯛めしの話をすれば簡単に釣られると加乃も思っていたのだが、どうも効果が芳《かんば》しくない。

　毎晩黒鯛を捕まえてきては、うまいうまいと食べているので、鯛が嫌いなはずもなかろうにと思っていたら、佐助はどこかばつが悪そうに、こう言ったのだ。

「そこ、お前の飯よりうまいの？」

　加乃も驚いたし、龍姫もまた、目を丸くしていた。伊予名物鯛めしにいまいちな反応だった理由が、これだったとは。

　そして龍の乙女は、たちまち顔を赤くし、うつむいてしまう。

「う……た、多分……」

「ふーん」

　佐助は自分の放った言葉の威力にまったく気がついていない様子で、大街道の出口の向こうに見える坂道を見やった。

「じゃ、とりあえずお城行こうぜ！　ロープウェイだっけ？　うちの実家の山にもそれはないからな！」

　なんだかんだ楽しみにしていたらしいとそれでわかったが、龍姫はまださっきの衝撃に頭がくらくらしているらしい。

　佐助はやはり悪い男になりそうだと思いながら、加乃は龍姫の背中をポンと叩き、今日のことを計画してよかったと思ったのだった。

　ロープウェイ街、とそのままの名前の通りを進み、松山城まで登れるロープウェイ乗り場にたどり着く。リフト形式とゴンドラ形式があったが、ちょうどゴンドラが出ていたので、そちらにした。リフトが二人乗りだったら余計なお世話を焼こうかとも思ったが、そちらは一人乗りだった。

　下から見上げた時にはぴんとこなかったが、ゴンドラで登っていくと山の高さを実感できる。

　五分ほどで長者《ちょうじゃ》ヶ《が》平《なる》駅に到着すると、ちょっとした広場と売店があった。

「なあなあ、喉渇《のどかわ》いたし、ソフトクリーム食いたい」

　加乃は佐助から袖を引っ張られたが、龍姫は本丸広場のほうにあるもう一軒のお店のほうを勧めてくる。なんだか含みがある感じだったので、名残《なごり》惜《お》しそうな佐助の背中を押して、本丸広場に向かった。

　松山城は日本でも珍しいうんたらかんたら、と龍姫は熱心に説明していたのだが、文化的なことについての感度は加乃も佐助と似たようなもので、申し訳ないがあまり興味が持てなかった。

とはいえ本丸前の広場に出ると、細かい説明を全部吹き飛ばしてしまうような、圧倒的な迫力が眼前に迫ってきた。

「うわー、すごいねえ」

背の高い石垣や、再建された当時の城門などの造形もさることながら、普通の家屋にはあり得ない質量そのものが楽しかった。

「こんな木を山から切り出して、運んできたっていうのがもう信じられない」

一本丸ごとの大木が横たわっている梁《はり》をぽかんと見上げ、そのまま木が植わっているかのような太い柱をぺちぺち叩いてしまう。

「それに、こっちの本丸広場は結構広いんだね」

山の頂上はおおまかに三層構造になっていて、天守閣の一角と、その手前にある本丸広場、それから長者ヶ平駅前の広場だ。

「すっごい広くて、ここもいい、けど……」

「暑い！」

石垣やらに興味津々だった佐助の言葉に、加乃も賛成する。それに佐助だけ帽子をかぶっていなかったので、余計に暑いのだろう。ここは大人である自分が気を回すべきだったと、加乃はちょっと反省した。

「こっちでジュース飲みましょう」

　龍姫が案内してくれたのは、本丸広場の奥にある売店だった。売店といっても立派な造りで、そびえたつ石垣沿いに建っていることもあり、遠くからだとお城の建造物の一部にしか見えない。龍姫は店員と顔見知りなのか、一言二言挨拶を交わしてから、紙コップを受け取って、佐助と加乃に渡してくる。

　中身はなく、佐助と首をひねっていたら、龍姫はくすくす笑いながら言った。

「あちらの蛇口《じゃぐち》をひねると、みかんジュースが出てくるんですよ」

　見やれば、店舗の外にはオレンジ色の装飾で埋め尽くされた蛇口付きの水場があって、確かに同じ紙コップを持った観光客が、笑いながら蛇口をひねっていた。

「あはは。なるほど、都市伝説の再現か」

「？」

　佐助はきょとんとしていたが、加乃は龍姫と笑い合っていた。

「愛媛はみかんで有名でしょ。だから蛇口をひねるとみかんジュースが出てくるって冗談があるんだよ」

　加乃は佐助にそう説明して、蛇口をひねってコップにジュースを注《つ》ぐ。

　口にすると、よく冷えた甘酸っぱいみかんの香りが体に沁《し》みる。

「ただ、蛇口からジュースの話は、都市伝説とも言えないんです」

「ん？」

「その昔、悪戯《いたずら》好きの狸様がそういう幻惑《げんわく》の術を使って、町の人たちを驚かせていたとか」

加乃の説明に、ジュースを一気飲みしていた佐助はぶはっと息を吐《は》きながら言った。

「蛇口から本当にジュースが出てきたら最高だな！」

佐助はお代わり可能の文字に小躍《こおど》りして、早速二杯目を注いでいる。

「そんなとこにも狸が絡《から》んでいるなんて、ほんとに狸の国なんだね」

加乃が呆れて言うと、龍姫は楽しそうに笑っていた。

「ちなみに、有名な愛媛のオレンジジュースの名前に使われているポンという音ですが、狸の腹鼓の音だそうです。創業に一役買っているのが、あのお袖狸様だそうですから」

「あははは――」

と、加乃は笑いかけて、手にした紙コップの中身を見る。

「……本当はお堀の水とかってことないよね？」

「ふふ。本物ですからご安心を」

どうもこの町で暮らすには、狸に化かされる覚悟が必要なようだ。

「みかんソフトクリームなんてのもあるんだね」

「食いたい！」

佐助の食い気味の返事に呆れ、笑いながら加乃は三人分のソフトクリームを注文した。

「おいしいね、これ」

「私も初めて食べました」

「そうなんだ。案外地元の人は観光地に行かないの法則かな」

他愛のない会話を龍姫としながら、加乃がオレンジジャムの添えられたソフトクリームを頬張っていたら、少し離れたところで佐助が立ち尽くしている。

「どうしたの？」

声をかけると、佐助は加乃たちのほうを振り向いた。

それでようやく、佐助の視線の先に朱塗りのお社があることに気がついた。

「狸の縁結びだってさ。くじ引き一回三百円、縁結びキーホルダーが一個五百円。へっ」

戻ってきた佐助は椅子に座り、バクバクとソフトクリームにかぶりつく。

「お賽銭もめっちゃあった」

本丸広場はデートスポットにもなっているようで、カップルがちらほらいる。

そしてそんな場所にあからさまな縁結びの祠《ほこら》を置いたら、なるほど良い商売になるのだろう。

「京都なら、こういうのは全部狐のもんなのに」

庭の壊れかけたお社でも、そこに気まぐれでお供えしたら、ちょっとした問題になってしまった。しかも無主の社ならだれが住み着いてもよさそうなものなのに、土地のしきたりとして、狐が居つくのは無理だろうということだった。

おかげで肩身の狭い身分で四国に滞在するほかない佐助には、殿様商売のあんな社が憎らしく見えるのだろう。

「こんなに広いんだから、一個くらい社を置かせてくんないかな」

どう逆立ちしても無理だろうと思うが、加乃もちょっと気になることはある。

「四国にもお稲荷さんがありはするんだよね？　そういうお稲荷さんたちはどうしたんだろ」

コーンをかじっていた龍姫は、口を押さえてもぐもぐしてから、言った。

「えっと、私も実は具体的なことを知らなくて調べてみたのですけど、大体はなんらかの功績《こうせき》があった方たちと聞きました」

佐助が土地にいられるようにと、龍姫はそのあたりのことを調べてくれていたらしい。

「あるいは、四国の外にいる狸様たちを受け入れてもらう代わりに、こちらにいる狐の方たちを受け入れる、という取引などもあるそうで」

四国が狸の国でも、それ以外はおおむねお稲荷さんのほうが優勢だろう。札幌の狸小路みたいに狸が取り上げられているところもあるにはあるが、四国ほどではない。

「功績っていうのはなんなんだろ」

「荒廃《こうはい》していた神社を再建したとか、そういうのが多かったです。たとえば神社を復興させる代わりに、敷地にお稲荷様用のお社を置かせてもらえるのだとか。お稲荷様は商売がお上手な方が多いせいか、この種の事例が多かったです」

「あ～、大人の世界の、無慈悲《むじひ》な話だね」

お金を稼いで納めることで、居場所を確保する。わかりやすい話なのだが、なんとなく時代劇の裏取引の現場を想像してしまう。

それにソフトクリームを舐《な》めながら、加乃には思うところがあった。

それは過疎《かそ》の村の荒廃した神社の復興など、ネットで見かけるその手の話だ。崩壊《ほうかい》寸前の神社を復興させるべく、地元の人たちが立ち上がって寄付を集めるみたいな話なのだが、加乃はその手の記事を見かけるたび、常々、疑問に思っていた。過疎で人がいなくなったから荒廃したのに、どうして急に人手や資金が集まるのか？　文化財保護とか、困っている人を助けたい人が案外あちこちにいるとかそういうことなのかもしれないが、あの種の話の何割かは、こんな裏があるのかもしれないと思えば、冷たいソフトクリームと一緒に腑《ふ》に落ちる。

それからコーンをかじると口の中がじんわりと温かくなって、そのじんわりしたものが加乃にある考えを抱かせた。

真似できないものだろうか？

ネットで見かけた記事を思いだせば、その手の話はほぼ確実に、ネット上で寄付を募《つの》る形式だった。

ある目的を持つ人のため、支援したい人たちが集まるといういかにもインターネット時代らしい代物なのだが、それで成功すれば元手なしで神社を再建できるのではなかろうか。そうすれば佐助が居つくためのお社も置いてもらえるだろう。

ただそう思ったものの、廃神社《はいじんじゃ》があったとして地元民以外のよそ者がそういうことをやれるものなのだろうかとか、現実的なあれこれがすぐに湧いて出てくる。

なにより、まったくの私欲のために寄付を募るなんてよろしくない気もする。

加乃がぼんやりそんなことを思っていたら、一足先にソフトクリームを食べ終えた佐助が、コーンを載せていた紙袋をくしゃりと握りつぶしながら言った。

「実況で稼げばいいんだろ、簡単だよ！」

こちらのほうが、よほど潔いし、わかりやすい。

もっとも、見込みのなさでは似たようなものなのだが。

「まずは収益化だっけ」

「ぐっ」

佐助と千代のチャンネルは登録者数が七で、そのうちの二は加乃と龍姫だ。

残りはスパムアカウントではなかろうかと、加乃は思っている。

「どっかでバズればいいんだよ」

「まあ、ネットの世界はそれがあるからね」

ある日いきなり注目を集め、何千、何万という視聴者が殺到する。なんなら夕方のニュースにとテレビメディアまで連絡を取ってきたりするような現象が、インターネットにはある。不祥事《ふしょうじ》によるものなら炎上《えんじょう》と言われるし、可愛い猫とかおもしろ動画ならば、バズと言われる傾向がある。

「でも、バズなんてそういうのは――」

加乃は途中まで言いかけて、思い直した。

「神頼みと言いかけたけど、神様いるね、普通に」

その神様は、麦わら帽子の下でソフトクリームのコーンをかりかりとかじっていた。

「こいつネットに疎いじゃん。ご利益なさそう」

佐助の言葉に龍姫はむせていた。

「そうでもないよ。ツールの使い方は覚えるの凄い早いし、凄腕の動画編集者になったら、佐助の弱小チャンネルなんて相手にしてくれなくなるかもよ」

「……」

加乃も佐助と千代たちの活動を見て、なんとなく実況配信の事情が分かってきている。

撮影するのは誰にでもできるが、その撮影した素材を面白く仕上げるのはまったく別のスキルだし、はっきりいって面倒くさい。たとえば字幕ひとつとってもそうだ。入れれば動画として見栄《みば》えがするし、滑舌が悪くて聞き取れないという場所もなくなるし、演出によって面白さを足せるものでもあるが、繰り返しの作業が多く、だんだん気が滅入《めい》ってくる。当然、気の短い佐助には無理なことで、千代もまた頑張ってはいるがいまいちだ。真面目にコツコツ作業ができる龍姫は、その点で向いていた。

動画を編集してくれる仲間は、強力な縁の下の力持ち。

佐助はあれこれ考えた挙句《あげく》、小僧にできる精一杯のことをすることにしたらしい。

「ゴミ、捨ててきてやるよ」

龍姫は目をぱちぱちとさせ、それからちょっとくすぐったそうに笑いながら、「お願いします」とコーンの空き袋を佐助に渡したのだった。

天守閣の中は思った以上に涼しかったし、本人も忍者みたいな名前の佐助は、忍者気分でずいぶん楽しんでいた。

加乃と龍姫は、お城に住んだら掃除やらが大変そうだね、というところで合意したし、冬になったら底冷えがきついはずだという龍姫の言葉には、神社住まいらしい重さがあった。

一通り見て回ったところで、少し早い時間ではあったが、鯛めしの店に行こうということになった。

鯛めしというとなんとなく炊き込みご飯を想像するが、伊予のそれはお茶漬けに鯛の切り身を載せるタイプだ。加乃がグルメ番組かなにかで初めてそれを見た際は、熱々の御出《おだ》汁《し》をかけた鯛の切り身が白く縮まって、その様子が実に食欲をそそったものだ。祖父母の家に泊まった際、早速ねだって食べに行ったが、いざお店で食べたら、程よい熱さの御出汁では刺身が白く縮まることなどなく、拍子抜けしたのをよく覚えている。とはいえ、名物に旨《うま》い物なしと言われる中、鯛めしの安定感は抜群だろう。暑い日和《ひより》であるし、さらさらと食べられるお茶漬けはそれだけでも良い選択だと思う。

天守閣から出たところで、お店にはどうやって行こうか話し合っていた加乃と龍姫に、園内の案内図を見ていた佐助が言った。

「なあなあ、帰りはこっちの登城道を降りてこうぜ！　登り石垣っていう忍者が出そうなやつがあるんだって」

天守閣に続く門を出ると、左手は本丸広場で、右手は登城道に分かれている。

加乃はロープウェイで登ってきた距離を思い、正直に言う。

「……登城道なんて歩いたら、死んじゃうかも」

「は〜？」

呆れる佐助に、君たちのような若者とは違うのだ、と加乃は思う。

だから、若者同士降りればいい。

「龍姫ちゃんは？」

加乃の問いに、なにやら言いたそうにしていた龍姫はやや驚いていた。

「わ、私は……大丈夫、です、けど……」

「俺一人でもいいんだけど」

佐助のそんな言葉も、加乃には予想がついていたので慌てない。

「君、スマホ持ってないでしょ。龍姫ちゃんといればそっちとも連絡取れるから、お店で落ち合おうか」

龍姫は目をぱちくりとさせて加乃を見た後、窺《うかが》うような目で佐助を見やっていた。

佐助は少し唇を尖《とが》らせていたが、拒否するのも変だと思ったのかどうか、首をすくめてから言った。

「こけるなよな」

龍姫の足元は、可愛らしいサンダルだ。

「毎日鹿島の頂上まで登ってますから、それは大丈夫です」

佐助はふんと鼻を鳴らし、「じゃ、行こうぜ」と歩いていく。

少し遅れて歩き出した龍姫は、加乃を振り向いてぺこりと頭を下げた。

あんまり気を回しすぎても鬱陶《うっとう》しがられるかと思ったが、佐助が鈍すぎるのが悪いのだ。

それに確か、鹿島の頂上には縁結びスポットがあった気がする。

龍姫がどうして毎日鹿島の頂上に登るのかは、もちろん加乃の予想通りだろう。

「眩しいなあ」

加乃は二人の様子に目を細めながら、自分もロープウェイで下界に降りようと振り向いた、その矢先だ。

足元がかくんと抜けた。

貧血？　と思った時には片膝が地面についていて、眩暈《めまい》まで感じていた。熱中症、という言葉も浮かんだが、いずれにしても意識だけははっきりしている。しかも加乃の視界には、先ほど立ち寄った売店で、自分と同じように戸惑っている人たちが目に入った。

そして足元から突き上げてくるような、独特の揺れ。

「地震……？」

それもかなり大規模なものの予兆《よちょう》を感じ、本能的な恐怖にすくんでしまう。

避難しないと。でもどこに。

思考ばかり空転する中、背後から足音が聞こえてきたかと思うと、背中に温かな手が添えられた。

「大丈夫ですか」

「龍姫、ちゃん」

「大きな霊脈の乱れが——きゃあっ」

およそ現実とは思えない地鳴りが響き、龍姫が尻《しり》もちをつく。しゃがんでいてもわかるくらいのはっきりとした揺れが襲ってきて、木々が不穏にざわめき、休んでいた鳥たちが一斉に飛びたっていく。その羽ばたきが妙にはっきりと見えたのは、なにをどうしたらいいのかわからない状況の中、必死に手がかりを得ようという脳の働きなのかもしれない、なんて妙なことを変に冷静に思うくらい、加乃は動転していた。

そして、龍姫の手を握りながら息をするのも忘れていた加乃が次に目を引かれたのは、すぐそばの石垣からぽろぽろと零《こぼ》れ落ちてくる小石だった。

地鳴りと揺れはますます大きくなり、広場で立っている者はほとんどいない。悲鳴や木立の揺れる音とは別に、耳障りな、骨がきしむような音が石垣から聞こえてくる。

ここから離れたほうがいいのではと、強烈ななにかが訴えかけてくる。

けれど加乃の足はまったく動かず、鶏みたいに視線をきょろきょろさせるだけ。

そして、頭はまったく冷静ではないのに、異常にそこだけ感度の増していた目がとらえたのは、加乃たちの少し先、ジュースを飲んでソフトクリームを食べた売店の後ろにある石垣が、ゆっくりとたわんでいく姿だった。

「っ」

言葉にならない言葉が、加乃の喉の奥でつっかえた。

「石垣が崩《くず》れるぞ！」

誰かが叫んだ。

売店は石垣の下にくっつくように建っていたし、その脇には佐助が悪態《あくたい》をついていた縁結びの小さなお社があった。そこにはちょうどおみくじでも引いていたのか、高校生くらいのカップルがうずくまっている。

緩み、今にも崩れようとしている石垣の石の大きさに、加乃は喉の奥が冷たくなった。

逃げて、と言おうとするが、声が出ない。

その直後、背後から真っ黒いなにかが風を切って、加乃たちを追い越していく。

狸、にしてはスマートなそのシルエット。

佐助は唸《うな》り声《ごえ》とは違うなにかを唱《とな》えながら、加乃たちの横をすり抜けていった。

小さなお社の上に飛び乗り、そのまま隣の売店に向かって飛ぶと壁を蹴《け》り、今度は反対側の木に飛び移って、さらに売店の屋根に飛び上がって、叫ぶ。

『オンキリカク、ソワカ！』

ガラス瓶を金属で叩いたような音がして、一瞬、揺れも地鳴りも収まった。

けれど佐助が屋根の上に立ち、不自然な傾斜で止まっている石垣を睨《にら》んでいるのを見て、加乃は直感する。

「逃げて！　早く！」

どうにか出た声が、縁結びの社の前に座り込んでいたカップルに届く。

二人は加乃を見て、石垣を見て、這うように離れていく。

揺れが数瞬止まったことを好機と見たのか、売店の中からも人が転がり出てきた。

けれど明らかに揺れが止まっているのはこの広場の一角だけで、少し離れた木立はまだ激しく揺れている。

なにより、石垣はもう、明らかに物理法則に従っていない。

『うっ……ぬっ……』

全身の毛を逆立てた佐助が、なにか見えないものに頭を押さえられるかのように体を伏せていくし、それに呼応するかのように、頭上の石垣群はバラバラになろうとしていた。

『――ギャヴ』

変な悲鳴を上げ、佐助が見えない重さに潰され、その場に伏してしまう。

直後、頭上の石垣は自由を得た。

息を呑む加乃の横で、つむじ風が巻き起こる。

それは風が走ったとしか形容しようのないものだったが、加乃は残された麦わら帽子から、なにが起こったのかはなんとなくわかった。

　人の目ではとても追いきれない流線型のなにかが地面を走り、売店の壁を昇り、屋根の上を浚《さら》って、あっという間に向こう側に消えた。その直後、売店から転がり出てきた店員の幾人《いくにん》かが、印のようなものを手で組んでなにか唱えていた。

　すると一斉に崩れてきた石垣の大きな石が二つに割れ、四つに割れ、売店の天井をずいぶんへこませながらも、左右に弾《はじ》かれてどすんどすんと両脇に落ちていく。その衝撃なのか、揺れの残りなのかわからないが、しばらくまだ足元が揺れていた。土煙がもうもうと舞う頃には、揺れは収まっていた。

　ほどなく売店の中から、高齢の夫婦や、赤ちゃんを抱いた家族連れがぽろぽろと出てくる。もしもあの売店がぺちゃんこになっていたら、彼らはとても無事ではなかったはず。なにやら印を組んでいた店員たちも、腰が抜けたようにへたり込んでいた。

　本丸広場に集う人たちは、もちろん地震だけでも魂消《たまげ》るのに十分だったようで、目の前で起きた不思議なことに気がついている様子はない。しばらくぼんやりした後は、各々《おのおの》スマホを取り出してどこかに連絡を取ったり、ようやく泣き出した子供たちの対応をしたりと、広場にはある意味健康的な騒ぎが戻ってきた。

　ひとまず大きなけがをした人はいないようでほっとした加乃は、売店の屋根の上を改めて見やる。そこに狸みたいな狐の姿はなく、まだ震《ふる》える足を叱咤《しった》しつつではあったが、残された麦わら帽子を拾って立ち上がる。静電気みたいなびりびりしたものを手に感じながら、売店の向こうを目指して歩いていった。

見つけたのは、本丸広場の隅っこに植えられた、大きな松の根元の陰。泣きじゃくる龍姫に抱かれたまま、力なくだらんとしている黒い狐の様子に加乃は体をこわばらせる。

けれど狐のつぶらな目がふと動き、タ・ス・ケ・テ・ク・レ、と加乃に向けて訴えていたので、ほっとした。加乃が麦わら帽子を龍姫の頭に載せる頃には、佐助が自分で龍姫に対し、大丈夫だから泣くなよと言って、狐らしく龍姫の涙を舐めとっていたのだった。

地震はかなり大きなものだったが、幸いにして停電はなく、加乃と龍姫のスマホにはほどなく千代からメールが届いた。

無事であることを伝えると、家のほうは完全に無事、と返事があった。

完全に、という文字に、加乃は佐助が見せた不思議な力のことを思い出す。

佐助は明らかに、崩れる石垣を押しとどめていた。遅れて事態に気がついた売店の店員たちも、多分、人ではなく狸なのだ。もちろん稲妻のような速度で駆け抜けて佐助を救いだしたのは、龍に戻った龍姫だろう。

地震で揺れたカーテンの向こうに、見知らぬ世界を垣間見たような気持ちだが、とにかく誰もけがなくて良かったと思う。

その一方で、東日本大震災の際には帰宅難民になってひどい目に遭った加乃は、家に帰れるのかということがすでに心配だった。人の姿に戻る力がなくなってしまったらしい狐の佐助を担《かつ》いで歩くのも、周囲の目を引きそうで躊躇《ためら》われる。警官に職務質問されたらなんと答えていいのかわからない。

そんな折り、売店の店員の一人が加乃たちに気がついて、感謝の念を述べるついでに、リュックを貸してくれた。彼自身、口と目元が若干狸に戻っているのに、佐助の様子を見て気を利かせてくれたらしい。

とはいえ、ロープウェイは安全確認のために止まっているし、登城道は崩落《ほうらく》している可能性があって管理の人たちが封鎖《ふうさ》していた。石垣沿いの売店も、さらなる石垣の崩落を恐れて立ち入りが禁止されていた。

本丸広場で立ち往生する人たちのために、売店の人たちが冷たいものやお土産のタオルや帽子などを持ち出して配っていた。加乃は追加でタオルをありがたく受け取って、こちらも無事に生きていた水道で濡《ぬ》らすと、佐助の頭にかけてやった。力を使い果たしたらしい佐助はリュックに体を半分入れたまま、だいぶ落ち着いた龍姫に抱かれておとなしくしている。

加乃たちが山を下りられたのは、結局それから二時間ほど経ってからのことだ。下界から上がってきた消防署の職員が立ち会う中、ロープウェイ沿いの開けた登城道をぞろぞろと歩いて、下りていった。リュックに入った佐助は、加乃が背負ってやった。

下界は山頂ほど混乱しておらず、コンビニも普通に開いていたのが救いだった。冷えた水を買い、リュックの中で暑そうにしていた佐助のため中に入れてやる。

路面電車はさすがに動いていなかったが、運よくタクシーを捕まえられた、と思ったところ、どうやらその運転手は狸のようで、すでに佐助の活躍を知っていた。それでわざわざ、加乃たちのことを探してうろついていたらしい。

メーターを入れないタクシーは、こうして加乃たちを北条の家まで送ってくれた。

大きな通りから家までは細い道だったこともあるし、千代のことを思い出して、大きな通りのところで降ろしてもらった。加乃は龍姫と一緒に何度も運転手にお礼を言って、親切な狸のタクシーを見送った。

それから家に戻れば、玄関先には千代が立っていて、加乃たちを認めるなり駆け寄って、暑苦しいくらいの抱擁《ほうよう》をしてきたのだった。

第三幕

芸予《げいよ》地震、という単語そのものは、加乃も聞いたことがあった。しかし前回に起きたそれは物心つくかどうかの頃の話だし、加乃が暮らす関東からはあまりに遠い地方の話なので、祖父母がびっくりした、以上のことは詳しく知らなかった。

とにかくこの瀬戸内地方には、大きな地震が歴史的に幾度《いくど》かあって、鹿島神社には地震を起こす大鯰《おおなまず》の頭を押さえる要石《かなめいし》がある、なんて言い伝えもあるようだ。化《ば》け狸《だぬき》や化け狐、それに龍の化身《けしん》がいるのだから大鯰もいるのかと思いきや、地震はあくまで自然現象らしい。

原因がなんであれ、地震の被害はあちこちに出ていて、その様子が連日ニュースで取り上げられていた。

その中でとりわけ多かったのは、やはり松山の象徴である松山城の石垣崩落《ほうらく》だった。加乃たちが遭遇した崩落はその一部分であって、佐助が行こうと提案した登城道側の石垣など、かなり大きく崩《くず》れたらしい。

その模様をニュースで見たが、いっそこから地滑《じすべ》りを起こし、お城ごと崩れてもおかしくなさそうなもので、松山のみならず多くの人たちの耳目《じもく》を集めていた。

しかし、地震があろうと地球が崩壊しようと、締め切りだけはやってくるのが出版業界である、というのは前職のデザイン会社で理解していたので、地震から日曜を挟《はさ》んだ月曜日には普通に出社した。みんな当初こそちょっとそわそわしていたが、集中できる仕事があるというのは、かえって精神的に楽だった。その日も楽しげにしているビーチの女の子たちの写真を次から次に綺麗《きれい》に仕上げ、加乃はやれやれと帰宅したのだった。

「前回の地震と今回だと、どっちが大きかったんだろ」

帰宅して、夕食の際にテレビを見やれば、話題はどうしても地震のものになる。加乃がなんの気なしに呟くと、龍姫が教えてくれた。

「私も直接体験したわけではないのですけど」

そんな前置きのあと、例えば鹿島は前回の芸予地震の際、がけ崩れを起こしたせいで島を一周できる遊歩道がずっと閉鎖《へいさ》されたままになっているらしい。

「お城の石垣も、崩れたって聞いたけど」

職場にいる社員さんやパートさんが、そんなことを話しているのが加乃の耳にも届いていた。

「そうですね。ただ、こんなに大規模な感じではなかったかと思うのですが」

テレビに流れるのはまず松山城の様子、それから市内の水道管破裂やがけ崩れなどの被害の様子、最後に流れるのは、相次ぐホテルや宿のキャンセルと、それこそ潮が引くように観光客のいなくなった名所旧跡の様子で、ほとんどこの繰《く》り返《かえ》しだった。

「龍姫ちゃんの氏子《うじこ》？　さんたちはみんな無事だったんだっけ」

「はい、おかげさまで」

　多分龍姫は今日も対応に大わらわだったはずで、帰宅した加乃よりも出迎えてくれた龍姫のほうが疲れているように見えたくらいだ。

「千代さんも、問題が起きてないといいんですけど」

　居間にいるのは、加乃と龍姫の二人だけだった。

　佐助は神通力《じんつうりき》の使いすぎだとかで、筋肉痛みたいな症状を起こして床に伏せっている。千代は修行場《しゅぎょうば》にいる者たち全員を化かして脱走してきている身の上のため、加乃たちの無事を確認した後、慌てて山に戻ってしまっていた。

　二人で居間にいると、こんなに広かったっけ、というくらいに閑散《かんさん》として、外の物音が妙に耳についた。龍姫がいるのにこの寂《さび》しさだという事実に、加乃は元々ここに一人で住もうとしていたことを思い出してぞっとする。

　その恐怖を熱いお茶で飲み下し、加乃は龍姫に尋ねた。

「千代さんに連絡しても、電波が届かないって言われるんだよね。龍姫ちゃんがこう、念力みたいな感じで通信はできないの？」

「よほど強い人なら可能かもしれませんが……私ができるのは、せいぜい自分の携帯の電波を強くしたりするくらいです」

「それはできるんだ」

　龍は水と雷の神様だそうで、地震の時、龍姫が残した麦わら帽子に触れたらびりびりしたのは、気のせいではなかったらしい。

　そんなふうに元々途切れがちだった会話が完全に止まったのは、二人が揃《そろ》って電灯にぶら下がる紐《ひも》を見たから。余震がまだちょくちょくあって、敏感になっている。

「二人だったら、参ってたかも」

「それは私もです」

　加乃と龍姫は疲れたように笑い合い、音量を絞《しぼ》ったテレビを見やる。そこにはブルーシートをかけられ、白いヘルメットをかぶった警察や消防と、専門家といわれる人たちが検分する石垣の様子が映し出されている。

　ニュースタジオにもなんとか大学教授みたいなのがいて、アナウンサーからの質問に、極めて危険な状況です、とか答えていた。

　それから映し出されるのは、連日被害状況について話す市長の姿で、特にお城関連についてが繰り返し放映されていたのだが、コメンテーターの言葉はやや辛らつだ。

　というのも、見た目は今にも崩れそうなのに、現状の把握に努めており……としか市長は答えておらず、皆がやきもきしているのだ。

「不安だねえ」

地震の直前まで見学していて、ここに実際に住んだらなんて話題で龍姫と盛り上がった天守閣なので、加乃は自分でも驚くくらいに成り行きが心配だった。これが生まれた頃から見上げてきた松山の人たちならばと思うと、テレビの騒ぎようも理解できた。

「狸連《たぬきれん》の方たちが抑えているので、これ以上の崩落はないとも思うのですけど」

「それって、やっぱり神通力的な？」

「そうですね」

「お城みたいな大きなものも支えられちゃうんだ」

佐助は一瞬だが、自分の体よりも大きな石の塊を押しとどめていた。とはいえお城が崩れるのを防ぐとなると、その比ではないだろう。

「これだけテレビで流れ続けてますから、県内の人たちは皆さん強く心配していると思います。そのお気持ちが力になっているんだと思います」

みんなの励ましのおかげで頑張れました、という抽象的な話かと思ったが、庭のお社《やしろ》やこれまでの佐助たちとの会話を思い出す。

「世間の関心が、神通力を増やす信仰そのものみたいなものってこと？」

「はい。多分テレビ局にも狸の方がいらっしゃると思いますし」

つまり松山城の鎮座《ちんざ》する山に生い茂る木の下には狸たちが集合し、各々《おのおの》念力を振り絞っていることになる。不謹慎ながら、その様子はちょっと見てみたい。

「もしかしたら千代さんも、駆《か》り出《だ》されているかも」

「テレビに映ったら、すっごい目立ちそうだね」

加乃の軽口に、龍姫がようやく小さく笑ってくれた。

そんな折り、ふすまの向こうからごそごそ音がして、狐姿の佐助が顔を見せた。

「起きれるようになったんだ。大丈夫？」

『ギャウ～……』

特に意味のない返事で、尻尾《しっぽ》を垂らしたままのそのそ歩いてきた佐助は、加乃の膝《ひざ》の上にぽてんと横たわる。

懐いてくれて嬉《うれ》しい、というわけではなくて、庭のお社に供えられたチョコレートバーを食べた佐助は、家主の加乃の側にいるとなんらかの力を得られるらしい。

要は寒い時のストーブ代わりみたいなものだが、冬毛になったら湯たんぽにできるかもと思っていた加乃なので、おあいこだ。

「ご飯は食べられる？」

『食う』

そこだけは佐助がはっきり言うと、龍姫が立ち上がって、いそいそと台所に向かう。甲《か》斐《い》甲《が》斐《い》しい龍姫と鈍感《どんかん》な佐助、とも最初は思っていたのだが、佐助がまったく動けなかった土曜日と翌日曜日の様子を見た加乃としては、その印象がだいぶ修正されることとなった。

年頃の少年らしく、ろくに起き上がれもしないのに強がる佐助の意向を完全に無視し、にこにこ笑顔でお粥《かゆ》を口に運んだり、妙におばあちゃん趣味な半纏《はんてん》を着せたり、佐助が逃げられないのをいいことに好きなだけ毛皮を梳《くしけず》ったりと、龍姫はやりたい放題だった。途中から佐助も抵抗を諦め、されるがままになっていたのが少しかわいそうで、可愛かった。

案外油断のならない性格らしい龍姫の背中を見送って、加乃は視線を手元の佐助に向ける。

「言い忘れてたけど、あの時、かっこよかったよ」

目を閉じていた佐助は返事をしないが、大きな耳と尻尾はちょっと得意げに揺れていた。

『それより、配信したい……』

ぱくぱくと口を動かして、そんなことを言う。

伏せっているのでゲーム自体ができないし、相方の千代もいない。なんなら佐助の元気がないのは、千代がいなくなってしまったから、という理由が少なくないかもしれない。

「千代さんもきっとそう思ってるよ」

佐助の頭を撫《な》でながら加乃が言うと、くすぐったかったのか身じろぎをしてから、大きなため息をつく。

『連絡は？』

「まだないけど……忙しいんじゃないかな。松山城の石垣がこれ以上崩れないように、食い止める人員に駆り出されてるかもって」

膝の上に毛皮の動物がいると、つい撫でてしまう。

佐助はうるさそうに頭を振ってから、大きなあくびをした。

『その石垣だけどさ』

「ん？」

『俺も石垣の崩壊を止めて狸たちを助けたんだから、功績ってのにならないのかな。ほら、四国でお社を構えてる狐たちは、なんらかの功績があったって言ってたじゃんか』

「あ～」

狸の国である四国では、狐が新しくお社を構えるにはなんらかの功績が必要となるらしい。

龍姫が調べた限りでは、それは廃神社《はいじんじゃ》を再建したとか、大きな寄付だか上納金だかを納めた場合がほとんどのようだ。

「どうなんだろう。千代さんに聞けばわかったかもだけど」

『なんで聞かないんだよ～……』

膝の上の佐助が、不満げな視線を加乃に向けてくる。

けれど地震のあった当日ははっきり言って動揺していたし、家にたどり着いた後は動けない佐助を寝かせたり、あたふたとシャワーを浴びたりしている最中に、千代は荷物をまとめ、後で連絡するからと慌ただしく出て行ってしまった。

「そもそも、今聞けたって、狸の人たちもてんやわんやでしょ。こんな小さな庭のお社の申請なんか、相手にしてる暇ないよ」

当たり前でしょ？　と佐助を見下ろせば、不服そうな子狐はぷいと顔を背《そむ》けてしまう。

その子供っぽさにため息をついた加乃だったが、ふっと頭の中でなにかがつながった。

それは、勤めていたデザイン会社が、別の会社になると決まった時のことだ。自分だけ置いてきぼりになるらしいと知った加乃は、大慌てで、自分もデザイナーの卵として働けるのだと、専門学校で作ったポートフォリオを上司に見せにいった。

その反応は思い出すたびにのたうち回りたくなるものだったのだが、今思えば、あの時は上司たちも勤め先があるというだけでどんな待遇なのかわからず、混乱していたのだろう。すげない対応をされたのは、彼らが居《い》丈高《たけだか》だったのではなくて、単純に自分を売り込むタイミングとして最悪だったからなのでは。

他人のふり見て我がふり直せ、とはよく言ったものだと加乃は思いつつ、やっぱりあの時のことを思い出すと指先が冷たくなる。加乃が両足で踏んづけるかのように、記憶の蓋《ふた》を閉じようとしていたら、指先に湿った感触があった。見やれば、佐助が鼻先を加乃の手にくっつけて、気づかわしげな目を向けてきている。加乃が嫌な記憶を思い出していたのを、地震の話でそうなったと思っているのかもしれない。

いつもは無神経な子供そのままなのに、佐助は妙なところで目ざとく、大人びている。それはもしかしたら、故郷の伏見稲荷《いなり》で狸みたいだと散々いじめられてきたせいなのかもしれない。

加乃は佐助よりも大人だという自覚を杖《つえ》にして立ち直り、自分の嫌な記憶をこすり落とすようにして、佐助の頭をちょっと乱暴に撫でた。

「そんなことより、今はおとなしく寝て、体調を戻さないと」

『……』

「いつまでも寝てると、今度は尻尾の毛を三つ編みにされちゃうかもしれないよ」

台所の龍姫に聞こえないよう耳打ちすると、佐助は体が溶けそうなくらいため息をついていたのだが、どこかまんざらでもなさそうに見えて、加乃は小さく笑う。

龍姫が料理をする音と、佐助が膝の上でうたた寝をはじめる鼻息を聞いていれば、さっきまで感じていた不安や寂《さび》しさみたいなものが急速に引いていく。

松山市内は地震のせいでてんやわんやだが、自分の仕事は軌道に乗りそうだし、お社はともかく佐助の滞在申請そのものは問題ないだろう。千代だって落ち着いたらきっとまたきてくれるはず。

こんな感じでずっと暮らせたらいいなと、加乃は佐助の頭を柔らかく撫でながら思うのだが、そうは問屋が卸さなかった。

加乃と佐助は、伊予のしきたりとやらを、すっかり忘れていたのだから。

水曜日になる頃には佐助もすっかり元気を取り戻し、膝の上にぽてんと寝っ転がる可愛い毛玉から、いつもの騒がしい小学生に戻っていた。

加乃もいつまでも余震におびえていられる暇もないくらい、仕事が忙しかった。地震の影響で広告出稿に影響がでて対応に四苦八苦だし、企画されていた催しのキャンセルや日程見直しなどからパンフレットやフライヤーの修正問い合わせが殺到していた。けれども定期刊行物の締め切りだけは地震でも揺らがないので、地震に悪態《あくたい》をつくことはあっても、怖いですねえなんてしみじみする余裕は欠片《かけら》もなかったのだ。

とはいえ、地震の恐ろしさは常に視界の中にあった。

松山城の石垣の崩落の深刻さは日々明らかになっていて、テレビをつければいよいよそればかりという感じだったし、市内で働いていればふとした隙間《すきま》にビルの向こうにお城が見える。しかもこういう時にリーダーシップを発揮するはずの松山市長は、連日記者会見を開くものの全容の発表さえ未《いま》だにままならない様子だった。

ワイドショーやらのコメンテーターは、一刻も早く処置をしなければお城ごと崩壊する危険性があると繰り返していたし、素人目にもそんな感じがするのだが、どうにもブルーシートをかける以外のなにかが行われている様子ではない。

加乃の働く会社内は当然地元民ばかりなので、石垣の件は関心が高い。急な問い合わせへの対応も落ち着き始めると、社内ではニュースに市長が現れるたび、そのしどろもどろな様子にみんなの機嫌が悪くなった。

そもそも、お城が崩れたら貴重な文化遺産がとか、市民の象徴がとかいう話以前に、経済的なダメージがとんでもないものになるのは目に見えている。加乃が見ている仕事の範囲でさえ、秋に向けた広告物印刷をいったん取りやめたりする旅館やお土産屋さんが相次いでいた。それだけ観光業に大きな影響が出ているのがわかるので、なにをぐずぐずしているのだという感じなのだが、相変わらず専門家チームとやらが調査に入ったきり、石垣の話はなんの進展もなかった。それとも、狸たちが支えているから問題ないのだろうか、なんてことを龍姫とも話していた。

そうこうして慌ただしく時間が過ぎていき、地震も明日で一週間かという金曜日。

龍姫は狸連の会合に呼ばれたとかで松山市内にでかけていて、夜は加乃が料理をし、佐助からは品数が少ないだの味が薄いだのと文句を言われ、だったら食べなくていい、食べないなんて言ってないだろ、なんていうまさに加乃自身が実家にいた時のやり取りを佐助とぎゃんぎゃんしていたら、ようやく龍姫が帰ってきた。

最近はもうすっかり鹿島の神社ではなく、加乃たちのいるほうが家になっている感じだが、出迎えた加乃の顔から笑顔が消えたのは、龍姫がそれくらいの表情だったから。

巫女《みこ》服を着替えることもせず、やや放心したようにちゃぶ台脇にぺたんとへたり込むように座った龍姫は、加乃がお茶を出すまで心ここにあらずといった感じだった。

「……私たちのことが、問題になっているみたい、で……」

ぽつりと言った龍姫の言葉に、加乃は佐助と顔を見合わせる。

「問題？」

聞き返した加乃が思わず口をつぐんだのは、べた凪《なぎ》の澄んだ海の底でとぐろを巻く、怒る龍の姿を見た気がしたからだ。

「狸連の方たちは、あの地震の日、佐助さんが本丸広場で人助けをしたことを問題視していて」

「人助け？」

思わずつぶやいたのは、話がつながらなかったから。確かに縁結びのお社にいた高校生カップルのため、佐助は崩れようとしていた石垣をおさえるべく果敢《かかん》に頑張った。

そして佐助が石垣の崩落をおさえていたおかげで、高校生カップルは逃げ出すことができ、さらには店内にいた狸の店員たちも外の様子に気がつくことができて、落ちてくる石垣から売店を守ることができた。

そのことに対する感謝、ならばわかる。

けれど龍姫は怒っているし、問題になっていると口にした。矛盾《むじゅん》する話をつなげる一本の糸があるはずで、加乃はちょっと考え、気がついた。

「もしかして、佐助が神通力を使ったから？」

そもそもこの家に初めて龍姫がきた理由がそれだった。四国は狸の国であり、よそ者にはずいぶん手厳しく、勝手な神通力の行使は厳罰に処される。

いわんや、松山市の顔とも言える、松山城においてをや。

「で、でも、それは――」

龍姫に言っても仕方ないのだと頭ではわかりつつ、加乃はついそう言ってしまう。

それに龍姫自身、理不尽をこらえようと華奢《きゃしゃ》な肩を尖《とが》らせて、両手で袴を握りしめていた。

「俺が伏見稲荷の狐だからか？」

そこに割り込んだのは、加乃がびっくりするくらい落ち着いた、佐助の声だった。

「狸たちの面子《メンツ》を潰したってことだろ。よりにもよって、八百八狸の縄張《なわば》りのど真ん中でって」

佐助は頭をがしがしと掻《か》いて、首をすくめた。

「伏見のお山で逆のことがあったらって想像したら、まあ、なんとなくわかるもんな。俺がどっかの小さな町のよくわからないお社からたまたま旅行にきてた奴、だったらまだよかったんだろうけど」

伏見稲荷は狐の総本山。そこの狐が松山城で神通力の行使をしたとあっては、四国に籠《こも》って縄張りの維持に汲々《きゅうきゅう》としている狸たちには、心中穏《おだ》やかならぬことなのだろう。あるいはもっと単純に、災害時によそ者の狐に後《おく》れを取ったという、面子の問題かもしれない。

「というかさ」

佐助は奇妙に気楽な口調でそう言ったかと思うと、ぽんと狐の姿に戻って、軽やかにちゃぶ台の上に乗った。行儀が悪い、なんて加乃が言う間もなく、佐助は龍姫の前に腰を下ろして、その顔に鼻先を近づけていた。

『俺のせいでなんか嫌なこといっぱい言われたんだろ？　ごめんな』

龍姫は否定しようとしたものの、我慢していた最後の糸が切れてしまったみたいに、ぽろぽろと泣き出してしまう。

佐助の身分は龍姫の客分だった。佐助が伏見稲荷の狐であるということも、まさにあの地震の日に提出しにいった書類から、狸たちの知るところとなったのだろう。

千代がなにかと狸連のことを悪《あ》しざまに罵《ののし》っていたせいもあろうが、加乃からしても狸連はいかにも頑迷《がんめい》固陋《ころう》という感じがする。

面子とか世間体だとかに執着《しゅうちゃく》している古狸たちから、龍姫はひどく責められたのだ。しかも代替わりして間もなく、狸連の下請け的な立場である龍姫に反論などできようはずもない。

自身が狸にしか見えないせいで、散々いじめられてきたという佐助は、そこにすぐに嗅《か》ぎなれた匂いを感じたのだろう。

誰かが誰かを責める時の空気と、それに耐える者の放つ匂い。

目尻《めじり》からあふれる涙をぬぐう龍姫の手に、佐助は鼻先を近づけて、慰《なぐさ》めるようにつついていた。佐助はやっぱり良い奴だと改めて思ったし、加乃はちょっと場違いながら、生真面目な女の子を慰めるいたずら好きの子狐なんていう構図に、絵になるじゃないかと思ってしまう。

二人の仲の良さは、いくらかでも龍姫の慰めになってくれるはず。

そんなことにほっとした、その直後だ。龍姫が鶴《つる》の羽のように両腕を広げたかと思うと、佐助にしがみついていた。

佐助は「ギャヴ」とも「ギュブ」とも聞こえる悲鳴に似た声を上げていたし、サメ映画の犠牲者みたいに龍姫の腕の中に引きずり込まれていた。

呆気《あっけ》にとられる加乃をよそに、のけぞった姿勢のまま抱きしめられている佐助は、龍姫のこんなところにはもう慣れたとばかりに、諦めたような顔をしていた。そんな佐助は加乃を見て、頃合いを見て助けてくれと目で静かに訴えていたので、曖昧《あいまい》にうなずいておく。

二人が付き合ったら、案外佐助が尽くすほうなのかもしれないなと、加乃は思った。

そんな折り、加乃は開きっぱなしだったノートパソコンがスリープモードから戻り、メールの着信を告げるアイコンが灯《とも》るのを見た。

龍姫と佐助を前になんとも居場所のなかった加乃は、なんとなしにメーラーを開いて、ちょっと息を呑《の》む。

差出人の名は、千代だったのだ。

「……」

このタイミングで、千代からのメールが単なる近況伺いだと思えるほど、加乃も楽天家ではない。龍姫と佐助を見やってから、加乃はそのメールを開いた。

そしておおむね、想像したとおりだった。

「ねえ、今、千代さんからメールがきたんだけど」

佐助の三角の耳がぴんと伸び、そのふかふかの首筋の毛に顔を埋《うず》めていた龍姫が頭を上げた。

再び余震がきたような気がしたのだが、加乃が電灯の紐を見ることはなかった。

千代のメールは、佐助のことで会って話したい、というものだった。意外なのは、佐助と加乃だけでとあったところだろうか。

龍姫と会っていることが狸連にばれたら、かえって龍姫に迷惑がかかるからと書いてあったし、龍姫もそれに納得しているようだったので、加乃はその提案を受け入れた。返信すると、千代は他人行儀に何度も感謝を述べてから、明日の土曜日に早速《さっそく》会えないかと打診してきた。場所は松山駅の西側にある、フライブルク通り沿いのファミレスだ。通りの名前に加乃はやや面食らったが、どうやらドイツのフライブルクと松山が姉妹都市で、市政百年記念でそんな名前が付けられたらしい。

ただ、地図で見てみた時、加乃は改めてなんとも厄介《やっかい》そうな事態になっていることを実感した。フライブルク通りは、松山駅を挟んでお城のある繁華街とは反対側に位置していて、人目を避けようという千代の考えがはっきり表れていたからだ。

そういう緊張感があったせいかどうか、予讃《よさん》線の中では佐助とほとんど会話を交わさなかったし、松山駅に降り立つと駅前の閑散さが妙に目についた。松山は四国最大の都市であり、愛媛の県庁所在地なのだが、なぜだか松山駅前はうら寂しい。関東民の加乃の感覚だと、ＪＲ松山駅前こそ最もにぎわう場所なのではと思うのだが、繁華街の中心にあるのは、私鉄の松山市駅のほうだ。松山駅はむしろ町外れにどうにかしがみついている、という感すらある。

だから中心街から外れた松山駅の、さらに西側にある地区など、まったく印象がない。

スマホを頼りに歩いていき、閑散とした住宅街が続くので本当にこっちであってるのかと不安になる頃、指定されたファミレスに到着した。

狸連は佐助の行動を問題視し、龍姫が泣くほどなじった。その狸側の千代とどんな顔をして会えばいいのかと、加乃は昨晩、布団の中で輾転反側煩悶《てんてんはんそくはんもん》した。結局答えは出なかったが、少なくとも千代が加乃たちの敵なはずはないと信じるほかなく、心配そうな龍姫を家に置いて、ここまでやってきた。

そうしていざファミレスに入り、指定された席に向かったところ。

欠片も似合っていないサングラスにマスクという、あからさまな変装スタイルの千代の姿が目に入って、一気に肩の力が抜けてしまった。その様子は真剣に忍んでいるというより、茶目っ気に満ちていたからだ。

加乃たちを認めると、千代は変装グッズを外してたちまち破顔《はがん》した。

「久しぶり！　会いたかったよー」

砂浜で見かけた時の陽気さで、千代は真っ先に佐助に声をかける。

佐助も嬉しいはずだろうに、照れているのかなんなのか、うんとかああとかもごもご返事をして、加乃の隣に腰掛ける。

「加乃さんも、わざわざごめんね」

「ううん、大丈夫だけど……」

そのまま言葉を濁《にご》しては、せっかく千代が明るくしてくれた空気が淀《よど》んでしまうと思い、どうにか世間話を切り出した。

「千代さんこそ、修行場のほうは大丈夫だったの？」

「もっちろん」

明るく答える千代をよそに、佐助はクリームソーダを頼んでいた。

加乃もアイスコーヒーを頼み、本題に入る前にちょっと雑談を挟む。

「千代さんの家、この辺なの？」

「ん？」

「いかにも地元の人しかこないところだなって思って」

まかり間違っても、観光客はこんなところにこない。

すると千代は、相変わらずたくさんガムシロップを入れていたらしいアイスコーヒーをストローでかき混ぜて、苦笑いを見せた。

「あー、逆だよ。松山駅のこっち側には、狸がほとんどいないからね」

「……」

これはすでに本題に片足が入っているかも、と加乃が思っていると、千代はストローに口をつけながら、上目《うわめ》遣《づか》いに悪戯《いたずら》っぽい笑みを見せた。

「スイカ」

「え？」

「Ｓｕｉｃａ、松山じゃ使えないでしょ」

果物のスイカではなく、電子マネーの入っているＳｕｉｃａのことだと頭の中でつながった。

「あ、うん。昔からだよね。こないだ久しぶりにきて、いい加減対応してるだろうと思ったのに、まだ使えないの？　って驚いたけど」

コンビニでは使えるが、伊予北条駅どころか松山駅でさえも未だに手動改札で、券売所にはチャージの機械もない。

「多分、この先もずっと使えないんじゃないかな」

千代はコーヒーに目を落とし、疲れたようにため息をつく。

「松山に鉄道ができたのって明治時代で、四国だけじゃなく中国地方を含めてもなお初めてのことだったんだって」

「ん……へえ」

話がどこに向かうのかよくわからず、加乃はやや戸惑《とまど》いつつも相槌《あいづち》を打つ。

「人を驚かせるためなら心血を注《そそ》ぐのが狸だからさ、いち早く人々の度肝《どぎも》を抜きたいって息巻いた狸がいたみたい。だけど明治時代のことでしょ？　地方に電車など不要って中央政府に却下されちゃったらしくて、揉《も》めた挙句《あげく》に当時の鉄道局の偉い人と化け比べをして、勝った功績で建設したんだとか」

「う……ん？」

化け比べ、という単語に引っかかる。

「火を噴く鉄の化け物が畑を走るなんてのは、狸か狐が化けているに違いないって、当時の人は思ったらしいよ。慧眼《けいがん》だね」

困惑気味の加乃を面白がるように、千代が可愛らしく笑う。

「松山にも、狸が路面電車に化けて人を驚かせる昔話がたくさん残ってる。で、本州を支配していた狐たちは国鉄を、狸は松山を拠点に四国で私鉄を敷いたわけ」

そう言われると、ＪＲのロゴは狐を横から見たシルエットにも見える。

「だから狐の支配するＪＲ松山駅は市街地からあんなに離れた場所にポツンとあって、狐の妖術がたっぷり詰まったプラスチックの板を市内で持ち歩かせないように、改札も自動化されてないってわけ」

「まさか、妖術って」

加乃はそう思ったが、改めて考えてみれば、あんなプラスチックの板にお金らしきものが入っていて、かざすだけでなんの問題もなく電車に乗れたり買い物ができたりするのは、奇妙すぎる。

自分はなにかすごい秘密を知ってしまったのでは、と慄《おのの》く加乃を前に、千代が言った。

「まあ、妖術は嘘《うそ》だけど」

千代はぺろりと舌を出し、運ばれてきたクリームソーダのアイスクリームを頬張《ほおば》っていた佐助が、まんまと化かされた加乃を笑っていた。

「けどおおむねはそんな感じ。だからなんというか、狐の息のかかった予讃線の敷設《ふせつ》を認める代わりに、駅は市街地から遠い場所に置くことになった。ついでに空海さんとの約束である、鉄の橋がかかったら四国に狐が戻ってきてもいいという約束についても、線路を境界線にした内陸部を狸ががっちり支配して、狐の居場所はおおむねその外側で済ませるということで、手打ちになった」

そう言われ、四国のＪＲは妙に海沿いに敷かれていることを加乃は思い出した。

そして龍姫のいる場所もまた、線路を境にして海側の島だったし、佐助がしばらく暮らしていたらしい今治城《いまばりじょう》も、もちろん海沿いだ。

外様大名《とざまだいみょう》、なんて単語が加乃の脳裏をよぎる。

「四国は、そういう場所」

その言葉で、話はやっぱり本題に入っていたのだと確信できた。

「そんな四国で、よりによって狸の腹のへその上でよそ者の狐が術を使った。俺の話ってそういうことだろ」

佐助の投げやりな言葉に、千代は困ったように微笑みながら、うなずいた。

「そのとおり。やってくれたねえ、少年」

もちろん責めるような口調ではない。

けれど、その冗談めかした笑みには、別の感情を隠す意味があったらしい。

「龍姫ちゃんのことは仲間から聞いたよ。ごめんね」

加乃が千代を狸側と見て、どんな風に対応すればいいのかと迷っていたように、千代も自分を狸側だと認識し、気まずく思っていたのだ。

「俺に言われても」

昨晩はずっと龍姫の側にいた佐助なので、珍しくちょっと怒っていた。

「そうだね。今の状況が落ち着いたら、ちゃんと謝りに行かないと」

千代は狸で、龍姫はその下請けみたいなものだから、なんとなく顔を合わせにくい事情があるのはわかる。この場に龍姫を呼んでいない理由には、その辺りの微妙な機微もあるだろう。

「それで、千代さん。龍姫ちゃんや佐助はどうなりそうなの？」

龍姫の話では、狸連の会合にて古狸たちから勝手な神通力の行使を散々になじられ、四国の狸の権威を傷つけたとかなんとか責め立てられたらしい。

　龍姫は客分を受け入れている責任を取らされるか、佐助への即時の四国外退去が告げられるかと覚悟していたが、しかし狸たちは散々喚《わめ》いた後、沙汰《さた》は追って待てと突き放したという。

　龍姫はいわばお白州《しらす》に引き出されて刑を待つ立場なわけだが、龍姫に同情的な狸たちがこっそり龍姫に連絡した限りでは、狸連の中でも意見が錯綜《さくそう》しているせいで、宙ぶらりんなことになっているとのことだった。

「気まずいからって、いつまでも世間話してる場合じゃないよね」

　千代は自嘲《じちょう》気味に笑ってから、咳払《せきばら》いをした。

「わざわざ二人にきてもらったのは、すっごく……すっごく面倒で、ややこしいことだからなの。電話やメールじゃ、ちょっと伝える自信がないくらい」

　千代はものすごく嫌そうな顔をしていたが、かえっていつもの千代らしさが感じられた。

「狸連の古狸たちの中には、未だに頭の中が江戸時代で止まってたり、山の中から出てくるのは五十年に一度、みたいなのがごろごろいるわけ。それを踏まえて聞いて欲しいんだけど」

「う、うん」

「まず、極端な奴ら。なんなら源平合戦の続きが頭の中で行われてる爺さんたち」

千代はテーブルの右端に、ガムシロップの空き容器を置いた。

「こいつらは、佐助君のことを伏見稲荷からの刺客《しかく》だと思ってる」

「はあ〜？」

心底不愉快そうな声を上げる佐助に、千代はいっそ楽しそうに口角《こうかく》を上げて見せた。

「伏見稲荷が、何度か四国に攻め込んで、無理やりにでも足場を築こうとしたことが実際にあったんだってさ」

「へんっ。捨て駒って意味では、そうかもしんないけど」

狸のような見た目の十字狐である佐助は、そう言ってそっぽを向く。

千代はそんな佐助に悲しそうに笑い、テーブルに身を乗り出してその頭を一撫でしていた。

「そいつらは、佐助君をじゃこ天にして伏見稲荷に送りつけろって言ってる」

マフィア映画の抗争シーンかと加乃は思う。

「……本気で？」

加乃の問いに、千代は肩をすくめる。

「彼らは本気だろうけど、草履《ぞうり》とじゃこ天の区別もつかなくなってる古狸だから、まあ誰も本気で相手にしてない。ただ、権威と声のでかさだけはあるから、そういう古狸に同調するふりをして、このことを利用しようとしてる悪い狸たちがいるんだよ」

「悪い狸」

加乃が繰り返すと、千代に撫でられてぼさついた髪の毛を手で直した佐助も、ソファーに座り直して千代を見やった。

「おたくの子狐がうちの縄張りで悪さしよったけんなあ、これ、どう落とし前つけるんね」

　こてこての方言で、千代は口真似をして見せる。それゆえに、どんな狸たちがどんな意味でそう言っているのか、よく想像できた。

千代はガムシロップの空き容器を三つ、テーブルの真ん中からやや右寄りに置く。

「こいつらは、今回の件を伏見稲荷との外交カードにしようとしてる。四国は狸の小さな独立国だから、しょっちゅう本州側と揉めてるわけ。そんな中で、なんなら素晴らしい取引材料が手に入ったって感じ」

　全国的にはお稲荷さんが優勢で、狸は各地で踏ん張っている状況。その中で四国が唯一残された独立国で、防戦一方という想像はなんとなく加乃にもできる。

「もうひとつは」

千代はそう言って、飲んでいたアイスコーヒーをテーブルの左側に置いた。

「仲間や松山の人を助けてくれたことに、きちんと感謝して礼を言うべきだと思ってる狸たち」

千代は視線をまっすぐ佐助に向けて「ありがとう」と言った。

本丸広場でも、化けの皮が剝《は》がれかけるくらいに動揺していた狸の店員が、神通力を使い切ってぐったりしていた佐助のため、リュックを貸してくれた。帰り道では話を聞きつけたタクシー運転手の狸が家まで送ってくれたりした。

そして目の前の千代はきっと、狸連の意に背いて、事の次第を加乃たちに話している。

「まあ、そういうのは若い狸ばっかりで、狸連の中では立場が低いんだけど……」

弱々しく笑う千代に、佐助はガムシロップを入れた籠《かご》からむんずとつかみ取り、アイスコーヒーのグラスの下に置いていた。

「実際は、この並べられた狸たちの、どこに落としどころを見つけるかって感じ?」

アイスコーヒーと、ガムシロップの空き容器までの距離は、歩み寄るには果てしなく長い。

加乃がたずねると、千代は大きくため息をつく。

「そう。落ち目の奴らほどしきたりとかに執着するから、無罪放免ってわけにはいかなそう」

ここで理不尽だなんだと騒いでもなんの意味もないから加乃は懸命《けんめい》に口をつぐむが、やはりどう考えても理不尽だ。あそこで佐助が神通力を使わなければ、高校生カップルも、売店の中にいたお年寄りや子供連れの夫婦たちも、無事では済まなかった。

幸いなのは、目の前の千代がその気持ちを共有してくれているところだろうが。

「ただ、私たちがつけこむ隙もある」

「隙？」

「佐助君のことを利用しようとしている奴らの中にも、色々あるんだよ。特に今は、石垣の件で揉めてるからさ。自分たちの陣営が一番有利になるように佐助君のことを利用しようとする連中ばっかりだから、結論が出てないわけ」

石垣の件と言えば、今は松山のみならず、愛媛の中で最も注目を集めていることだ。

「連日ニュースで石垣のことを報じてるけど、全然進展ないでしょ？」

千代の言葉に、うつむいてぼそぼそと原稿を読み上げている頼りない市長の様子が、加乃の脳裏をよぎる。

「あれはさ、誰が石垣補修工事の主導権を握るんだってことで、狸連の中で揉めてしっちゃかめっちゃかだからなんだよ。松山城っていったら松山の顔だからね。そこを直すのはお家の誉《ほま》れって」

いかにも前時代的だし、鉄兜《てつかぶと》をかぶって旗を振り回す狸の合戦の絵本に相応《ふさわ》しい。

「そんなふうに面子が関わるからただでさえ面倒くさい話なのに、工事費用も何億円って規模になるからさ、どこの派閥《はばつ》がどれだけの仕事を請けるんだってことで大荒れなの。特に前回の地震の時、いい目を見た狸たちがいるからなおさら。ほんっとうにバカばっかり」

テーブルに身を乗り出し、声を潜《ひそ》めてバカと罵る千代の眉根には、これ以上ないってくらいにしわが寄せられている。

それが実に様になっていたし、佐助は首をすくめて意地悪く笑っていた。

「そういう、あれなんだね」

市役所には狸連の窓口がでんとあった。龍姫の話では、お役所でさえ狸連の支持が無ければ大きなことはできないと言っていた。

まさにその大きなことと言うのが、石垣回りの話なのだ。

「でも、そこに佐助がどう関わるの？」

伏見稲荷から家出してきている狐が、伊予松山のしきたりを破って神通力を行使した。どう落とし前をつけるんだという話と、石垣を誰が直すのかという話は趣《おもむき》が違う気がする。

「毎日腹鼓《はらつづみ》を叩《たた》いてお気楽な古狸たちだけど、こういう時は悪知恵が働くんだよ」

千代は大きくため息をつく。

「石垣の件で主に争ってるのは、二つの派閥なのね。お堀端《ほりばた》に社を構えてる八股榎《やつまたえのき》派と、刑部《ぎょうぶ》狸派なんだけど……加乃さんたちは知ってる？」

「うん。知ってるよ。お袖狸のほうは、市役所に行く時に通りがかって、佐助が早速悪態ついてたし」

千代は目を丸くしてから、小気味よさそうに笑っていた。

「刑部狸のほうは、日本三大狸話のひとつの、八百八狸物語の主人公でしょ」

それこそ松山のお城で起きた権力争いに巻き込まれた狸の話で、日本三大狸話の中では、文福茶釜《ぶんぶくちゃがま》や證城寺《しょうじょうじ》の狸囃子《ばやし》と比べると全国的な知名度こそ低いが、松山の歴史案内みたいなものには必ずその話が載っている。加乃はもちろん祖父母から何度も聞かされていたし、なんなら平成の世に狸が合戦してぽんぽこするというアニメの元ネタになったことも知っている。

「そう。それで昔っから、その二大派閥は仲が悪いの。八股榎派が松山の主要な産業を牛耳ってて、刑部派は高貴な血筋と知名度こそあるものの、いまいち儲《もう》かってないから」

加乃は祖父と一緒に刑部狸のお社に行った時のことを思い出す。

確か小学生の頃だったが、松山の観光パンフレットを開けばほぼ名前が出てくる八百八狸物語なのに、その主役のお社がここ⁉　と驚くような小さくてぼろいものだった。

そしてお堀端の八股榎のお社のそばで龍姫が教えてくれたことによると、腹鼓のポンという音を冠したオレンジジュースの会社は、お袖狸が発起人に名を連ねているというのだから、相当な金持ちだろうというのは想像できる。

「でね。お袖狸の派閥は、佐助君の件を、狸社会の不文律を狐社会が脅《おびや》かしたみたいな大ごととして騒ぎ立て、伏見稲荷に持ち込もうって腹なの。そうして伏見稲荷との間の懸案事項で譲歩を引き出して、自分の商売に利用しようって腹」

陰謀や策略《さくりゃく》はいかにも狐に似合っているのだが、狸も負けてはいないらしい。

「一方の刑部狸派は、佐助君が重大な伊予のしきたりを破ったのは事実だけれど、理由はあったということだから、あと腐《くさ》れなく金で解決すればいいって」

なんとなく刑部狸のほうが話が分かりそうな気がしたのだが、ちょっと考えてみて、佐助のことを金づるとしか見ていないのだと理解する。

お堀端にあるお袖狸のお社と比べ、刑部狸のお社がぼろいことも無関係ではないだろう。

「本当なら、そんな目くじら立てることじゃないはずなんだよ。だって無私の人助けだってのは誰の目にも明らかなんだもの。でも、石垣工事の利権争いがあるから、伏見稲荷と争いごとが起きてそれを解決したなんて手柄があったら、その手柄を挙げた陣営が利権争いで有利になるってわけ。だから、わざと問題にして騒ぎ立ててるんだよ」

狸の欲深さはなんとなく加乃にも理解できるが、二つの陣営の狸たちの思惑《おもわく》にいてもたってもいられなくなったのは、佐助の事情をまったく無視しているからだ。

佐助は伏見稲荷で気楽な毎日を送っていたわけではない。その毛皮のせいで散々いじめられ、ついに家出してきたのだ。

もしもそんな佐助が、お前のところの狐が不祥事《ふしょうじ》を起こしたぞという形で、伏見稲荷の門前に突き出されたとしたら。

佐助の立場がどれだけ悪くなるかと想像して、加乃は痛いくらいに胸が悪くなる。

「じゃあ、その話を俺に知らせてくれた千代さんは、俺をどうするつもりなんだ？」

そして、その当人が口を開く。

堂々とした、運命を受け入れている開き直りにも感じる態度で。

「逃がす、とか？」

加乃は思わず口を挟む。

四国は海に囲まれているといっても、絶海の孤島ではない。

狐をリュックに入れて逃げ出すことは、さして難しくないはず。

「無理だよ」

佐助はすぐにそう言った。

「なんで、フェリーだってあるし、いくつも橋が架《か》かって――」

勢い込む加乃に、佐助が首を横に振った。

「そういう話じゃないってことだろ。俺が逃げても、龍姫の奴は、伊予北条にずっと残らなきゃいけないんだから」

加乃は言葉に詰まった。

今も家で留守番をしている龍姫。

あの小さな龍の女の子は、鹿島の神社で、これからもずっと土地を守らなければならない。

「俺が逃げたら、狸連は嬉々として、責任を龍姫に押し付けるつもりなんだろ？」

佐助の言葉に、千代は疲れたようにため息をつく。

邪悪《じゃあく》、という単語が喉《のど》をせり上がってきた加乃は、その苦みに顔がこわばった。

「そう。だから龍姫ちゃんをこの場に呼ばなかったの。龍姫ちゃんなら、佐助君のために自分が人柱になるって言いだして聞かなくなったろうから」

初対面の時、佐助のことを捕まえにきた龍姫の様子を思い出す。やや気負いすぎるところがある龍姫だから、千代の判断は正しいと思う。

「でも」

と、千代がテーブルに手のひらを押し付けながら言った。

「そんなくそったれの狸連に、好き勝手させるわけにはいかないと私は思ってる」

力強い言葉に加乃は勇気づけられたが、すべてを解決する方法があるという感じでもなさそうなのは、千代の表情から明らかだ。

「どうする、つもりなの？」

加乃の問いに、千代はしばらく自身の手を見つめてから、言った。

「攻撃は、最大の防御。だからさ、佐助君」

千代が佐助をまっすぐに見る。

「いっそ自分から、家に連絡するのはどう？」

「え？」

思わず聞き返したのは、加乃だ。

対する佐助は、思ったより平静だったし、なんなら首をすくめてスプーンを手に取り、氷についたアイスクリームの欠片をこそげ落としていた。

「佐助君は、狸連の中に付け入る隙があるぞって、伏見稲荷に告げ口するわけ。石垣の修復で誰が主導権を握るのかってことで争っているせいで、たくさんの人や狸が迷惑してる。古狸たちだけじゃいつまで経っても結論が出ないから、伏見稲荷がその仲裁役に立ってくれるなら、古狸たち以外はみんなが歓迎するはず」

外国の紛争についてのニュースで、時折見かける話のようなものかと加乃は思った。

当事者たちだけでは話し合いもできないから、どこかの国が間に立って、その仲を取り持つ。

「当然、伏見稲荷も仲裁役を務めることで、今後狸連となにかあった際には色々有利になるはず。だからこれなら、佐助君は問題を起こしてきた厄介ものじゃなくて、狸連の弱みを見つけてきた功労者になるってわけ」

「……」

佐助は話が理解できないほど子供なはずもないのだが、かりかりとアイスクリームの残りを追いかけている。

そしてスプーンにくっついたわずかなクリームを舐《な》めてから、首をすくめる。

「千代さんの言いたいことがわかってきた。俺から母ちゃんに連絡とれってことか」

佐助がその視線を、飲み終わったクリームソーダのグラスから、千代に向けた。

「そう。佐助君のお母さま、正一位《しょういちい》伏見稲荷大明神《だいみょうじん》にね」

加乃は数瞬その言葉にぽかんとして、たちまち脳裏に赤い幟旗がよぎる。

目を剝いて、隣に座る佐助を見た。

そのがさつな見た目の向こう側に、あの凄《すさ》まじい威容を誇る、伏見稲荷の鳥居群が見えた気がした。

「母ちゃんって言っても、本当の母ちゃんじゃないけど」

佐助は加乃の視線に気がついて、ぶっきらぼうにそう言った。

「俺は北海道で生まれたらしいんだけど、生まれてすぐ伏見に預けられたってだけ」

「佐助君にそれだけの才があったってことでしょ」

千代の言葉に、成績の良さを褒《ほ》められて嫌そうにする反抗期の少年らしさが、佐助のひん曲がった口元に現れる。

「佐助君が狸連から無罪放免ってのはちょっと難しい。逃げるのも龍姫ちゃんのことがあって難しい。家出中の身だってことは知ってるし、どうして家出してきたかも知ってる。でも、このままだと利用されるだけされて、立場が悪くなるばかり。だから佐助君が先手を取ることで、せめて伏見での立場を良くするべきだって、私は思う」

千代の言葉は佐助のことを考えてのものだと加乃はわかりつつ、わからないこともあった。

「千代さんは……それでもいいの？」

千代の計画は、狸たちの四国での立場を危うくするものにしか思えなかったからだ。

「このままだと、佐助君は利用されるだけ利用されて、多分それでも石垣補修の件で揉め続けて、ある日お城が崩れてなにもかも駄目になっちゃうとしか思えないもの。それで大変な目に遭うのは、これからの世代の狸たちなんだよ」

加乃が暗澹《あんたん》たる気持ちになったのは、選挙のたびに、そんな話題を目にするからだ。仕事を引退した高齢者の比率が上がり続け、そのうち働いている世代が全員結束したとしても、老人たちの投票に敵《かな》わなくなる。

だから未来志向の政策はひとつも通らず、ほどなく年金と医療費で国の予算がすべて食いつぶされる、なんて話が本当かどうか加乃にはわからないけれど、なにか大きな風が吹いて全部吹き飛ばしてくれたらなと思ってしまうことはある。

千代はこの機を捉《とら》え、伏見稲荷という大風を呼び込もうとしているのだ。

「千代さんの考えはわかったけど……」

佐助はじっとクリームソーダの残骸《ざんがい》を見てから、首をひねっていた。

「そんなうまくいくか？　確か徳島にもさ、超偉い狸がいなかったっけ。母ちゃんが出てきたら、その狸と喧嘩《けんか》になりそうだけど」

「金長《きんちょう》おじさんのことね」

千代は言って、眉尻《まゆじり》を落としていた。

「……誰？」

声を潜めて佐助に尋ねると、伏見と言われてすぐに伏見稲荷を連想できなかった龍姫を馬鹿にした時の目で、佐助は加乃を見た。

「正一位の超偉い狸だよ。知らねえの？」

超有名ユーチューバーのことを知らずに子供に馬鹿にされる親、というのはこんな感覚なのだろうと加乃は思う。

「徳島に、金長狸大明神って呼ばれる狸がいるんだよ」

佐助と加乃の様子にちょっと笑いながら、千代が教えてくれた。

「阿波《あわ》狸合戦っていう、四国ではまあまあ有名な戦いが徳島であったんだけど、その総大将が金長おじさん。で、その金長おじさんの活躍に心を打たれた人が、狐のお膝元である京都にわざわざ出向いて、狸である金長おじさんに正一位の位を賜《たまわ》るよう訴えた……っていうお話があるの」

佐助は、知ってて当然、とばかりに鼻を鳴らしている。

「へえ」

加乃が気の抜けた反応を見せると、「正一位ってめちゃくちゃすごいんだぞ」と佐助が怒ったように付け加えた。加乃としては、そんな金長狸をおじさんと呼んだ千代のことが少し気になったのだが。

「だからさ」

と、佐助が話題を戻す。

「正一位の狸が出てきたとしたら、皆言うこと聞くはずだろ？　むしろ叱られるんなら狸同士のほうがましじゃないの？　うちだって母ちゃんが出てきたら、どんな偉くて悪い兄貴たちも、たちまち尻尾を丸めてコンと鳴くけど」

その様子を想像し、ぜひ見てみたいと加乃は思ってしまう。

「金長おじさん、腰を痛めて寝込んでるんだってさ」

佐助は口を開けて呆《あき》れているが、肝心な時にしまらないのはいかにも狸らしいと加乃などは思う。

「そんなわけで、まとめ役がどこにもいないの。大分とか北海道とか、遠くの土地には有名な狸もいるけど、八股榎派や刑部狸派と必ずどっかで家系図が交錯してるからややこしいわけ」

加乃は龍姫から聞いた盛大な結婚式の話を思い出す。そうだ、そもそもその二大派閥の血筋は結婚しているはずなのに、と思うが、ロミオとジュリエットみたいな話なのかもしれない。

「それに前回の芸予地震の時、実際に金長おじさんが仲裁役に立ってくれたんだけど……結局色んな陣営から不満を持たれて、すっごく苦労したみたいなの。だから多分腰痛がひどいって言うのも、仮病じゃないかなって」

狸寝入り。

となると、全員の敵である伏見稲荷というのは、ある意味で最後に残された選択肢なのかもしれない。

「私がどうして狸連を大嫌いか、わかってくれた？」

千代は疲れたように笑っていた。

「古狸たちは徳利《とっくり》片手に吠《ほ》えてるだけだから楽でいいけど、若い狸たちは崩れそうなお城をずっと神通力で支えなきゃなんないし、このまま補修が進まなくて、万が一お城が崩れでもしたら、たくさんの狸が路頭に迷っちゃう。今でさえ、石垣にかけられたブルーシートがテレビに流れるたびに、旅館とかにキャンセルが入るんだって。だから、狸連のせいですっごくたくさんの人たち、狸たちが迷惑してるわけ」

テレビに映る、今にも倒れそうなほど憔悴《しょうすい》した市長の様子も、この話を聞くと意味合いが変わってくる。

今、市長をテレビで見る人たちは、彼のリーダーシップのなさに不満を募《つの》らせている。今すぐにでも市の長として補修計画を立てて、松山市は地震などにびくともしていないとアピールして欲しいと思っている。けれど市長自身そのことを理解しているのに、狸たちのせいで遅々《ちち》として話は進まず、しかもそれを口にすることもできないとしたら。市長からすればこれだけ無策を晒《さら》しているようだと、次の選挙にも当然影響するだろうから、理不尽に巻き込まれているのはなにも佐助だけではないのだ。

「そこで、もう私たちが、古狸たちの横っ面をひっぱたいてやろうかって」

千代の口調に、どこか凛《りん》とした冷たさみたいなものが宿った。

「ただ、ひとつ問題があるとすれば」

千代は曖昧に笑い、上目遣いに佐助を見た。

精一杯、冗談めかして伝えられるように。

「佐助君の、夏休みが終わっちゃうなって」

少年の家出物語は、いつだって夏休みの終わりと共にエンドロールだ。

佐助は千代の言葉に鼻で笑い、両手と両足を投げ出して、ソファーに背中を預けていたのだった。

千代とはファミレスで別れた。松山駅の周辺には少ないながら観光客向けの店があって、そういうところには大抵狸の店員がいるらしい。

そんなわけで佐助とふたりで歩くことになったのだが、くる時にもまして会話がなかった。

加乃は佐助に聞きたいことがたくさんある気がしたのに、いざ聞こうとすると、その言葉がどこかにいってしまう。

なんだか変な気がしていたのだが、松山駅で切符を買おうとした時のこと。鞄《かばん》の中に見慣れぬ封筒があり、それに触れた途端《とたん》、会計の際に千代から受け取ったことを思い出した。

それは佐助と実況配信するにあたって、加乃が購入した配信機材の代金だ。

それがどこか遠い世界の出来事のように感じて加乃が戸惑っていたら、佐助の声がした。

「術、解けたか？」

驚いて振り向くと、頭の後ろで手を組んでいた佐助と目があった。

「千代さん、人を化かすのすげえ手慣れてたな」

「……え？」

「まあ、放って置いたらあの話に死ぬほど文句言いそうだったから、俺も助かったけど」

佐助を巡る千代の話。

怒るポイントはたくさんあったし、千代の提案は理に適っているように感じたが、それが最良のものではないこともわかる。

なにより、佐助はそれで本当にいいのかとあの場で問いただすべきだった。あの話を聞いてなにも言わずにファミレスを出てきたら、加乃は間接的に千代の計画を認めたようなものなのだから。

龍姫が立場的に反対するのが難しいのなら、防波堤になるのは自分しかいないはずだと加乃は思う。そしてそれらの諸々の感情や思考がたった今、遅れて声が聞こえてくる腹話術みたいに、怒濤《どとう》のように加乃の中に湧きおこってきていた。

なぜなら、千代に化かされていたから。

あの場の話が、紛糾《ふんきゅう》しないように。

「多分、千代さんってすっげえ偉い狸なんじゃないかな」

千代に裏切られたというショックに口も利けないでいたら、佐助が気楽な感じで言った。

「それですっげえ難しい立場にいるんだと思うよ。俺だって今ようやく、千代さんが本当は誰なのかって聞きたかったって思ってるし」

妙に悟ったように、佐助はそんなことを言う。

「でも俺が母ちゃんに助けを求めたら、遅かれ早かれ誰かなんてのはわかるし、千代さんの計画だって、俺のことを考えてくれたってのはすっごくわかる。だからまあ、誰であっても関係ないんだけどさ」

「……」

加乃は佐助の言葉を理解できているようでできていないような、猛烈な不安に襲われた。

そして、つい思わず、佐助の顔を両手で摑《つか》んでしまう。

「わ、な、なんだよ！」

髭《ひげ》も生えていない少年らしいつるんとした肌だが、龍姫とは違う脂《あぶら》っぽい感じが男の子らしい。その手触りは本物だと思うし、嫌そうな顔はなおのこと真に迫っていた。

「俺は化かしてないって！」

佐助は加乃の手を振りほどき、自身の頰をこすっていた。

「化かされた時の気持ちはわかるけどさあ」

頭をガシガシ掻いた佐助は、まだどこか夢うつつな加乃の様子にため息をついて、加乃の袖を強く引いた。

「なあ、カレー食いたい」

そうして指差した先には、それだけは夢と間違えようもない、カレーの匂いがする松山駅併設《へいせつ》のレストランがあった。

カツカレーをがつがつ食べる佐助を見ながら、加乃は未だにつけあわせのサラダをつついている。

これが現実なのかどうか心許《こころもと》ないのと、千代に化かされていたということそのものが、加乃を落ち着かない気持ちにさせていた。

「千代さんは、悪意で化かしたわけじゃないって」

大きな口を開け、山盛りのご飯を頬張る直前に、佐助は言った。その食べっぷりを見ていると自然と食欲を刺激されて、加乃もようやくカレーに取り掛かる。

「加乃を化かしてるってことがわからないように俺のことも完璧に化かせたはずだけど、そうしなかったから」

一緒に暮らし始めてすぐ、加乃お姉さんと呼べと言ったのだが佐助は聞く耳を持たないので諦めていたが、その時以来の冷たい目を佐助に向ける。

「そんなふうに君を化かしてるかもしれないのに」

「そうかもしんないけど、その時は家に帰ったところで龍姫の奴が気がついて、教えてくれると思う。そうしたら千代さんも狸連と同じ穴の狢《むじな》ってことじゃん」

貉は狸じゃなくてアナグマじゃなかったか、などと加乃は関係のないことを思ってしまう。

「もちろん、千代さんはそのこともわかってるだろうし」

人を化かす術も万能ではない。

「俺としては、できれば加乃には家に帰るまでずっと、術がかかったままでいて欲しかったんだけどな」

半熟卵をカツに絡《から》めている様子は、いじけているようにも見えた。

「面倒くさいこと、色々聞きたそうな顔してるから」

加乃はカレーを口に含み、その濃い辛さに頭がしゃっきりしてくる感じがして、カレーを飲み込むのと同時にうなずいた。

「佐助のお母さんって、本当に伏見稲荷の偉い人なの？」

佐助は案の定嫌そうな顔をしていた。

「そうだよ。伏見稲荷で一番偉い人。だから日本で一番偉い狐だよ。けど言ったろ。本当の母ちゃんじゃないって」

大きすぎるカツを、スプーンの先端でぐさりと切り分けて、佐助は口に運んでいる。

「でもなんかよくわからない事情で、赤ん坊の頃に伏見の稲荷に預けられた。育ててくれたのは、今の母ちゃん。だからまあ、俺の毛並みも相まって、むかつく兄貴たちの標的にされたのは、伏見稲荷の人たちとは血統が違うよそ者だからかな。周りも助けてくれなかったし」

加乃は思わず安っぽい同情の言葉を言いかけたが、佐助がどうして淡々と述べているのかに気がついて、思いとどまった。

佐助の矜持《きょうじ》を傷つけないよう、言葉を選んで尋ねる。

「実家に連絡とったら、どうしても帰らないといけない感じなの？」

どうやら千代の術中にあったとはいえ、あのファミレスの記憶すべてが夢ではないようだ。

加乃が最後に見たのは、物分かり良さそうに千代の提案を受け入れつつ、寂しそうな目でテーブルを見つめている佐助の横顔だった。

「じゃないかな。伏見稲荷のなんとかって役職に就《つ》くことも決まってたし、あそこでは母ちゃんの命令は絶対だし」

佐助はルーを先に使いすぎたようで、ご飯が多めに残ったカレー皿を見て、顔をしかめる。

「でも狸みたいなもらわれっ子の俺がさ、家出から出戻った挙句に、兄貴たちもなかなか就けない役職にあっさり就いたらなんて考えると……まあ、楽しい毎日ではないだろうなって思うと、帰るのは嫌だなってなるけど」

役職に就かないなら就かないで、ごく潰しと言われたりして小突き回されるようになるのでは、と加乃も想像がつく。佐助は切実な理由があって、遠くの土地に居場所を求めていた。

佐助は結局カレーを食べる手を止めて、ぼんやりとした視線を皿に落とす。

「ここしばらくは、楽しかったなあって」

肩をすくめた様子に、加乃はなにも言えなくなってしまう。

「ま、最後に母ちゃんにどやされる古狸の様子が見れるなら、それでいいかも」

いたずら小僧そのままに笑う佐助の笑顔に、加乃は胸が痛かった。

帰り道に佐助から聞いたところによれば、千代の計画は多分うまくいくだろうという話だった。仲裁の対価として、四国の狐たちに有利な約束事をさせることもできるし、あるいはそれは、千代が語ったＳｕｉｃａの導入みたいなことかもしれない。

なんにせよ四国で狐の影響力を増せることなら、京都の狐らしい笑みとともに引き受けるはず、と佐助は言っていた。それだけの手柄があれば、家出の件もチャラにしてくれるだろうと。

佐助がそのことに心底から納得しているとは思えなかったが、完全な強がりという感じでもない。佐助の中には、家出はいつか終わるもの、という覚悟が最初からあったように見えた。実家が伏見稲荷でどうも期待の星ということなら、「超偉い」らしい正一位稲荷大明神の捜索の手から逃げ切るのは不可能だと、最初から思っていたのではないか。それでも一度くらい、誰からも後ろ指をさされない自由を満喫《まんきつ》したかったのでは。

　そういうあれこれを思うと、加乃にはそれ以上なにも言えなかった。

　そして佐助のことがいったん落ち着くべきところに落ち着くのと入れ替わりで、今度は既存の狸たちの立場を危うくするような手引きをして千代は大丈夫なのか、ということが心配になってくる。

　その懸念《けねん》には、佐助はふっと鼻で笑ってみせる。

「修行場の狸を丸ごと騙《だま》して、浜辺をほっつき歩いてた狸が普通なわけないじゃん。千代さんの本当の名前を聞いたら、龍姫のやつは泣いちゃうような奴だと思うけど」

　佐助は、千代という名前も本当のものではないと思っているらしい。元々千代と知り合ったきっかけも、自らの写真を砂浜ガールズに載せることで古狸たちの鼻を明かし、頭の堅い両親を見返してやるとかなんとかいうものだった。

　千代はこの件がなくとも、遠からず狸連の古狸たちに反旗を翻《ひるがえ》していたのかもしれない。

　佐助は千代と一番親しくしていたから、その辺りの空気感はよくわかっていたのだろう。なにより、加乃も龍姫も佐助の母親のことを知らなかったのに、千代は知っていたのだから。

だから家に帰りつき、心配そうに留守番をしていた龍姫に顛末《てんまつ》を話し、「うちの母ちゃんが多分どうにかしてくれる」とあっけらかんと言った佐助に対し、龍姫もどう声をかければいいのか計りあぐねているようだった。

そして当人の佐助がそんな風だから、誰も心底から納得しているようには思えないのに、なんとなくこの話はこれでおしまい、というような空気が漂っていることに、加乃はやっぱり納得できなかった。

そもそも根っこのところにある話が理不尽なのだから、納得できるはずもないのだ。

地震の時、佐助は黒い風のように駆け抜けて、自分の身の危険も顧《かえり》みずに、高校生カップルを助けるために神通力を使っていた。売店から狸の店員たちが出てこなければ、佐助だけでは支えきれなかった石垣の崩落に巻き込まれ、きっと大けがをしていた。

それに感謝するならいざ知らず、政争の具にするなどと。

布団の中であれこれ考えていると、眠気はまったくどこかにいってしまっていた。

龍姫もきっと同じ気持ちだろうが、賢く、同時に土地神という立場もある龍姫は、加乃などよりよほど辛かろうが、痛みをこらえて胸の奥に渦巻《うずま》く感情を押し込めているのを見ると、加乃が蒸し返すのも筋が違うように感じて黙るしかなかった。

北条は古地名を風早《かざはや》といい、その名にふさわしく今夜もまたびょうびょうと吹く海風の音を聞きながら、加乃はまとまるはずもない考えをもやもやと持て余していた。

右側にはお堀端で見た立派な社を構えた八股榎のお袖狸の陣営。左側には、山口霊山と書かれた看板と、ちょっとした狸の石像だけがぽつんとあるさびれた社の刑部狸の陣営。その真ん中で、一段低いところに千代を筆頭《ひっとう》とした若い狸たちがいて、崩れそうになる石垣を支えるようにして古狸たちを支えている。龍姫と佐助は、そんな大きな仕組みの隅で、強風に吹き飛ばされまいと互いに体を摑みあっている。

加乃はその中に、自分の姿が見当たらないことに気がつかざるを得ない。まったく無力に、見ていることしかできない傍観者《ぼうかんしゃ》。

そんな加乃の視線の先、喧々囂々《けんけんごうごう》言い争う古狸たちの向こうに、前職のデザイン会社の同僚たちがいた。彼らも互いに話し合い、加乃のほうになど一瞥《いちべつ》もくれずに、歩いていく。

誰からも必要とされていない恐怖と、誰の役にも立てない無力感に、喉の奥が冷たくなる。

いじめられ、居場所がなく、実家を飛び出してきたという佐助や、代替わりして弱い立場のまま、せめてもの見栄《みえ》で麦わら帽子に鹿の角を差していた龍姫。

二人の前に現れたお袖狸やら刑部狸やらは、わかりやすい私欲のために佐助たちを利用しようとしている。

連中の横っ面をひっぱたく力がないことに、加乃は泣きたくなる。

それでもせめて自分の怒りを伝えようと、手を伸ばす。

せめてこちらに気がつけと、毛皮をむしり取るように。

「っ」

階段を踏み外したような感覚と共に、びくりと体が震《ふる》えて目が覚めた。

寝入りばな特有の、嫌な夢を見ていたらしい。

なんなら呻《うめ》いていたかも、と気恥ずかしく掛け布団を口元に引き寄せる。

妙に静けさを取り戻した夜闇《やあん》の中、結局は千代の案が最適解なのだろうと加乃は思う。

佐助が伊予のしきたりを破ったのはとにかく事実で、しかも身分としては客分のよそものなのだ。ただ利用されるだけに比べたら、千代の案によって実家での立場を少しでも良くしたほうがまし、というのは正しすぎる。

　こちらには、戦う武器だってあまりにもなさすぎるのだから。

　加乃には神通力などなく、特技だってない。手元にあるのは、せいぜいが上司に見せて鼻であしらわれた貧弱なポートフォリオ程度のもの。

　けど、もし今の自分が売れっ子デザイナーだったならと、加乃はふと思った。

　SNSでもきっと何万人というフォロワーがいるだろうから、石垣の件を発信して、大きく人々の耳目を集めて古狸たちの尻を蹴飛《けと》ばせたかもしれない。なんならデザイナーとして荒稼ぎした貯金によって、利権に目がくらんでいるらしい古狸たちの横っ面を札束でひっぱたけたかもしれない。ばら撒《ま》いた札束を汲々と追いかける狸たちを見るのはさぞ気持ちが良いだろうと、加乃は暗い喜びに浸《ひた》る。ついでに自分のカリスマを利用して、佐助と千代のユーチューブチャンネルも宣伝して、人気者にできたかもしれない。

加乃はそこまで妄想して、虚《むな》しさに大きくため息をついた。

眠る前の、人生なにもかもがうまくいったならなんていう空想も、最近はため息とともに終わるばかり。ごろりと寝返りを打ち、カリスマも貯金もない平凡な自身の身を哀れんだ。

そのどちらも、容易に手に入るものではない。

加乃は気持ちが闇の中に沈むように、眠ってしまおうと思う。

そうすれば翌日にはなんとなくいろんなことが飲み込めてしまうと、そのことを理解できたのが大人になった少なくない利点だと思う。

自分には問題を解決する特別な力も、頼れる大物への伝手《つて》だってないのだから。

枕もとのスマホを手に取り、時刻を確認し、そのついでにちらりとＳＮＳを見て、有名人の投稿に何万人もの人が賛意を示している様子に、勝手に打ちのめされる。奇《く》しくも話題は愛媛のことで、地震のせいでお客さんが一斉にキャンセルした宿の知人が、余った食材を通販で売るので購入してくれないか、というものだった。投稿の最後にはリンクが張られていて、加乃も利用したことのあるその手の支援サイトのＵＲＬだった。きっと一瞬で売り切れることだろう。

SNSにはこういう話がちょくちょくある。

けれど加乃には発信力もなにもないし、狐の佐助と龍の龍姫を助けてくれなんて、世間におおっぴらに言えるはずもない。

加乃に尻尾が生えていたのなら、その先端がぱたりと畳《たたみ》に落ちるような、死に似た眠りに今すぐ飲み込まれたい。

それから、リンク先の食材は確かに安いな、などとうとうとしながら思って、唐突に目を見開いた。

胸がどきどきし、枕に当たっている左側の耳の奥で、どくどく鼓動《こどう》の音が聞こえている。

足の裏に汗をかき、急に喉の渇きが気になってくる。

加乃はスマホの画面に釘付けだった。暗闇の中でまばたきも忘れ、見入っていた。

この四国の地で狐が居場所を確保するためには、なんらかの功績が必要だと言っていた。

そしてその功績とは、どうやらたいがい金のようだった。

しかも佐助を巡る理不尽な話の根幹にあるのはなんだと、千代は話していた?

面子だのしきたりだのと言うが、結局は石垣補修の利権をめぐる争いで、金の問題だった。

だとしたら、加乃にも佐助を助けることができるかもしれない。

今の時代は、一昔前には想像もしなかったようなことで溢れているのだから。

たとえばこんなふうに、誰でもネットで寄付を募れてしまえるような話が！

「ふんっ！」

加乃は掛け布団を蹴り飛ばし、起き上がって襖《ふすま》を開けた。

その直後、襖の隙間から加乃の様子をうかがっていたのか、佐助が尻尾の毛を逆立《さかだ》てて慌てて後ずさりし、龍姫の布団の下に潜《もぐ》り込《こ》んでいた。

龍姫もまた心配そうな顔で加乃のことを見ているあたり、やっぱりうなされていたのかもしれない。

そんな龍姫と、布団の隙間からちょっと顔を覗《のぞ》かせた佐助を見て、加乃はにんまりと笑う。

「欲に目の眩《くら》んだ狸たちを、ぎゃふんと言わせられるかも」

龍姫と佐助が、顔を見合わせていた。

「クラウドファンディング、やってみない？」

デジタル時代の今どきならば、お社を構えたお稲荷様でなくとも、お賽銭《さいせん》と注目を集める方法はあるのだから。

第四幕

佐助を通じて正一位《しょういちい》伏見《ふしみ》稲荷《いなり》大明神《だいみょうじん》を呼び寄せることは、確かに佐助が狸《たぬき》たちに利用されるだけという状況を覆《くつがえ》すかもしれない。しかし佐助は実家に戻らざるを得なくなるし、千代たち狸にとっても、天敵をわざわざ招き入れることにほかならない。千代がそんなことを企《たくら》んでいたとばれたなら、佐助は大丈夫だと言っていたが、古狸たちの怒りを買ってじゃこ天にされかねないのではないか。そんな危険を冒す覚悟があるのなら、ちょっとくらい無謀な話でも助けになるかもしれない。

クラウドファンディングの案を思いついた夜、加乃は戸惑った様子の龍姫と佐助の視線を背中に受けながら、明け方までネットで事例を調べて、千代にメールをした。

そして電子メールにも熱意というものがこもるのかどうか、あるいは千代も眠れぬ夜を過ごしていたのか、すぐに返事がきた。翌日曜日には、再びフライブルク通りのファミレスで千代と会っていた。

「加乃さんの言ってたやつって、寄付となにが違うの？」

千代なりに調べてくれたらしく、ひとまず頭から拒否はされなさそうなことにほっとする。

それに千代が疑わしそうなのも、普段なんとなく目にする寄付というものに対する、縁の薄さみたいなものが先に立っているように感じた。

「なんというか、いわゆる募金みたいなのとは別物で……そう、お祭り感があるんだよ」

「お祭り？」

千代は怪訝《けげん》そうだったが、そうとしか説明できないところがあった。

「クラウドファンディングは、アイデアはあるけどお金がないって人に支援をするのがそもそもの発祥《はっしょう》らしいんだけど、そのアイデアそのものがわくわくするものだったり、「寄付のお礼」が面白かったりして、お遊び感があるんだよ。だからよくある募金活動みたいな感じじゃなくて、それこそ実況配信が大人気になった時みたいな、お祭り騒ぎになることがあるの」

加乃は過去に自分でも利用したことがあって、その時の事例をスマホで千代に見せた。

「私が実際に寄付したことがあるのは、動物園のやつなんだけど」

「動物園？」

「そう。それも運営難の動物園のために皆さんの力を貸してください、みたいな企画。普通に寄付を受け付けてたら、なんならその動物園の現地に寄付箱があっても、こういうのってなんとなく無視しちゃわない？」

千代はスマホと加乃の顔を見比べて、曖昧《あいまい》にうなずく。

「けど、これは寄付のお礼が本当に面白くて」

思い出すだけで笑ってしまう加乃を、千代は相変わらず怪訝そうに見ている。

「寄付金額によって、動物の絵ハガキがもらえたり、無料の入場券がもらえたりとかあるんだけど、これ」

加乃が指さしたのは、五万円の寄付を約束するもの。

「五、万円⁉」

千代が素《す》っ頓狂《とんきょう》な声を上げた。動物園に五万円使おうと思ったら、相当なヘビーユーザーでも難しいし、多分生涯で五万円の寄付をしたことがある人なんて、そうそういないだろう。

けれどこの五万円のコースがネットで話題になって、このクラウドファンディングは大成功した。加乃も見かけた時に笑いのツボにはまってしまい、寄付をするか散々迷うことになった。結局無料チケットがお礼にもらえる三千円のものにしたのだったが、そこから友人たちに向けてこんな面白いのがあると記事をシェアして、友達は絵ハガキかなにかがもらえる寄付をしていた。

クラウドファンディングには、通常の寄付にはない、こういう広まり方がある。

そして、この五万円の寄付の見返りにもらえるというものが——。

「ライオンの爪《つめ》でぼろぼろにされた、本物のダメージジーンズ……？」

千代が読み上げると、加乃は初めてそれを見た時のことを思い出して、今でも笑ってしまう。

説明画像として、ライオンの檻《おり》の中にぶら下げられたジーンズと、それに襲い掛かるライオンの写真が載っていた。その絵面《えづら》のインパクトがすごすぎる。

「ダメージジーンズはもちろん世の中に一杯あるけど、ライオンの爪で破られたやつはたぶん、そうそうないでしょ」

「それは……まあ……」

千代は笑ったらいいのかどうかわからない、といった顔で写真を見ている。少しシュールすぎたかと加乃は反省しつつ、説明を続けた。

「とにかくそんなふうにネットで話題になって、ものすごい勢いで寄付金が集まって」

加乃は手を伸ばし、スマホの画面をスクロールしてみせた。

「結局、総額で四千万円も寄付が集まったみたい」

「……」

千代がなにかを言おうとして、口をパクパクさせていた。

「調べたら、このクラウドファンディングを行うプラットフォームに、手数料として二割くらい払って、お礼のためのグッズの製作とか、配送とかで色々お金がかかっちゃうみたいだけど、それでも、うまくいけばすごい注目とお金が集まるってこと」

加乃は、千代の頭に言葉が染《し》み込《こ》むのを待ってから、言った。

「石垣補修のために大金と注目を集めたなら、それってよそ者が四国に居を構えるための功績ってものにならないかな。それで順番は前後するけど、佐助が四国にいられる功績を上げたのならよそ者じゃないんだから、神通力《じんつうりき》を使っちゃったこともチャラにならないかなって」

八方丸く収まる可能性があるとしたら、これしかない気がした。

「で、千代さんの協力があったら、この計画を進められないかなって」

役所の人間でもなんでもない加乃が、勝手にクラウドファンディングを始めてお金を集め出したら、大問題だろう。けれど狸連《たぬきれん》は市役所の窓口の一部を乗っ取っていたくらいだし、裏では市政にも口出ししているらしい。

「計画は……その……」

千代は口ごもるが、即座に否定しないあたり可能性はあるのではないか。

「そもそも、うまく、いくの、これ？」

千代の口からようやく出てきたその言葉は、もちろん、クラウドファンディングがうまくいくかどうか、ということだろう。

「それは、なんとも」

正直なところ、そうとしか言えなかった。クラウドファンディングには大きな成功例がある中で、まったく顧《かえり》みられず、非常に寂《さび》しい結果になる屍《しかばね》が無数に転がっている。それこそ、登録者数が十に届かない、佐助と千代の実況配信チャンネルのように。

例えばクラウドファンディングによくある失敗例なら、自転車で日本一周して皆に勇気を与えたいですとかいう自己陶酔系のものが多い。けれど老舗《しにせ》のお店を継いだが老朽化した店舗を改装したいので資金が欲しいという切実なものだったり、意欲的な製品を作りたいので支援が欲しいというような夢の詰まったものでも、まったくお金の集まらない事例は珍しくない。

お金と注目が集まれば、このアイデアは素晴らしいものなんだと証明できる一方、お金も人も集まらなければ、そのアイデアはだめなものだという烙印《らくいん》をわかりやすすぎるくらいに押されることにもなる。失敗した時のリスクは、途方もない。ほれみたことかと責められるのは目に見えている。

「でも私は、佐助がいやいや実家に帰らないで済む方法があるなら、その可能性に賭けたいなって」

千代が形の良い眉をちょっと吊り上げた。佐助のために練った案の、その不十分なところを責められていると感じたのかもしれない。

「千代さんのことは責めてないよ。普通に考えたら、あれ以上に良い結果になりそうなことを望むのは無理そうだもの」

加乃の言葉に、千代は感情を見せてしまったことそのものが恥ずかしくなったようで、視線を外して横を向いていた。千代自身、忸怩《じくじ》たる思いがあったのだ。

「人とお金が集まるかどうかは……この際、目をつぶるとする。でも、佐助君が矢面に立つってこと？」

加乃が千代のことを抱きしめたくなったのは、千代の言葉の焦点《しょうてん》が、企画の成否ではなくその先に合わせられていたから。

「それはもちろん、別の人にするよ」

古狸たちが面子《メンツ》と利権をかけて争う石垣補修工事の件に、よそ者の、しかも天敵の伏見稲荷の手の者がしゃしゃりでてくれば、本丸広場で人助けのために神通力を使った話以上に敵意を抱かれかねない。加乃はここにくる前に、龍姫や佐助と話し合っていて、もちろんその点も考慮済みだった。

そして加乃の答えに、千代ははっとなにかに気がついたような顔をした。

「まさか、龍姫ちゃんを担《かつ》ぎ上《あ》げるの？」

龍姫は唯一、四国で正式な立場がある。

けれど狸連の下請けみたいな形で土地を治めている龍姫を、こんな計画の矢面に立たせたらどうなるか。小娘が出しゃばりおって、みたいな頑固爺たちの様子は目に浮かぶし、千代の怒ったような表情はその答え合わせだ。

「私も龍姫ちゃんは一瞬候補に挙げたけど、違うよ。あ、もちろん、千代さんでもない。

千代さんが難しい立場にいるだろうっていうのは、私でもなんとなくわかってるし」

「……」

千代がなにか言いたげなのは、自分を担ぎ上げられるのもまた困るのでそこのところは安心したが、だとすると加乃がなにを企《たくら》んでいるのか皆目見当がつかない、というところだろう。

一方で加乃は、昨晩深夜の会議を思い出し、少し笑ってしまう。

この計画を実行するとして、誰を代表に立てればいいのかという話になった時、予想もしなかった案を口にしたのは意外なことに、龍姫だったのだから。

「松山市長ならどうかって。龍姫ちゃんが言い出したんだけど」

「はあ⁉」

千代はちょっと大きな声を出し、慌てて周囲を見回していた。それからテーブルに身を乗り出し、声を潜《ひそ》めて唸《うな》るように加乃に言った。

「な、なに言ってるの？　あのね、加乃さん。松山城の修復工事ってそんなふざけた感じじゃなくて、もっとまじめなことで……というか、お役所がこんなお祭り騒ぎみたいなこと、するわけないでしょ？」

加乃も龍姫の突拍子《とっぴょうし》もない意見にまったく同じ反応を見せたのだが、駄目だ無理だという前に、検索してみるべきなのが今という世の中でもある。

そして、事実は想像より奇なり。

「自治体主催のクラウドファンディングって、結構あるんだよ。私も知らなかったけど」

「えっ」

「過疎の解決のための移住にまつわるやつとか、地域猫の去勢のためとか、それらしいまじめなやつがほとんどなんだけど、中にはもっとゆるいのもあって」

加乃はスマホを操作し、ブックマークを開く。

「ほら、これ。山形では巨大な芋煮《いもに》会をやりたいからって、ブルドーザーとかでかき混ぜるくらい大きな鍋《なべ》を作るための寄付金を集めてるの。こういうお祭りみたいなのもちょくちょくあってさ」

言葉に詰まる千代に、加乃は言った。

「狸って、お祭り大好きだって聞いたんだけど」

三越で行われたという、盛大な狸の結婚式。

千代のほうはというと、狸のステレオタイプな見方に顔を曇らせていた。

「狸がお調子者に見られる点については、私も不服なところがあるんだけど……」

ストローでぐるぐるとコーヒーを混ぜる千代は、ため息をついてから上目遣《うわめづか》いに加乃を見る。

「でも、市長って、そんな、やっぱり引き受けてくれるなんてとても思えないんだけど。

たとえ私が狸連の看板を使っても……この企画そのものがうまくいくかどうかわからないことだし、失敗した時のことを考えたら、なおさらでしょ？　あの人たちは、人気商売だもの」

千代の懸念《けねん》はいちいちもっともだ。

しかし加乃も熱意だけでごり押しするつもりはない。

「私は案外いけるんじゃないかって思ってる。狸連のせいとはいえ、石垣の件がまったく話が進んでなくて、連日テレビで市長さんは叩《たた》かれてる。そこに、さらに失敗するかもしれないクラウドファンディングなんて、輪をかけてありえないって思うかもしれないけど」

千代の顔が、そこまでわかっててどうして？　と疑問に歪《ゆが》んでいる。

「龍姫ちゃんは、むしろそこがチャンスだって」

まるであの時あの場で、千代も一緒にちゃぶ台を囲んでいたと加乃が錯覚するくらい、千代は加乃や佐助と同じ顔をしていた。

「もう今の時点で、次の選挙では大変な目に遭うのがわかりきってるから、藁《わら》にもすがりたいはずだって」

「あっ……まさか……」

呆気《あっけ》にとられた千代に、加乃は顎を引く。

「龍姫ちゃんをはじめとして、力を貸してくれそうな神様に片《かた》っ端《ぱし》から声をかけて、次の選挙では神様が選挙を応援するって言ったらどうかって」

困った時の神頼み。必勝祈願とやらで、政治家が神社にお参りする様子なんてのが時折テレビで流れてくる。次の選挙では旗色が悪くなるのが明らかな候補者に、本物の神様たちが味方をしてくれるとなれば、どうか。

あるいは龍の姿をさらさずとも、そもそもが大きな寺社仏閣の持つ力というのはとても大きいのだ。加乃が要求された莫大な町内会費のことを思い出せばよく、集票力はかなりのものだろう。これで神通力の片鱗《へんりん》でも見せられたら、否と答えるほうが難しい。

「……それ、龍姫ちゃんが？」

千代の問いかけに、加乃はうなずく。

千代は額《ひたい》に手を当て、そのままテーブルの上に肘をついて、大きなため息をついた。

「龍姫ちゃん、あんな顔して悪いやつなのかあ……」

生真面目で頑張り屋で、なにかと損をしがちな無垢《むく》な女の子、なんてのは加乃も思っていたことだが、神通力の使いすぎで動けない佐助を前にした時の様子から、龍姫は案外油断ならないところがあるとわかっている。

「私は、そういうことをしてもいいのかどうか、しきたり的にどうなのかわからないんだけど」

神も仏もない無慈悲《むじひ》な東京砂漠《さばく》で生きていた加乃でなくとも、狸が市役所に窓口を構えているようなこの土地のことを理解するのは難しい。

「その辺は、昔からグレーゾーンっていう感じだけど」

「龍姫ちゃんの家は、ややこしいことに巻き込まれたくないから昔から中立を貫いてたって」

「……」

額に当てた手で前髪を押し上げた千代は、嫌そうな顔で加乃を見やる。

ややこしいことに巻き込まれてでも、中立の立場をかなぐり捨てる理由が龍姫にはある、ということなのだから。そもそも千代自身、佐助の処遇を聞いたら龍姫は人柱になってでも邪魔《じゃま》をするとわかっていたから、龍姫を話し合いの場に呼ばなかった。

恋する乙女は恐ろしく強い。

人柱になるくらいの気概《きがい》があるのなら、政治のややこしい話に首を突っ込むくらいなんのその。そして聞くところによると龍姫の家柄はずいぶん古く、四国の神様たちに顔が利くというのだから、市長を説得する自信は十二分にあるのだ。

「千代さんが狸連相手に然《しか》るべき根回しをしてくれたら、多分計画そのものは実現できるだろうって」

千代が矢面に立たず、龍姫も間接的に関わる形で、市長の名によってクラウドファンディングを実行させる。そうすれば旗色が大変に悪い現市長は、少なくとも次の選挙で神様の後援を得ることができ、もしも計画がすべてうまくいけば、佐助は実家に連絡を取らなくて済む。

もちろんクラウドファンディングがうまくいくかどうかはわからないが、仮に大失敗しても、各々《おのおの》なにもしなければ自動的にとても大きなものを失う立場にある。

やらないより、明らかにやったほうが得な賭けだ。

「どうかな、千代さん。やってみない？」

少なくとも私は、実況配信に反対しなかったよ。

そんな言葉が言外に聞こえたのかどうか。

千代は返事の代わりにため息をつき、そのままずるずるとテーブルに突っ伏してしまったのだった。

「狸連は、オッケーだって」

数日後のこと、どこか不貞腐《ふてくさ》れたように、千代がそう言った。

フライブルク通りのファミレスで、千代に計画を話した後、とんとん拍子で話が進んでいった。あの翌日には早速《さっそく》龍姫が市長に連絡を取って、計画を説明しに出向いていた。狸連のせいでなにひとつ施策を打ち出せずに針の筵《むしろ》に座らされていた市長は、渡りに船とばかりに話に飛びついたらしい。

龍姫は涼しい顔だが、会おうと思ってすぐに市長に会える龍姫に、加乃は改めて驚いてしまう。家だと可愛くてしっかり者の女の子だが、世間的には歴史ある神社の神主なのだ。

確かに連絡そのものなら、今時は市長も自前でＳＮＳを運用しているので、直接メッセージを送ればいい。しかし相手が応じるかは別問題で、氏子《うじこ》や檀家《だんか》を抱える寺社仏閣は、それだけ影響力も大きいということなのだ。と同時に、そんな龍神様に毎晩夕食を作ってもらっているというのは、実はとんでもないことなのではないかと加乃は思ったりした。

とにかく、市長が乗り気ということを千代に伝え、千代から狸連には佐助のことをいったん隠しながら根回しがされた。古狸たちは自分たちの領分が侵されるわけでもない計画に、特に頓着《とんちゃく》した様子もなかったらしい。やればいいじゃないかという反応だったようで、千代が言うには、よくある災害募金みたいなものだと思っているのではないかということだった。

狸連の決定を伝えに、久しぶりに伊予北条にきた千代は、やっぱりずっと前歯に挟《はさ》まった肉の筋が取れないみたいな顔をしていた。

「なんでこんな不安なんだろ……」

佐助を通じ、狸の天敵である狐の親玉を招聘《しょうへい》することに比べたら、なんだってましな気がするが、千代はずっと不安そうだった。

「なんとなくわかるよ。私も、早まったかなって思ってるし」

加乃の言葉に、千代はほっとしたような顔をしつつ、すぐに眉根にしわを寄せた。

「加乃さんが首謀者でしょ！」

龍姫はくすくすと笑い、佐助はクラウドファンディングの計画のために、熱心にノートパソコンの画面を睨《にら》みつけていた。

千代はため息をついて、お洒落《しゃれ》なトートバッグから、あまり可愛くない感じの厳《いか》めしい書類束を取り出して、ちゃぶ台の上に置いた。

「古狸たちがまったく関心なかったから、余計な邪魔も入らずにすぐ書類を揃《そろ》えられたよ」

千代が取り出した書類束には、松山市役所理財部の名前が入っている。

「自治体のクラウドファンディングは、ふるさと納税の仕組みに便乗させてるっていうから、担当部署の書類をちょっといじってきた」

加乃が書類束をめくると、ふるさと納税において返礼品の提案や管理、配送業務や個人情報管理等の委託業務を請け負う会社に関する記載が、ずらずらとあった。この仕組みをそのままクラウドファンディングに利用できるはずだ。

そして、お役所特有の形式ばった文章のあちこちに、加乃の目を引く明らかに奇妙な個所がいくつかある。

「すごい……神通力を感じます」

そう呟いたのは、加乃の隣から一緒に書類を覗《のぞ》きこんでいた龍姫だ。

「やっぱりこれ、なにかこう、術みたいなものなの？」

加乃の前に置かれた書類には、狸の赤い手形が所々に捺《お》されていた。書類仕事の途中に猫が邪魔しにきた、みたいにも見えるが、なんとなく契約書の訂正印を思わせる。

「市役所に狸の窓口があっても、誰も疑問に思わないようなやつって言えば近いかな」

「ああ、なるほど……」

加乃は神妙にうなずき、狸の手形が捺された個所を見ると、選定事業者の名前や、業務内容のところに手形が捺されている。

「この手形の上に加乃さんが署名して、別紙参照のことって一筆《いっぴつ》加えたら、その別紙に記載された加乃さんの計画が、ここにしれっと割り込める。もちろん、人間は誰も疑問に思わない」

実際に自分も化かされた加乃は、それに輪をかけて強力そうなこれに若干《じゃっかん》の怖さがありつつ、心強くもある。

役所主催のクラウドファンディングとなれば、本来ならあれこれの手続きや会議が呆《あき》れるほどあるはずだ。しかし公式な手続きに則《のっと》っていたら、佐助を利用しようと手ぐすね引いている狸たちが動き出してしまうかもしれないし、石垣をこれ以上崩《くず》すまいと頑張っている狸たちはストレスで毛が抜け、天守閣と一緒に倒れてしまいかねない。

なのでこの狸の手形のような力業《ちからわざ》の出番となった。

「別紙の計画も確認してね」

千代に言われ、加乃は別の書類束を手に取って、めくってみる。

そこには大手クラウドファンディングプラットフォームの名前があり、配送やらについてはすでに松山市からふるさと納税業務を請け負っている百貨店の名前がある。クラファンのプラットフォーム選定については、市長の元に前々から売り込みがあったようで、秒で話がまとまったらしい。若干癒着《ゆちゃく》的ななにかを感じないでもないが、その点では加乃もあまり大きな声で物を言えなかった。なぜならば。

「加乃さん」

千代の静かな口調に、加乃は書類から顔を上げた。

「加乃さんが首謀者ってことで、本当にいいんだね？」

千代の持ってきた書類には、現実を歪曲《わいきょく》するだけの神通力がこもっている。押印された狸の手形の上に署名すれば、この神通力を用いた現実歪曲の責任は、加乃にのしかかってくる。

佐助のことを表にできない以上、誰かが別に責任を引き受けて、この功績によって佐助の件は勘弁してくれと直談判《じかだんぱん》する必要がある。

　計画の表向きの顔は市長だが、市長にそのことを頼むのはなにか違う気がした。

　もちろん、このクラウドファンディングが閑古鳥《かんこどり》の大失敗になったところで、加乃になにか罰があるわけではない。お役所が赤字イベントを開催しても、誰もその補塡《ほてん》をしないのと同じことだ。

　けれども役所の書類というものは、たとえ地球が滅びたとしても、必ずどこかに保管されているものらしい。つまり加乃はこの先、狸連の力を借りた人物として、その証拠が、松山市役所のどこかに残り続けることになる。それがこの先の人生に影響しないとは、千代でも保証できかねるとのことだった。ましてや、この土地に住み続けるのならば。

　大いなる力には、大いなる責任が伴う。どこかで聞いた台詞《せりふ》だし、加乃はその覚悟を決めたつもりだ。

「逆に私から聞きたいんだけど、市長さんはそれでもいいって？」

　そう尋ねたのは、どんなプロジェクトにも名前を残したがった、前の会社で評判の悪かった上司のことを思い出したから。市長が手柄を可能な限り手中に収めたければ、企画の首謀者の地位も欲しがるかもしれないと思った。

「狸連に作る借りは、少ないほうがいいってさ。まあ、あの人からは狸の集団というより、面倒な地元政財界の顔役って見えてるんだろうけど」

わざとらしくにやりと笑う千代に、加乃は笑い返そうとすればどうしてもややこわばってしまう。署名をすれば、後戻りはできない。加乃の今までの人生で大きな決断と言えば、一人暮らしの家を決める時と、デザイン専門学校の学費を一括で振り込んだ時くらいのもの。

固唾《かたず》を飲んだところ、不意に膝《ひざ》の上が温かくなった。

見れば、狐の姿に戻っていた佐助が、加乃の膝の上に乗って、ちゃぶ台の上の書類を覗きこんでいた。

『俺の名前じゃ、本当にだめなのか？』

この計画の発端が自身の境遇にあることは、もちろん佐助も理解している。

だから妙なところで律義《りちぎ》なこの子狐は、口を挟まずにはいられなかったらしい。

そんな佐助に加乃が呆れたように笑ってしまうのは、膝の上に乗ってきたのが、加乃に自分の顔を見られない唯一の角度がそこだったとわかるから。三角の耳が精いっぱい平静を装っていたが、時折神経質にぴくぴくと動いている。

加乃はふっと笑い、後ろから佐助の体を両腕の間に収めるように、手を伸ばしてボールペンを取った。

「君は気にしなくていいの。この計画には、実は私の私利私欲もたっぷり入ってるんだから」

『……』

佐助が加乃を振り向くと、髭《ひげ》が加乃の顔にさわさわと当たる。

くすぐったさに目を細めながら、佐助の頭をぽんと撫《な》でた。

「クラウドファンディングのページには、あれやこれやって素材が必要だからね。デザイナーの実績を作る、またとないチャンス」

書類にある、「返礼品選定・開発・コンサルティング」の欄には、加乃が勤める会社の名と、担当として加乃の名前が載っている。もちろんコンサルティングなるものが入るにしても、役所からの受注なのだから公正な審議を経て決定されるべき。しかもここに個人名まで載るのはなおのことおかしいのだが、これには一応の理由があった。

この計画が成功すれば間違いなく石垣を巡る問題のためになるとは言いつつ、根底には自分たちの私利私欲がある。だから市の税金を使って誰かに仕事をしてもらう、というのは正義ではない気がしたのだ。自分たちでやれるところは全部やって、可能な限り経費を削減するべきだと思った。

そのために狸の手形の力を使い、他の誰でもない、自分のところに仕事がくるようにと加乃は画策《かくさく》したのだが、加乃も、加乃の会社も、これでお金は受け取らないようになっている。これは加乃なりの責任の取り方である一方、やっぱり下心がないわけではない。

役所からの目立つ案件でデザイナーを務めたなら、間違いなく今後の糧《かて》になるはず。

そんな諸々の思惑《おもわく》を込めた笑みを佐助に向けると、子狐は怒ったような顔をして、加乃の腕の中からするりと抜け出した。

『俺も働くからな』

ぶっきらぼうに言う佐助に、加乃は龍姫と視線を交わして微笑みあってから、言った。

「当たり前じゃない。やることは死ぬほどあるんだから」

佐助は案外に綺麗な眼で加乃を見て、長い髭を揺らしてふんと鼻を鳴らす。加乃は笑い返し、さっさと狸の手形の上に名前を書いていく。

なにか大きな流れのようなものに、えいやと飛び込んだ感覚があった。

「千代さん、これでいい？」

一通り署名をし終わって加乃が尋ねれば、千代はなんだか疲れたような顔をしていた。

「止めるべきだったかもって、ちょっと思ってる」

それは千代の優しさだろう。

しかし優しいだけでは、色んなしわを寄せられてひどい目に遭うのが世の中だ。

「皮算用は、私のほうが得意なのかな」

取らぬ狸のなんとやら。

千代は美しく唇をゆがめると、書類束を手早くまとめて、トートバッグに突っ込んだ。

「うまくいったら、狸流の飲み会だね」

大街道《おおかいどう》で行われたという、盛大な狸の結婚式の話を思い出す。ちょっと怖いが、楽しみでもある。

そんなやりとりの横で、佐助はちゃぶ台の上に残る書類の残り香をふんふんと嗅《か》いで、嫌そうにくしゃみをしていたのだった。


佐助を助けられる手がかりを得た。

あとはその計画を実現させるだけ！

加乃はそんなふうに意気込んだし、やることは死ぬほどあるなんて佐助に言った。

けれど加乃は己の見積もりの甘さに、いきなり躓《つまず》いていたのだった。

「加乃さん、大丈夫ですか？」

ちゃぶ台の前で頭を抱える加乃に、龍姫がそんな声をかけてくる。

千代に対して大見得を切って、市長なんていう政治家まで巻き込んで、加乃は自分の思いを貫き通そうと決意した。それはいくらかは見切り発車でありつつも、学生みたいな浅慮無策ではなく、社会人としてある程度の下調べやらを経てのことだった。

なのになんでこうなってるの？　と加乃は混乱の極みにあった。

クラウドファンディングやふるさと納税を、加乃はどちらも利用したことがあった。いずれもホームページにアクセスして、気に入った返礼品を決めて、住所を入力すればそれでほぼ終わり。それを見れば、用意するものも、やり取りのフローも単純で、なにも難しいことはない。

　特に石垣修復のための寄付募集というのも実は前例があって、どんな感じにすればいいかはわかっていた。松山城と同じように地震で被害を受けた熊本城がそれで、なんなら臆《おく》面《めん》もなくパクればいいとさえ思った。

　だから返礼品は天守閣観覧の年間フリーパス券と、松山城天守閣をイメージしたキーホルダーと、天守閣の四季を収めた絵ハガキと、石垣修復協力への感謝状、それから役所のホームページのどこかに希望者は名前を載せられる権利あたりでよさそうだ、ということですぐにまとまった。加乃はもっとお祭り的な、狸にちなんだなにかがあったらいいなと思ったのだが、誰がモデルになるんだとかで絶対に揉《も》めるからやめたほうがいいと、千代のみならず龍姫からも言われて渋々《しぶしぶ》諦めた。

　寄付者を募《つの》るシステムそのものについては、クラウドファンディング専門のプラットフォームがあって、自分たちでゼロから構築する必要はまったくない。計画の概要を説明するページを、そのプラットフォーム上でブログ感覚で作るだけでいい。最後に返礼品の金額と内容を設定して、寄付開始のボタンを押すだけのこと。誰にでもできる作業で、プログラミングみたいなものの必要は一切なし。何百、時には何千となる寄付者のデータをまとめたりするのも、すべてこのプラットフォームに機能があるし、実際の配送についてはふるさと納税を請け負っている会社が引き受けてくれるので、加乃としてはデータを右から左に渡すだけだ。加乃はその間をつなぐ、下準備をするだけにすぎない——。

——と、思っていた。

どうしてこれで、作業が大変なことになるなんて思うだろう？

しかも今回は狸の手形があるおかげで、面倒な調整の類《たぐい》だって一切ない。加乃も前職で見かけたが、お役所絡《がら》みの仕事は本当に面倒臭い。対応が遅いくせに提出する書類に難癖をつけられるため、とにかく工数が増える。けれど狸の押印があるおかげで、長ったらしい会議を何度も挟んで山ほどの判子をもらう必要はない。ほぼフリーパスで計画を前進させられると千代から聞いていたから、クラウドファンディングの準備など、一週間もかからずにできるだろうと思っていた。

だから、この寄付プロジェクトをできる限り早く発表したいという市長の要望には、一週間後の月曜日で大丈夫だと思います、と加乃は答えていた。実際に寄付を募り始めるのは、そこからさらに一週間後にしておけば、十分すぎるほどの余裕をもって、準備は終わりそうに見えた。政治家とやり取りするなんて初めての経験だったので、加乃は緊張しっぱなしではあったが、見通しを伝えると市長にはずいぶん感謝された。

そうこうして、あとはやるだけだと腹をくくって、実際にやってみた。

結果、加乃の右頬《みぎほお》はストレスでぴくぴく引きつっていたし、そんな加乃の様子に龍姫はおろおろとしていたのだった。

たとえば、返礼品の中で一番わかりやすい、松山城天守閣年間入場フリーパス券について考える。

実は松山城を含む周辺の公園区画は、一帯を市から委託され管理している指定管理者というのがあって、運営はすべてそこが仕切っている。現在は松山市内を支配する私鉄会社が請け負っているのだが、そこも大本《おおもと》を辿《たど》ると創業者には狸がいるということで、狸の手形入り書類があるおかげで話は早かった。連絡を取って、フリーパス券を発行する件について相談し、問題ないという結果をもらい、その結果を役所に報告する。これはスムーズに進行した。

しかし、話はここで終わりではなく、むしろここからが出発なのだった。物理的な実体としてのフリーパス券を、商品レベルにまでもっていかなければならないのだから。

まずはフリーパス券の体裁を決めることになるのだが、表紙にはイラストを用いるのか、写真を用いるのかで対応は大きく異なってくる。イラストならばイラストレーターの選定、写真ならば既存のものを使用する際にはその選定と使用許可を取らねばならないし、なんかしっくりくるものがないとなれば、自前でカメラマンの手配等をしなければならない。

そうしてどうにか素材を用意したら、そこにさらに様々な文字情報やらを入れ、体裁を整えるデザイン作業がようやく最後にやってくる。

加乃の頭の中では、この最後の文字をあしらったり、豪華な見栄《みば》えになるようなデザイン部分を自分が担当すれば、ちょちょいのちょいだろうと思っていた。この手の実務経験がない加乃は、素材の準備というものがすっぽり頭から抜け落ちていたのだ。

いざ作業を進めようとして、足りない素材があるなと気がついて、それらを用意するのに必要な具体的な作業を書き出してようやく、物事の詳細が見えてきた。

そしてその膨大《ぼうだい》さに、血の気が引いた。

なにせ「カメラマンを手配」と文字で書くのは簡単だが、世間に山ほどいるカメラマンから適切な人を見つけ、連絡を取り、見積もりを取ってもらい、スケジュールを決め、実際に写真を用意してもらい……と、付随《ふずい》する作業は次から次に出てくる。狸の手形にいくら神通力があるとはいえ、これらすべてが全自動になるわけではない。

挙句《あげく》に、これだけ並べてもまだ終わりではないのだから。

見事すべての素材を集め終え、専門学校で鍛《きた》えたデザイン力でまとめ上げたとしよう。

そこから、これを印刷に回し、形にしなければならない。

加乃の勤めている会社は印刷部門もあるとはいえ、そこに発注するのはなにか不正な利益を得るようで、正しくない感じがあった。だから印刷できる業者を探し、価格を見積もらねばならない。業者を探すというのは、今の世の中ネットがあれば難しくないが、写真家の例でも思い知ったように、逆に無限に選択肢が出てきてどれがいいのかわからない。さらに加乃には適正な相場価格がわからないし、ネット越しだとその会社がどんな仕上がりの商品を作れるのかもよくわからなかった。

　そんな折り、ある会社のホームページを見ると、説明が丁寧《ていねい》で、仕上がりの現物を動画で公開していて、見積もりのための費用もすべてアップしていて素晴らしいと思った。けれどその会社は四国からは恐ろしく遠い、東北地方の片田舎にある会社だった。ネットがあれば距離など問題ないなんていうのは寝言だと、加乃はすぐに理解した。

　なぜなら、顔を合わせての打ち合わせが無理な会社を相手にして、仕上がりが思いどおりにいかなかった時のことを想像すればいい。データの入稿にちょっとした手違いがあったら？　急ぎで相談したいことがあったら？　そもそも、本当に信用できる会社なのか？ダミーのホームページで、振り込みをしたけど持ち逃げされたとしたら？　となった時、すべてをメールと電話でやるというのはものすごく勇気がいることだと嫌でもわかる。なにかあった時に現場を訪問できないというのは、責任の重い仕事ではあまりに危険すぎる気がした。

　では近場でとなると、とたんに選択肢が少なくなって、費用が高かったりした。

　加乃はちゃぶ台に広げたノートに、やるべきことを書き出していって、それだけでもすでに押しつぶされそうだったのだが、見積もりという項目をぼんやり見ていて、不意に大きな悲鳴を上げた。

　費用！

　クラウドファンディングの目的は、お金を集めることだ。場合によっては注目だけ集まればいいという企業のプロモーション的なものもあるが、加乃たちの場合は違う。佐助の処遇を巡り、狸連を納得させるだけの金を集めなければならない。

だから、返礼品にかかる費用と寄付金額が同額では意味がない。赤字などもってのほかで、費用諸々をすべて支払った後、寄付金がたっぷり残らねばならないのだ。

　そう思って書き出したリストを頭から見返せば、そこにはお金のかかることで溢れかえっている。費用というのは、例えば年間フリーパス券の物理的実体を作る際の、印刷費用だけではない。イケてる松山城の写真を使いたいからカメラマンを手配すればお金がかかるし、既存の写真を利用するとしても使用料がかかる。さらには返礼品を配送するのにも費用がかかることを忘れていたし、プラットフォームの利用料だってあった。それらはすべて寄付金から賄《まかな》われ、そのすべてを加味したうえで、黒字になるように計画を立てなければならない。

　そしてこの費用には、最後の難関である、一体いくつ作る必要があるのだろうかという問題が横たわっていた。

紙媒体のものは特にそうだが、大抵の製品が、作れば作るほどひとつ当たりの価格は低くなっていく。だから入場券を千枚印刷する場合と、百枚印刷する場合とでは、一枚当たりの価格がまったく違ってくる。では、一体、この入場券が返礼品としてもらえるコースの寄付金額は、どちらの価格を基準に決めればいいのだろうか？

返礼品に対してあんまりに寄付金額が高すぎると、加乃自身経験があるように、欲しいけどこれはちょっと高すぎるなあとか思われかねない。かといって安すぎると、今度は赤字になりかねない。しかも世の中の人々の相場観というのは、大量生産を前提に構築されている。

だがクラウドファンディングの性質上、何人の応募があるのかは事前にわからないのだ。つまり大量に寄付者がいれば、大量に生産して費用を下げられるが、その逆だと寄付金もあらかじめ高くしておく必要がある。しかし事前に何人の寄付者がくるかはわからない。問題に拍車をかけるのが、会社ごとに生産の最低ロットを設けている点だった。慎重に少ない数だけ発注したくても、最低ロットがあるのでそれもままならない。もしも発注した最低ロットより少ない寄付者しか応募が無かったら、残った在庫は丸損になる。

それらすべてを勘案して、高すぎず安すぎない値段を設定しなければならないのだ。

無理では？　と加乃は引きつった笑みを浮かべながら思った。

時間に余裕があったら、ほかにもあんなものを作りたいな、こんなものも作れたらいいな、と無邪気にあれこれ考えていたが、とんでもない。事前に思い描いていたのがいかに現実離れしたお花畑だったか、加乃は痛いほどに理解した。

ひとつひとつやることをノートに書いていくが、一向に終わりが見えてこない。

しかし今更引き返せるはずもないし、悠長《ゆうちょう》にしている暇はもっとなかった。

今こうしている間にも崩れそうな石垣を支えている若い狸たちがいて、石垣の様子が報道されるたびに、観光地にはキャンセルの電話が届くという。しかもこの計画に失敗すれば、佐助は正一位稲荷大明神に連絡を取らなければならなくなる。

いわんや計画が間に合わないなんてことになれば、どれくらいの人に迷惑がかかることか。

だから加乃はなにがなんでも走らなければならなかったのだが、それはある意味で良い点もあった。そうでなければ、こんな計画、怖気《おじけ》づいて立ち止まっていたはずなのだから。

狸の押印に署名してから四日目、すでに深夜までというか明け方まで作業して、出勤前に仮眠しないとと横になった布団の中で、加乃は墜落する飛行機を空中で修理する夢を見るような精神状態に陥っていた。

家のことは龍姫が請け負ってくれたし、調べ物がある時は佐助がネットで調べてくれた。

それでも加乃がやるべきことは、両手で抱えきれないほどの量だった。

まず、勤め先の会社だ。出勤すると、狸の手形が捺された書類のおかげで、加乃の会社が急遽《きゅうきょ》役所から仕事を請け負い、担当が加乃になるということは、誰からも疑問を差しはさまれないでスムーズに決まった。

しかしここでも、加乃は大事なことを忘れていたのだ。

というのは、いきなり仕事が増えても、人手まで増えるわけではないのだから。

例えば加乃がそれまで手伝っていた、砂浜ガールズ向けに写真を延々とレタッチする作業はそのままでんと存在している。狸の神通力で化かされている社長は、加乃が別の仕事をするのなら、誰がレタッチ作業をするのだったかと混乱していたし、そんな様子を見てしまうと、加乃も当然良心が痛む。

結局、日中は今までどおりの仕事をして、クラウドファンディングの作業はそれ以外でやるしかなかった。幸い、プロジェクトを行うための各所との折衝《せっしょう》はメールが主で、合間合間に対応できた。グッズ類の製作も、やるべきことは多いし不確定なことを決定する困難はあったが、正解のない親戚間の揉め事みたいな話ではなく、少なくともやれば前に進む類の問題だ。その点では希望があった。

ところが返礼品という山脈を越え、このプロジェクトを広く知らしめるためのウェブページ制作に至ると、加乃はまたしてもそれが想像以上の難物だと知るのだった。

文字だけの企画紹介では誰も読んでくれないだろうし、わかりにくい。なにより、事務的な見た目だと非常に感じが悪く、お祭り感的なものが無くて、寄付する気にはならないだろう。

すると松山城の石垣の現状を撮影した写真が必要になったり、視覚的に被害がわかりやすいよう、天守閣を含む一帯のイラストなりを用意して、どこにどんな被害が出ているのかと説明したりする必要がある。表向きの計画主催者として市長からの挨拶文《あいさつぶん》も必要だろうが、これにはアポが必要だし、石垣修復についてだって有識者からなにかしらのコメントが必要だろう。

　それから寄付の最大の目的である、どれくらいの費用がかかるものなのか、というざっくりとした説明だ。様々な事項を役所の担当部門を通じて問い合わせる必要があるし、地元の人たち向けには前回の芸予地震との差がわかるようにしたほうが、被害の大きさを直感的に把握できるだろう。そのためにはその時の資料類の手配もあり……と、芋づる式にやることが出てきて果てがなかった。

　なので頭の中でまとめることは早々に諦め、やるべきことに気がついたら、仕事の合間だろうとトイレ中だろうと帰りの電車の中だろうと、その場で都度スマホにメモをし、家に帰ってからそれらすべてをノートに書き出した。返礼品の種類と、それを作るために必要な素材と、連絡を取るべき先と、具体的な作業。それからクラファン用のページに必要な素材類と、それらをどのように配置するかの、体裁を決める作業だ。

　これら下準備の作業に、三日、四日と、砂浜ガールズの作業をしている以外はすべての時間を費やしたのだが、書き出したものを見返すたびに見落としがあったりして、作業は深夜から明け方までかかり、仮眠をとって出勤して、帰宅してからもずっと続け、というのを繰《く》り返《かえ》していた。

そうして全体図らしきものがようやく書けたところで、ふと気がつく。

これから、ここにあるすべてを実行しなければならないのだ。

そびえたつ山の前に、加乃はついに足がすくんで、動けなくなる。

龍姫の声を聴いたのは、あまりの山の高さに呆然としていた時のことだった。

「加乃さん、大丈夫ですか？」

「あ〜……うん」

龍姫の声に返事をする。それだけのことで、かすかなバランスで立っているトランプの塔が崩れてしまいそうな感覚があった。

これはもう、ちょっとどうにもならないのではないか。ここまでですでにだいぶ時間を浪費していて、ほどなく市長がクラファンの計画を発表し、さらにその一週間後には実際に寄付が始まってしまう。

加乃が頭を抱えていたところ、横から便箋《びんせん》をひったくられた。

驚いて加乃が顔を上げれば、怒ったような顔の佐助と、いつ家にきていたのか、困ったように笑う千代がいた。

「きったねー字だなあ。千代さんは、これとこれかな。こっちは俺にもできそうだから」

「オッケー。役所に問い合わせる必要のあるものは、仲間の狸に連絡しとくね」

「え、ちょっと――」

加乃が慌てて便箋に手を伸ばそうとしたら、横からその手を摑《つか》まれた。見やれば、笑っているけれど笑っているように見えない、瞳孔《どうこう》が縦《たて》に割れた怖い龍姫の顔だった。

「お風呂が沸いてますから、まずはそちらにどうぞ。早急に」

有無を言わせぬ様子の龍姫を見返し、ここ数日で分厚くなった気のする瞼《まぶた》をぱちぱちさせ、加乃は自分の記憶を探る。忙しい中でも、シャワーは浴びていた、気がする。

加乃はそれでも自信なさげに、自分の肩に鼻を近づけてから、言った。

「く、臭い？」

「私は龍ですから、それほどでもないですが」

それは肯定しているのと同じではないかと思うのと同時に、同じ屋根の下にイヌ科の獣《けもの》がいることを思い出した。

「私は玄関入って、すぐわかったよ」

こちらも容赦のない千代にそう言われたら、弁解の余地はない。足から生えた根っこを引き抜くように立ち上がり、よろめくところを龍姫に支えられながら、風呂場に向かう。

脱衣所の窓の向こうは赤く色づいていて、タオルやらをせっせと用意してくれている龍姫にぼんやりと問いかけた。

「これ、朝？　夕方？」

今日は休日だったか、それとも、会社の仕事を早めに切り上げて帰宅したのだったか、加乃は思い出すことができない。明け方に仮眠するのだが、夢の中でも作業をしているので寝た気がせず、おまけに会社の昼休憩や、通勤電車の中で寝落ちしては、同じように作業をしている夢を見るので、日付や昼夜の感覚があっという間に曖昧になっていた。

「土曜日の夕方ですっ」

怒って答える龍姫に、ふかふかのバスタオルを押し付けられる。

「時間の制約があるとはいえ、不摂生《ふせっせい》をしてよいわけではありません」

風呂の湯加減を見るためだろう、龍姫が風呂場の扉を開けると、もわっとした湯気が顔に当たり、加乃はなんだか久しぶりに呼吸をした気がした。ぱさぱさに乾いて金属の筒みたいになっていた鼻の奥に、湯気の甘い匂いが染み渡る。

「お背中流しましょうか？」

依然として怒りつつも、いたずらっぽく尋ねてくる龍姫に、加乃は服をもたもた脱ぎながら答える。

「湯船で死んでないか、確認だけお願いしてもいい？」

龍姫はため息交じりに笑い、腰に両手を当てている。

「電気ショックならお任せください」

どこまで冗談かわからず、加乃は引きつった笑いを見せたのだった。

人を使う、という発想が加乃にはなかったのが、諸悪の根源だ。自分の手の届く範囲のことを、自分のできる限りにこなすことで、学生生活や社会人生活を無難に送ってきた。

風呂で寝落ちしかけて、三度龍姫に起こされてからようやく出ると、お粥《かゆ》を用意されていた。別に病人なわけでは、と加乃は思ったのだが、中華風の出汁《だし》と塩味が強めに効いたお粥で、あまりに美味《おい》しくて二杯お代わりしてしまった。

その間にも、加乃が夢うつつに書き下した計画書に従って、佐助や千代があれこれ作業を進めていくのを眺めていた。最初から相談して、こうすればよかったのではと強く反省した。

「私も父から神社を継いで、加乃さんと同じ失敗をして怒られたことがあります。全部を一人でやろうとするな、と」

風呂場で寝かけていた前科のせいか、横に座って箸《はし》の上げ下げを注視している龍姫が、そんなことを言った。

「あー……それは、なんか、想像できるかも」

加乃が思い出したのは、佐助の不品行を咎《とが》めにやってきた、ずいぶん気負った様子の龍姫だった。

「今でも、一人であれこれ仕事を進めようとして、氏子の皆さんに叱られることがありますけど」

照れ笑う龍姫に、加乃も笑いかけ、ザーサイをぱりっとかじる。

「わたしも、その……なんとなく、ふんわり、できる気がしたんだよね」

計画を思いついた時は、本当の本当に、簡単なことだと思っていた。

世の中のことがなにもわかってないと反省していると、役所に勤める仲間の狸に次々電話して、必要な資料類の手配を大至急でと頼んでいた千代が、電話の合間に加乃を見て言った。

「加乃さんが死にそうだから助けにきてって、龍姫ちゃんから連絡がきた時は何事かと思ったけど」

そうなのか、と加乃が龍姫を見ると、「聞く耳を持ってくれなかったですから」とむすっとしている。加乃は首をすくめるしかない。

「事前にこんな大変そうだってわかってたら、私も絶対に止めてたよ」

お説教、というわけではなく、千代の顔は優しいものだった。

「でも、それで怖気づいてたら、私は佐助君に辛い役目を押し付けるしかなかったからね。そうしたら、全部丸く収まるかも、なんていう可能性すらなかったわけだし」

その佐助は、千代の言葉が聞こえないふりをするかのように、返礼品のグッズを製作してくれる会社に向けて、ネットで拾ってきたらしい見積もりのテンプレメールを次々に出していた。

「わからないままでもとりあえず突き進んで、どうにかつじつまを合わせるっていうのも、時には大事なのかなって」

千代はなにか思うところがあるのか、どこか自分自身に言い聞かせている風でもあったが、加乃が半笑いなのにはもちろん理由がある。

「まだつじつまが合うかは、怪しいでしょ……」

諸悪の根源は、事前に加乃が見積もった、能天気なスケジュールだ。もう明後日の月曜日には、有効な施策をなにひとつ提示できずに苦しんでいる市長が、狸連の尻《しり》を叩く意味でも、自身の政治的なパフォーマンスのためにも、寄付金を募る計画を発表することになっている。市長との約束を守るならば、その週の終わりにはクラウドファンディングのページをオープンさせ、実際に寄付を募り始める必要がある。

返礼品の送付などは、その寄付を一定期間募った後、いくらか期間を空けて寄付者に送ればいいと思っていたので、返礼品の実際の製作まわりはページを作った後、改めてやればいいと聞いていた。しかし返礼品の値段を決めるには、製作費用がいくらかかるのか知らねばならず、それは結局すべての作業に目鼻を付けておくことを意味していた。

救いと言えば、さっきまではやるべきことの多さに押しつぶされそうになっていたものの、作業を手伝ってくれる佐助や千代のおかげで、ひとまず先を見通すことができたこと。けれど先を見通すことができた途端、そこには目を逸《そ》らし続けていた不安の塊が鎮座《ちんざ》していることに、嫌でも気がつくこととなった。

「うー……どれくらい、寄付金が集まるんだろ……」

やってみなければわからない、というのはそうなのだが、仮に成功したとしても目標に届かなければそもそも意味がない……と思ったところでふと、加乃は大事なことをいまだ知らないことに気がついたのだ。

「というか、いくらあると、狸連を説得できそうなの？」

加乃のその問いに、佐助も「そう言えば」みたいな顔をして、龍姫もまた、小首を傾《かし》げている。困ったように笑っているのは、千代だった。

「一度も聞かれなかったから言わなかったけど」

そんな前置きをされて、加乃は首をすくめる。

「この土地に居場所を得たい、というだけなら、ちょっとしたお社《やしろ》の修理なんかで認められるから、まあ、数百万円とかでも可能だと思う」

それでも数百万なのか、と加乃は思う。

「ただ、今回は、古狸たちが石垣工事の利権を俎上《そじょう》にのせてるような話だからね」

数百万円という時点で、すでに加乃の人生にはだいぶ縁のない金額だ。

加乃はお粥より硬いものを、ごくりと飲み込む。

「もちろん工事費用丸ごとは必要ないと思う。それでも何割か、内輪もめで争い続けなくてもいいかと思うくらいの資金がいると思う」

「だよね……って、え、ちなみにさ、石垣の補修っていくらくらいかかるものなの？」

こうしてみるとなにも知らず、佐助のことしか考えないでまったくの見切り発車だったのだと、加乃は実感する。

けれどそんな加乃を見る千代の目は、呆れているのではなく、どこか優しいものだった。

「前回の芸予地震の際の補修費用を私も調べてみたけど」

千代の言葉に、加乃なりに予想してみる。要は石を切り出して、積み上げる作業だ。ほとんど石の値段だろうか？　だとすると、多く見積もっても一千万円くらいだろうか。文化的なあれとか伝統ある技術だとかなんとかあるだろうから、倍の手間がかかって二千万円くらいだろうか。

「三億五千万円だって」

庶民の加乃は予想し、またしても現実を見た。

「さっ――⁉」

「しかも、今回はそれに輪をかけた被害だからね。五億とか、六億とか……どれくらいになるかは、専門家委員会っていうのが検討中らしいけど、まあそういう単位だろうねって」

　自身の一生にはまったく縁のない金額を聞かされて、加乃は息をするのも忘れていた。いや、全額でなくともいいはずなのだが、狸連が醜悪な利権争いに佐助を利用するのを止められるくらいには、インパクトのある数字にしなければならない。胃に収めた中華風粥が喉の奥でぐるぐる言い出したところ、千代が「ちなみに」と付け加えた。

「天守閣が崩れたら、単純に桁《けた》が増えちゃうよね。へたすると、ふたつくらい」

　事前にすべてを知っていたら、絶対にこんな計画を立ち上げなかったろう。

「大丈夫だって」

　そこに、ぶっきらぼうな佐助の声が割り込んだ。

「似たような話の熊本城は、何億円も集めてるだろ」

　あっちは何年にもわたって寄付を募り、しかも結構な被害を出した大地震だった。

　加乃はそんなことを言おうとしたが、不安を形にしたところで、なにも益はないのだとすぐに悟った。事前にすべての作業の多さを理解していたら、きっと加乃もこの計画の一歩を踏み出せなかった。

　わからないままでもとりあえず突き進んで、どうにかつじつまを合わせるのも大事かも、と千代は言っていた。

時にはちょっと馬鹿になるべき瞬間も、あるはずなのだ。

「じ、じゃあ、大丈夫だね」

なんの根拠もなかったけれど、口にしてしまうと、大丈夫そうな気がしてくる。

「まあ、佐助君の件をなかったことにするには、狸連の派閥《はばつ》をいくつか味方につける必要があるから……」

千代は、ボールペンの端を咥《くわ》え、言った。

「最低で五千万円。大丈夫って確信するなら一億円とか？」

そんな金額、加乃は宝くじでしか聞いたことがなかったのだった。


『先日に起きた地震によって、被害を受けました松山城の石垣についてですが、その復興に関する寄付について――』

テレビからは市長の記者会見が流れてくる。加乃は生放送を会社でこっそり見たのだが、帰宅してもローカルニュースで繰り返し放送されていた。

ネットを検索するとそこそこ話題になっているようで、告知のために急ごしらえされた役所のページは、一時的に開きにくくなっていた。

世間の関心はそれなりに高いものの、どれだけ寄付金が集まるのかはやっぱり未知数だ。

石垣修復に必要な金額は、最新の話だとおよそ六億円。もちろん全てを集める必要はないものの、千代は必要な金額として五千万円とも、一億円とも言っていた。利権争いをしている狸の陣営のいくらかを味方に引き入れるには、そのくらい必要なわけだ。

言い出しっぺにもかかわらず、そんな金額が到底集まるとも思えない加乃だったが、明るい話題もあった。

絶望的に思えたクラウドファンディングの準備は、やるべきことを書き出している最中は際限なく増えていく様に圧倒されたが、いざ実際の作業が進んでいくと、当たり前だがやることリストは徐々に減っていった。これならどうにかこうにか間に合うのではないかと、前向きな展望が見えたのだ。

そうして月曜を過ぎ、火曜日、水曜日となっていく。

色んな会社とのメールのやり取りは佐助が、事務的な作業は几帳面な龍姫が引き受けてくれた。それまで家事回りをやってくれていた龍姫も作業に参加したことで、若干、家の中が荒れるようになったが、掃除をすると加乃自身の良い気分転換になったし、今まで丸投げしていてごめんなさいという罪滅ぼしにもなる。それから掃除が下手な言い訳に聞こえそうで口には出さなかったが、雑然とした感じは学生の頃の文化祭みたいで悪くなかった。

週末の寄付開始に向け、加乃は誰よりも遅くまで作業をして、正直体は悲鳴を上げていたものの、どうにかなりそうだという手ごたえだけを頼りに頑張った。こんなに頑張ったのは、一人暮らししたい一心で、入学金と授業料一部免除を勝ち取るべく臨んだ大学入学試験以来かもしれない。

静まり返った居間で、加乃は両腕を天井に伸ばして伸びをする。

時刻を見ると、午前三時五十分。龍姫は日付が変わったあたりで寝落ちしてしまったので、加乃が布団まで運んで、寝かせてある。佐助はその後も加乃と向かい合って作業を続けていたが、いつの間にか姿が見えなくなっていた。一人で寝室に向かったのだろうかと思ったら、伸ばした加乃の足先になにか柔らかいものが触れた。

ちゃぶ台の下を覗くと、反対側に置かれた座布団の上で、狐の姿に戻った佐助が丸まって寝息を立てていた。

「そんなところで寝たら、風邪《かぜ》——」

と、加乃は言いかけて、口ごもる。毛皮の動物だから、この程度じゃ風邪はひかないか？ と思ったのだ。犬は外で普通に寝るし、野生のエゾギツネなら真冬の雪の北海道で野宿だ。そう考えたものの、佐助を本物の狐と同じカテゴリーに入れていいのかも疑問なところだった。

加乃自身、体がバキバキでこれ以上は辛かったし、昼間の仕事もおろそかにできないから、仮眠することにした。よっこらせと立ち上がり、額《ひたい》に張り付けていた冷えピタを外してゴミ箱に放り込み、申し訳程度に体をひねって柔軟体操をする。

すると血管の中に滞《とどこお》っていた眠気物質が体内を循環し始めたのか、急にあくびが出てきた。

このまま寝てしまいたいところだが、ついこの間、龍姫と千代から風呂に入れと叱られてからは、その一線を守っている。寝落ちしそうになりながらシャワーを浴び、連日の不摂生を無理やり埋《う》め合《あ》わせるかのように、化粧水をばしばし顔にぶつけていく。

やれやれと居間に戻れば、物音で起きたらしい佐助が、狐の姿のままぼんやりノートパソコンを見ていた。

「もうちょっとだよ」

佐助は返事の代わりに三角の耳をぴっぴっと動かし、遠吠《とおぼ》えのように口を開けると、巨大なあくびをしていた。

加乃は軽く笑い、台所へと歩いて行って、冷蔵庫を開けた。

コンビニで買ってきた、ちょっと高めのビールが入っている。

「明日の朝、絶対後悔するだろうけど……」

これだけ寝落ちしそうなのに、いざ布団に入ったら、作業の余熱のせいでうまく眠れなかったり、浅い眠りばかりだったりというのが続いていた。アルコールで少し脳を痺《しび》れさせたほうが素早く眠れる、なんていうのは不健康の極みのような発想なのだが、前の職場でも納期に追われているデザイナーたちが似たような話をしていたのを思い出す。

事務職の自分が早めに帰る中、彼らが文句たらたらながら深夜までの作業のためにわいわい残って働いている姿に、羨《うらや》ましさを感じていたことまで思い出して苦笑した。

妙な形ではあったが、あの時ぼんやり憧れていた彼らの仲間に入れた気がするのと同時に、少しずつ前職への執着《しゅうちゃく》みたいなものが薄れつつあることに気がついた。

東京からは遠く離れた伊予松山。

けれど心境の変化は、距離だけの話ではないだろう。

それまで胸の中に居座っていた前職の記憶が溶けていくその隙間《すきま》に、加乃はビールを注《そそ》ぎ込《こ》んでいく。なにか食べたほうがいいかもしれないと思うのだが、体に悪いことをしている感がさらにうまさを倍増させる。

「う〜……」

炭酸が突き刺さる喉の痛みに心地よく唸っていたら、視線を感じた。

居間と台所を分ける廊下にちょこんと座った、佐助だった。

「なんか食べる？」

佐助も食べるならソーセージかなにか開けようか。加乃がそんなことを思いながら声をかけると、佐助は無言で立ち上がって、加乃の側に近寄ってくる。

そして首を伸ばして、手にしていたビール缶に鼻を近づけていた。

『いつもうまそうに飲んでるけど』

　ちょっと責めるような目つきに、加乃は笑ってしまった。

　加乃は台所から延びている廊下の先の寝室を見やり、佐助に視線を戻す。

「ちょっとだけだよ」

　お目付け役の龍姫は熟睡中だ。佐助はふさふさの尻尾《しっぽ》を左右に二往復させてから、しゃがんだ加乃の手にあるビール缶の口に鼻を近づけ、ふんふんと鼻を鳴らしていた。

「飲んだことあるの？」

　加乃も佐助より小さいころ、両親の晩酌《ばんしゃく》が羨ましくて口をつけ、あまりの苦さにその場で吐《は》き出《だ》したことを思い出す。

『お神酒《みき》なら』

　真っ赤な鳥居とお稲荷様。奉納《ほうのう》された酒樽《さかだる》が積み上げられた様子は定番だ。

「日本酒かあ。私、日本酒はだめなんだよね」

『同じ酒じゃんか』

　そんな物言いに、加乃は笑ってしまう。

「子供のくせに、知った風な口を」

　佐助は加乃を見上げただけで、なにも言わずに、加乃が傾けたビール缶の口を舐《な》めた。

「どう？」

『……』

口の中が苦いのか、佐助の唇が引きって、鋭い犬歯が覗いていた。

「お子様には早かったね」

『馬鹿にすんな』

果敢《かかん》に再挑戦しようとするので、加乃は缶を取り上げた。

「無理に飲むならだめ。高いんだから、これ」

そしてぐびりと飲んでしまえば、もう残りは半分以下だ。

「……はあ」

寝不足のせいか、空腹のせいか、直接脳にアルコールを流し込んでいるかのように、ふわふわする。すぐそこの居間に行くのも面倒くさく、しゃがんでいた姿勢から、そのまま台所の床に座りこむ。板敷《いたじき》は、座った瞬間こそひんやりと気持ちいいが、すぐに体温が跳《は》ね返《かえ》ってくるし、横になってしまうには硬すぎる。

そんな姿勢のまま、胃のあたりからゆっくりせり上がってくるげっぷが出るのを待っていたら、佐助がビールをもう一舐めして、尻尾の毛を膨《ふく》らませていた。

「楽しいね」

何気なくぼんやり言うと、さらにもう一舐めしようとしていたらしい佐助が動きを止め、加乃を見上げた。

「変な感じだけど」

東京からここにきたのは、はっきりいって、会社をクビになって錯乱していたからだ。

家賃がかからないとかは完全な後付けで、まともな判断だったとは到底思えない。

加乃はこれまでの人生で大きな成功を摑んだこともないが、大きな失敗も経験したことがない。会社からの放逐《ほうちく》が初めての挫折らしい挫折だった。

それは自分でも思った以上にショックなことだったのだと、今ならわかる。

けれどあのまま都内にとどまっていたら、デザイナーになるんだという気持ちは麻疹《はしか》のようなものと割り切って、現実的な判断によってどこかの事務職に潜《もぐ》り込《こ》んでいたかもしれない。

世の中そんなもんだと思って疑わないままの自分だったら、四国が狸の国で、地元のビキニのチャンネーだけを延々と七百人も載せるとかいうおかしな雑誌があるところだなんて、知ることはなかったわけだ。

ましてや自分が市を挙げての大きな計画の中心に居座るだなんて、想像すらしないだろう。

瓢簞《ひょうたん》から駒《こま》。人間万《ばん》事《じ》塞翁《さいおう》が馬《うま》。

なんと言うべきかわからないが、悪い決断ではなかったのだと加乃は思う。

「それにここにきても一人で暮らしていたら、そろそろ実家に帰る準備してたかも」

この計画は佐助のためだけではない、なんて加乃は佐助の前で言った。

けれどそれは決して、佐助の気を楽にさせるためだけのものではなく、本当に自分のためでもあった。加乃自身、この家にたった一人で暮らせる自信はなかったのだ。

腹ばいになって加乃を見上げている佐助の頭に、加乃は缶ビールの水滴がついたままの手を伸ばし、がしがしと撫でる。

「みんなと一緒のままがいい。君も同じだったら嬉《うれ》しいけど」

ただ単に、実家に帰りたくないだけでなく。

加乃のそんな言葉に、佐助は鼻を鳴らして、居間のほうを向いた。

『……伏見じゃ、黒鯛を捕まえて食べたりできないしな』

佐助は加乃を見ないが、尻尾はそわそわしていた。

加乃は笑い、もう一度子狐の頭を撫でる。

「そだね」

天邪鬼《あまのじゃく》も、確実に天邪鬼だとわかっていたら、素直な男の子以外の何物でもない。

加乃は嬉しくなって佐助の頭を撫ですぎて、逃げられてしまった。

「もうちょっと撫でさせてよ」

『ギャウ〜』

これは明らかに敵対のうめき声。

加乃は肩を落とし、残りのビールを飲み干して、立ち上がった。

「歯を磨かないと」

今すぐにでも寝たいという欲望に打ち勝つため、自分を鼓舞《こぶ》するようにそう言って、洗面所に歩いていく。そして歯を磨いていたら、洗面所の入り口に狛犬《こまいぬ》のように佐助が座っていた。

『寄付』

「ん？」

『失敗しても、気にすんなよ。俺は大丈夫だから』

加乃は歯を磨く手を止めず、けれども佐助から目を逸らさなかった。前歯、右の奥歯、左の奥歯と磨いて、口をゆすいでも、まだ佐助は加乃のほうをじっと見ていた。

「気にするよ」

そう言ってから顔を拭《ふ》いたら、佐助の姿はなくなっていた。

数時間後には起きるけれど一応火の元を確認し、電気を消し、スマホのアラームを意地汚く分単位でセットしながら、寝室に向かう。隣の部屋を覗くと、意外に寝相の悪い龍姫の両足がタオルケットの下からはみ出ていたので、それを直してやってから加乃も自分の布団に入る。枕に頭を載せ、やれやれとため息をつけば、どこに隠れていたのか佐助が加乃の右手の近くで丸まっていた。

撫でてもいいという許可に思えたので、加乃は布団から手を出して、佐助の頭に手をやった。

眠気はすぐにやってきて、朝はそれ以上に早くやってきたのだった。

体の中のエネルギーをすべて出し切って、倒れ込む勢いも借りることで、どうにかゴールができた感じだ。

へたにもう一週間とか時間があったら、かえって危なかったかもしれない。

クラウドファンディングの準備が終わったのは、寄付を開始する土曜日の明け方だった。様子を見にきた千代が、インターホンを鳴らしても、電話をかけても誰も起き上がれないほど疲弊《ひへい》していたせいで、結局千代は神通力で家の鍵を開けて入ってきて、呆れながら倒れた三人の介護をしていた。

「この開始ボタンを押すだけでいいんだよね？」

加乃と龍姫はシャワーを浴びて目を覚まし、佐助は狐のままでまだうとうとし、千代の膝の上でおとなしく頭を撫でられている。

そんな様子に気もそぞろの龍姫のみならず、加乃もなんとなく佐助に裏切られたような気がしつつ、意識はクラウドファンディングに向けていた。

「私も変な感じがするんだけど、そうみたい」

つい先ほど、ネットを介してクラウドファンディングプラットフォームの担当者とやりとりしたばかりだった。というか加乃たちがせっせと更新しているその都度、向こう側でもプロジェクトを確認し、抜けがないことを確認してくれていたらしい。

土曜日なのに担当者が朝から出勤しているのは、この手の大きめのプロジェクトでは普通のことのようだ。開始直後にアクセスが殺到するため、サーバー類を監視しないとならないらしい。

市長からもメールがきていて、加乃は、万事問題なしですと返事をしておいた。

お役所が絡《から》んでいて、ローカルテレビ局が告知を手伝ってくれているようなプロジェクトなのに、加乃たちは家にいて、ノートパソコン画面に表示されているプラットフォームの管理画面から開始ボタンを押すだけというのは、ずいぶん奇妙なことだった。すべてがネット越しに行えてしまうというのは便利な一方で、狸か狐に化かされているような気がした。

「いくら集まってくれるんだろうね」

千代は頑張って笑顔を見せているものの、やっぱり頬が不安げに強張《こわば》っている。膝の上の佐助を撫でる手も、撫でるというより、なにか手を動かしていないと落ち着かないといった感じで、佐助は明らかに途中から嫌そうにしていた。

「人事は尽くしました」

龍姫が言って、加乃は笑う。

「天命を待つための神様なら、ここにいっぱいいるものね」

時刻は午前十一時五十八分。

寄付のプロジェクトは、正午ちょうどに開始する。

タイマーをセットすることもできたが、加乃はオンラインの時報画面を確認しながら、定刻に開始のボタンを押すことにしていた。そうすれば、いよいよ寄付の受付が始まるのだ。

「寄付金がどれくらい集まるかは、初速が大事なんだって聞いたけど」

もはや撫でるのではなく、佐助の毛皮をつまんだり離したりしている千代の問いに、加乃が答える。

「初日から三日間の勢いが大事らしいよ」

この手のプロジェクトは、通常なら一か月程度寄付を募り続けるらしいのだが、今回は短めに二週間となっている。評判が良ければ二回目も行うという感じだ。

「目標の一千万は、すぐ超えてくるくらいじゃないと厳しい……かな」

プロジェクトには目標金額を設定できて、その進捗《しんちょく》がページにリアルタイムで表示される。

寄付に訪れた人たちは、一千万円を目標にしていますというのを目にして、プロジェクトの大きさとか野心の度合いを把握できるわけだ。それからもちろん、今のところいくら集まっているのかも確認できる。

ただ、設定は一千万としたが、これはあくまでこの手の企画の見栄えのための、仮初《かりそめ》のものだった。プロジェクトの終了ぎりぎりにようやく目標を達成するよりも、初日に一気に目標を達成させて、そこから目標金額の二倍、三倍と伸ばすほうが、いかにも人気沸騰《ふっとう》感を煽《あお》れてより多く寄付が集まるらしいのだ。

それに一千万円の寄付を無事達成したとしても、手数料や配送料、返礼品の製作費用などを除いたら、かなりうまくいっても手元に残るのは六割から五割にすぎない。クラウドファンディングは外から見ているほど、簡単にお金が集まるような楽なものではない。

うまくいってくれ……と、加乃は口に出さずに祈る。

「三千万」

そこに、千代が言った。

「話の通じそうな古狸にあれこれ持ち掛けて、三千万あったら、刑部《ぎょうぶ》派の狸たちは、佐助君のことを見逃してくれるって」

加乃が千代を見やると、千代は珍しく視線を外していた。その横顔には、ずっと胸に秘めていようと思った秘密を、思いがけず吐露《とろ》してしまったことを後悔するような色があった。

けれど口にしてしまったことは戻せないとばかりに、諦めたように説明を付け加えていた。

「刑部派が手を引くなら、八股榎《やつまたえのき》派も強くは出られなくなる。伏見稲荷相手に、自分たちだけで事を構える度胸はないはずだから」

超えなければならない金額をはっきり口にしてしまえば、それは目標とも、呪《のろ》いともなる。

千代はきっと寄付の進捗具合を見て、言うつもりだったのだろう。なんなら寄付が振るわなかった時には、その数字をずっと黙っていようと考えていたはず。

それでも我慢できずに口にしてしまった理由は、手元の佐助を見つめる視線から明らかだ。

「私にできた値切りは、そのくらい」

同じ狸として、あるいはそれ以上になにかはっきりとした立場から、強い責任を感じている口調だった。

龍姫も佐助も、千代の正体にはある程度目星がついているらしい。

加乃でさえ、まあ多分あのへんの狸なのだろうと思うところはあるが、確認はしていない。

それに千代がどこの誰かなんて、関係ないのだ。千代は決して狸連の手先ではなく、自分たちの味方であり、これからの伊予を率《ひき》いる若い狸たちのリーダー格なのだろうとわかっていれば、それだけで十分なのだから。

「加乃さん、お時間です」

スマホとテレビの両方で時間を見ていた龍姫が、声をかけてくる。

午前十一時五十九分五十七秒。

「よろしくお願いします！」

なんでそんなことを言ったのか自分でもわからなかったが、加乃の人差し指がエンターキーを押した直後、ノートパソコンの画面が遷移《せんい》した。

表示される、プロジェクトが開始されました、の文字。

「……」

「……」

世界は、なにも変わらなかった。

『なあ、本当に始まったの？』

当たり前だが、テープカットがあるわけでもなく、伊予北条の地に花火は上がらず、古びた日本式家屋の畳敷きの居間には、エアコンの音と、テレビから絞《しぼ》られたボリュームでお昼のニュースだけが聞こえている。

大きなプロジェクトが始動した、という実感がなにもなく、たちまち不安になってくる。

けれど事前に告げられた準備はすべて整え、手順どおりに進めたはずだし、もしもミスがあったら、ネットの向こうで待機しているはずのプラットフォーム側の担当者から連絡がくることになっている。

念のためメールボックスを確認しようと、加乃がブラウザを更新しようとした、まさにその瞬間だった。

「わ、あっ」

自分のスマホを見ていた龍姫が、口元を押さえている。

「すごい……すごいです！」

加乃は千代や佐助と一緒に覗きこみ、息を呑んだ。

開始一分で、すでに金額は百万円を超えていた。

画面を更新するたびに金額が増え、たちまち三百万円を超えた。

「これは……」

千代の言葉に、加乃はそちらを見やる。

「成、功？」

まだわからないが、少なくとも誰も寄付をせず閑古鳥、というのは避けられたらしい。

興奮気味の千代が、加乃の肩を摑んで揺すってきた。

「すごい！　うまくいったよ！　ねえ、加乃さ——わ、加乃さん⁉」

加乃は畳の上に倒れ込み、天井を仰《あお》ぐ。

慌てた様子の千代と龍姫、それに佐助の鼻先が見えて、ふへっと笑った。

「よかったあ〜……」

ほっと溜息をつくと、千代と龍姫も笑い、佐助は加乃の頬を鼻先でつついてから、くわっと大あくびをしたのだった。


一千万円の目標金額は一時間で突破した。

事前に用意していたお礼の文章を随時更新し、さらなる寄付をお願いしますと付け加え、盛り上がりを維持していく。

市長からは直接電話がきて、上機嫌な様子で感謝の意を伝えられた。加乃が勤める会社の社長からも労《ねぎら》いの電話があって、狸の手形で化かしているのが申し訳なくなる。仕事で恩を返すべし、と加乃は肝《きも》に銘じておく。

二時間経つ頃には勢いが衰《おとろ》えてきたものの、それでも寄付金の流れは止まることなく続いていて、ついスマホを触ってしまう。その晩は久しぶりに早く床に就《つ》いたが、気になって何度も確認してしまった。深夜になるとさすがに寄付も散発的になってきて、それでようやく眠ることができた。

翌日曜日はローカルニュースで取り上げられたおかげで、昼からまた勢いが出てきたが、初日ほどの奔流《ほんりゅう》ではなかった。

それでも日曜日が終わる頃には、寄付金が三千万円を超えていたのだから驚異的だ。あと二週間もあることを考えれば、一億円だってあり得ないことではないのでは、と感じていた。

そして加乃は、三千万円でも少ないと感じている自分に気がついて驚いてしまう。自分には一生縁のない金額だったはずなのに、今は漠然《ばくぜん》としたイメージではなく、手に触れられるしっかりとした予算、という感じがする。そうなってみて初めて、六億とも七億とも言われる松山城の石垣修復に対しては、心許《こころもと》ない支えにしかならないとわかるのだった。

千代は根回しをして必要な金額を三千万にしてくれたというが、本当の底値のぎりぎりがそれなのだろう。佐助をうまく使えば伏見稲荷から大金をふんだくれると目論《もくろ》む悪い狸たちを説き伏せるには、もう一声欲しいはず。寄付金からは手数料やら諸々の費用が差し引かれるため、全体としては五千万くらいが最低ラインとなるだろうか。幸運の女神が微笑んでくれるのなら、八千万円を期待したい。奇跡を願ってもいいのなら、一億円。

加乃は毎日毎分祈るように過ごしていたのだが、世の中というのはやっぱり現実的なのだということを、寄付開始から数日後には理解したのだった。

――プロジェクトの停滞は普通のことですから。

クラファンのプラットフォーム側の担当者からは、そんなメールがきていた。

日曜日が終わった翌日の月曜日は、すでに一時間に数件の寄付に落ち着いていて、一人当たりの寄付金額も下がり続けていた。夜中はほとんど動きがなくなり、火曜日も低調で、十万円程度増えただけだった。

普通に考えると十万円も誰かが寄付してくれるなんてすごいことなのだが、目標が目標なだけに、どうしても「これだけ」と思ってしまう。

それにクラウドファンディング全般の話として、初日が最も盛り上がり、中盤は停滞し、また最後にかけて盛り上がる、というのが共通するパターンらしい。だからラストでまた寄付者が増えるはずとは言われても、不確かな未来を待つしかないというのはなんとも辛いことだった。

水曜日、木曜日はさらに少なく、金曜日は少し増えて、土日はローカルニュースと新聞の日曜版で取り上げられたらしく、多少盛り上がった。

あっという間に一週間が経ったところで、三千四百万。

一億円はあまりにも遠く、これくらいならもしかしたら本当にありうるかも、と思っていた五千万円でさえ、いささか遠かった。

もっとも、こちらの事情など知らない市長は反響に十分満足しているし、後援会とやらでも評判が良いらしい。千代からは古狸たちも驚いていると連絡があったが、こちらは金額だけでなく、お祭りみたいな雰囲気の中で直接土地の人たちの願いを集められるのなら、それはカネに代えがたいことだと認識されたらしい。

今回で目標金額に届かずとも、二回目、三回目のプロジェクトを餌にすれば、佐助の件は説得できるかもしれないと言っていた。

最低限のハードルを、どうにか越えつつあるらしい。

フライブルク通りのファミレスの時の、あのどん底感からしたらすごいところまでこられたと言っていいはずだ。加乃は喜ぶべきなのだろうが、やっぱり胸のもやもやは晴れなかった。

『市長は地元商工会に招かれての講演で、松山城石垣復興プロジェクトの寄付について語り、市民の協力を――』

なんてテレビから聞こえてくると、もっと宣伝してくれと加乃は反射的に思って、スマホを見る癖がついている。けれどそろそろこの程度の言及では、寄付金も増えないことを理解していた。

『では次のニュースです。熱帯の海上で発生した非常に大型の台風十一号は、勢力を強めながら日本の南の海上を北上し――』

ローカルニュースでさえ、こんなふうにすぐ次のニュースに移ってしまう。もちろん全国ニュースになるのはもっと難しい。加乃たちにも、もはやできることはほとんどなくて、せいぜいがプロジェクト最後の週末に向けて寄付を呼び掛ける文章の準備をするくらいだった。

クラウドファンディングのプラットフォーム側の担当者からは、最後の駆《か》け込《こ》み需要は統計的に初日の勢いに匹敵するとも言われていたので、諦めるのは確かに早い。さらにローカルテレビ局やラジオ局も、最終日の土日には一斉に取り上げてくれることになっていたし、いくらかは全国放送もあるという。市長も見せ場とばかりに、寄付を訴えかけてくれる手はずだ。

だから本当なら、もう少しどっしり構えられてもいいはずなのに、加乃は落ち着かなかった。

あまりに落ち着かなくて、砂浜ガールズの仕事をしている時だけ、ようやくもやもやをいくらか忘れられるというありさまだった。

運命の週末を控えた金曜日、仕事から帰ってきた加乃は佐助と一緒に夕食を取った後、テレビを消して、居間の畳の上に横になっていた。

龍姫は珍しく神社に戻っていて、秋に行われるお祭りのため、地元町内会の代表たちと打ち合わせを行っているらしい。松山城の石垣崩落《ほうらく》は大事件に違いないが、あちこちの土地にはそれぞれの一年の流れがあって、やるべきこと、こなすべきことがある。

加乃は畳の上で、ようやく気がついた。

計画の行く末に不安があったのではない。

自分のやるべきことがなくなりつつあるのが、寂しかったのだと。

スマホに表示される寄付ページには、残り三日の文字がある。

この寄付の受付が終了すれば、怒濤《どとう》のようなプロジェクトは加乃の手を離れてしまう。

寄付金を使って狸連を説得するのは、根回し担当の千代の役目だし、石垣復興の指揮を取るのはもちろん市長の仕事だ。寄付をしてくれた人たちに向けたグッズの配送作業などは、それ専門の業者がすべて引き受けてくれる。残された仕事といえば、配送までにグッズの製作を完遂《かんすい》することだが、こちらも発注はひととおり終わっていて、残されているのは最終的な個数を連絡するくらい。

加乃の胸をずっと占拠《せんきょ》しているもやもやは、一生この作業に忙殺されそうな気がしていたのに、いざ峠を越えてしまうとこんなものだったのかという拍子抜け感。いや、大きな流れに置いていかれたような、寂しさだった。

そしてそういう流れというのはいっぺんにくるらしく、会社のほうでも、社長に迷惑をかけてはいけないと、寄付金プロジェクトと並行してがむしゃらに取り組んでいた砂浜ガールズの編集作業が、加乃の受け持つ分は全て終了となった。来週からはローカル冊子《さっし》の編集作業に回されることになり、凄腕《すごうで》デザイナーほどのクオリティは出せないが、気楽に仕事を頼めるということで、ちょっとしたイラストの加工やらバナー作成やら、細々したデザイン仕事を任せてもらえることになっていた。そのついでに社長から告げられた、正社員への登用という知らせ。

なんならこの土地にくる際には心の底から熱望していた、デザインに関わりのある仕事だ。

けれど加乃の心は、満たされないままだった。

目標に向けてなにかを頑張るというのが、それほどまでに楽しかった。

佐助の命運がかかっているというのに、無責任に、そしてうまくいくかどうかはまだ未知数なのに、このお祭り騒ぎが終わってしまうということそのものに、不満があったのだ。

「……贅沢《ぜいたく》、だよね」

加乃が呟くと、加乃と同じように畳の上に腹ばいになり、ノートパソコンで動画を見ていた狐姿の佐助が、耳と顔を上げた。

『贅沢？　なんかデザートがあんの？』

つい先ほど、龍姫が昼間の間に作っておいてくれた夕食を二人で食べたばかり。

加乃は咳《せ》き込《こ》むように笑い、体を横にして、佐助を見やった。

「食べ足りないなら、ご飯残ってるよ」

『ケーキ食いたいな』

それは我がままというより、単なる感情の発露だったらしい。佐助はすぐに動画に視線を戻していたのだが、言われたら加乃もケーキが食べたい気がしてきた。

「コンビニ……いや、どうせならなんかもっとちゃんとしたのがいいな……」

『道沿いにあるじゃん』

家から少し歩いたところにある旧道沿いには、洋菓子屋さんがいくつかある。海と山に挟まれた土地なせいか、伊予北条の町は思いのほかぎゅっと凝縮《ぎょうしゅく》されていて、徒歩圏に色々揃っていて便利だった。

「散歩がてら、買いにいこっか」

このまま畳の上でごろごろしていると、気が滅《め》入《い》ってしまいそうだ。

あるいは運命の週末を前にして、佐助とこれからのことを話し合っておいたほうがいいのかもしれない。しかし佐助自身が加乃に気を使っているのか、それとも男の子として見《み》栄《え》を張っているのかわからないが、そのことに触れようとしなかったので、加乃も黙っていた。

加乃としては、映画のラストシーンに向けた盛り上がりのように、感情のぶつけ合いでもしたほうがこのもやもやもすっきりするのかもしれないと思うのだが、佐助が望んでいなさそうなのに事を荒立てるほど、加乃も間抜けではない。

散歩に出て、ケーキでも食べれば、少しは落ち着くだろう。

佐助はそんな加乃の胸中がわかっているのかいないのか、たちまち耳をぴんと立て、四つ足で立ち上がっていた。

「狐のままで行くつもり？　ちゃんと人に化けてよ」

『え～。これでいいじゃんか』

「リードつけていいなら、そのままでもいいけど」

『犬じゃないぞ！』

佐助は吠えてから、その場で宙返りをして、小僧に化けていた。どういう理屈なのか、化けると龍姫の拵《こしら》えた甚兵衛《じんべえ》姿だ。

「俺、栗タルトがいいな」

「あれってどう見てもロールケーキなのに、タルトって名前が気に入らないんだよね」

「味と関係ないだろ！」

そんなくだらないことをわいわいやっていると、膨らみ続けていた不穏《ふおん》ななにかから、ほどよく空気が抜けていくのを感じた。加乃はサンダルをつっかけ、早く早くと急《せ》かす佐助に呆れながら、玄関に鍵をかける。外の空気は夏の夜にしてもいやに湿気を含んでいて、

　まとわりつくような風が吹いている。

　そういえばちょっと前のニュースで台風がどうとか言っていたなと思いながら、わんぱく小僧の後を追いかけようとした時のこと。スマホにメッセージが届いて、ポケットが震《ふる》えた。

　急かす佐助に生返事をしながら、加乃はスマホを取り出して、小首を傾げる。

　差出人は龍姫だった。

　やっぱり今日も加乃の家で寝たい、ということだろうかと思って画面のロックを解除しようとしていたら、道の真ん中に立ち尽くしていた小僧に後ろからぶつかった。

「わ⁉っと……どうしたの？」

　佐助は加乃を振り向きもしない。加乃が怪訝に思いながら佐助の視線を追いかければ、道端《みちばた》に座る見知った顔がいた。

　そして加乃は、輪をかけて驚いた。

「え……ど、どうしたの⁉」

「いやあ……」

　崩れかけた石塀の上に腰掛けていた千代は、小ぶりなリュックを肩にかけていた。

　しかし加乃が驚き、佐助が言葉を失っていたのは、千代がそこにいたということそのものより、その様子のせいだ。

「親と殴り合いの喧嘩《けんか》しちゃった。泊めてくれない？」

そう言って可愛らしく小首を傾げている千代の左頬は、漫画みたいに腫《は》れていたのだ。

第五幕

ビニール袋に氷を入れ、薄手のタオルでくるんで即席の氷嚢《ひょうのう》にした。

居間の明かりの下で見ると、けがはさらに痛々しい。千代は笑って氷嚢を受け取ってこそいたものの、うかつに声をかけられる雰囲気ではない。

加乃は台所で麦茶を用意するふりをして時間を稼ぎ、どうすべきかと頭を巡らせる。

心配のあまりか狐に戻ってしまっていた佐助も、しばらくは居間をうろうろしていたが、結局加乃の足元に避難してきていた。

「龍姫ちゃん呼んだほうがいいかな」

両親と殴り合いの喧嘩《けんか》、というのはただでさえ穏《おだ》やかではない。しかもこのタイミングでとなると、あれこれ想像しないわけにはいかなかった。

千代は石垣の寄付計画であれこれ走り回っていたし、多分両親は敵対する古狸《ふるだぬき》たちの側にいる。となれば、土地の事情に詳しい龍姫にアドバイスを求めたほうがいいかもしれない。

そう思ってようやく、龍姫からスマホにメッセージがきていたことを思い出す。

不安そうに足元をうろうろしている佐助の、柔らかな毛皮の感触を足に感じながら、加乃はスマホを取り出して画面を開く。

「……ああ」

そしてそんな加乃のつぶやきに、佐助が三角の耳をぴんと立てて、足元から加乃を見上げていた。

加乃が居間に入ると、なにか物思いに沈んでいたらしい千代は顔を上げた。わざとらしい照れ笑いを見せて感情を誤魔化《ごまか》そうとしているが、加乃はとりあわずに千代の前に座って、膝《ひざ》を揃《そろ》えた。

「龍姫ちゃんから、メッセージがきたんだけど」

千代の作り笑いからはたちまち生気が抜けて、その下から苦みに満ちた、本当の苦い笑いが滲《にじ》み出《で》てきた。

「そのけがって、狸連《たぬきれん》のことと、関係ある感じ？」

龍姫から送られてきたのは、千代に連絡を取れないかというものだった。もっと正確に言うと、千代を通じて狸連に確認を取れないかというもの。

龍姫たちは狸連から非常招集を受けたらしく、今すぐに、なにを措《お》いても松山城に集まるようにと厳命されたのだという。

その理由は。

「全部、頭の中に脳みその代わりに伊予柑《いよかん》が詰まってる古狸たちのせい」

千代は笑顔に似た表情なのだが、それは口角《こうかく》が上がっているだけだ。犬猫に喩《たと》えたら、牙を剝《む》いている状態なのかもしれない。

「大きな台風が近づいてて、このままだと瀬戸内海に入りこんじゃうコースみたい。そして松山城の足元の石垣はぐずぐずで、若い狸たちはもう何日も昼夜交代で石垣を支えてるから、疲れも限界。そこに大きな台風がきたらどうなるかは、誰にだってわかる」

お城の崩壊《ほうかい》。

ここに至るまで、狸連は利権だ面子《メンツ》だということで、ブルーシートをかけるくらいの処置しかしてこなかった。

「それで古狸たちが思いついたのが、伊予中の土地神や狸を呼び寄せて、神通力《じんつうりき》で防備に当たらせるって案。でも、そんなことしたら、土地神や地元の狸たちは台風がきても自分たちの土地を守れなくなる。ただでさえ地震のせいで、地盤が緩《ゆる》んだり、建物に被害がでてるところがあるのに、放ったらかしになんてできないでしょ」

龍姫はその招集に戸惑《とまど》い、狸連に確認を取ろうとした。しかし向こうも大わらわなのか一向に連絡はつかず、業《ごう》を煮《に》やして、千代に連絡が取れないかと加乃にメールを送ってきた。

多分、家の側の浜辺に出れば、明かりのついた鹿島の神社で困惑している龍姫の姿が、直接海の向こうに見えるだろう。

龍姫のいる鹿島も、前回の地震では崖崩《がけくず》れが起きたという。今回の地震では目立った被害は出なかったらしいが、そこに台風の雨風が重なったらわからない。龍姫が慌てて連絡をしてきたのは、自分の土地を留守にすることなど到底できないからだ。

　千代は、大きくため息をついた。

「こんな泥縄《どろなわ》式の案、カチカチ山の頃からなんにも進歩してない証《あかし》だよね」

狸の自虐《じぎゃく》ジョークに加乃は笑っていいものか困り、とにかく目の前の問題に集中する。

「で……も、でも、お城の問題は、問題というか、どうにかしないといけないことだよね？」

　うまく事の重大さを言語化できず、加乃は自分の頭の鈍《にぶ》さを呪《のろ》う。

　けれども千代には通じたようで、その顔にどこかほっとしたような色が見えた。

「そう。絶対にどうにかしないといけないんだけど、身勝手に身勝手の上塗《うわぬ》りみたいなことをする古狸たちには、もう任せておけないと思ったから、私は若い狸たちを集めて直談《じかだん》判《ぱん》しにいったの」

　八百八狸物語に阿波狸合戦と、狸にはなにかと合戦ものの話がある。狐火に照らされて隠微な笑みを見せる狐とは違い、狸にはどこか陽気で快活な印象があるのは、そういうところかもしれない。

　と同時に加乃は、どうして千代がこの危急の時にわざわざ伊予北条にやってきたのか、なんとなく話の流れが見えてきた。両親と喧嘩して家出したから、友達の家に押しかけて泊めてくれなんて言うほど、千代は子供ではない。

なにより加乃の横には、四国では少数派で、全国的にも珍しい黒い毛皮の狐が、前足を揃えて座っていたのだから。

「台風の中でお城を支えるには、全然神通力が足りてない。だから私たちのほうから、伏《ふし》見稲荷《みいなり》に助けを求めるしかないって」

喧々囂々《けんけんごうごう》、泥縄の案をひねり出す古狸たちの前に、氷よりも冷たい現実を放り込む。

神通力が足りなければ、よそから借りてくるしかない。

そしてまとまった人数を動員する組織力を考えれば、選択肢は限られる。

千代は、佐助を見た。

「本当に、ごめん」

土下座《どげざ》というのを、加乃は古めかしい旅館以外で初めて見た。

「加乃さんも、寄付金の件でどうにか佐助君が巻き込まれないようにって、骨を折ってくれたのに、それを無駄にする感じになって……」

「い、いや、いや」

加乃は大慌てで、体を小さく丸める千代を起こそうと手を伸ばしたのだが、それより先に千代の体を鼻先で持ち上げた狐がいた。

『うう～……やめろよ！』

佐助は小さい狐の体で千代を起こし、怒ったように尻尾《しっぽ》の毛を膨《ふく》らませていた。

「でも……」

『でもじゃなくて！』

佐助は怒っていたのだが、その怒りは千代にではなく、別のなにかに向いていた。

その証拠に、佐助は千代を起こすと急にそっぽを向いて、ふさふさの尻尾で畳《たたみ》をバシバシ叩《たた》いていたのだ。すごく気まずそうに、居心地が悪そうに。

『……多分、なんか勘違いされてるって、薄々わかってたけど……』

「え？」

『千代さんが、そんな、気にすることじゃないんだって』

佐助は言って、鼻先で自分の前足をつつくように頭を下げてから、覚悟を決めたようにまた顔を上げた。

『母ちゃんに連絡取るのは別にいいって』

でも、それだと佐助は実家に帰らざるを得ず、その実家は必ずしも居心地の良い場所ではない。加乃のみならず、おそらく千代だって、佐助が時折見せるその自己犠牲の精神は、実家でひどい目に遭ってきたせいで植え付けられたものだろうと思っている。自分に価値がないと思っているような、自分さえ我慢すればいいんだというような。

だから胸を痛めてその黒い毛皮の狐を見やれば、当の佐助は心底嫌そうに牙を剝いた。

『そんな目で俺を見るなって！　ああ、もう！』

佐助は前足で猫が顔を洗うみたいに頭をがしがし掻《か》いてから、千代と加乃をそれぞれ交互に見て喚《わめ》く。

『別に伏見からは、隙《すき》を見てまた逃げればいいんだから！　なんかそんな深刻な感じで、俺がかわいそうみたいなの、やめろよな！』

ぎゃうぎゃうと喚く佐助を前に、千代は呆気《あっけ》にとられ、加乃もまた同じだった。

「え……また逃げるつもりだったの？」

お稲荷様の総本山に連れ戻されれば、二度と出てはこられないのだと加乃は思っていた。

そこで望まぬ職に就《つ》かされて、周りから意地悪されながら一生耐えるしかない。

けれどその直後、加乃は閃光《せんこう》のように思い出したことがあった。

「あっ！　じ、じゃあ、寄付が集まらなくても気にするなって、もしかして――」

クラウドファンディングの準備も佳境の頃、明け方の洗面所で交わした言葉。

佐助は加乃を見て、三角の耳を互い違いに伏せながら、げんなりとした様子で首を落とす。

『そうだよ。そのまんまの意味だよ。多分変な思い込みしてるなって思ったからそう言ったんだけど、やっぱり伝わってなかったのか……』

あれは別に、自分がどうなろうと覚悟はできているという悲壮な決意をして、加乃を安心させようとした台詞《せりふ》ではなかったのだ。何回でも伏見から逃げ出すつもりだから気にするなと、そういうことだったのだ。

『けど、自分から何度も言い出すのも、なんか、変じゃんか。だから……それに、その……』

佐助はぼそぼそと言葉を濁してから、上目遣《うわめづか》いに千代と加乃を見た。

『ちょっとかわいそうみたいな感じのままにしてたら、俺がまた逃げてきた時、匿《かくま》ってくれるかなって』

佐助は能天気なお子様ではなく、したたかな少年だった。

千代と加乃は思わず顔を見合わせて、二人揃って佐助を見つめ返せば、佐助はぷいとそっぽを向いていた。

『だから、全然、謝んなくていいんだよ。っていうか』

佐助は言葉を切り、腰を上げると千代の側に歩み寄る。そして千代が腫《は》らしている頬《ほお》の側に腰を下ろして、鼻先をその顔に近づけていた。

『こんなことされる前に、俺に言ってくれよ』

守られるばかりで頼りにされないことを、ちょっと恨めしく思うような、そんな男の子としての佐助の物言いだった。龍姫を慰《なぐさ》めている時とは明らかに違う、少年の見栄《みえ》が精いっぱいに込められたその一言。

千代はそんな佐助を見て、なにか言いかけて口をつぐみ、ゆっくりと息を吸うと、またゆっくり吐いて微笑んだ。

「うん。最初から佐助君に頼んだらよかった」

『そうだよ。俺には、利用価値ってのがあったんだろ？』

むくれたような佐助に、千代は「ごめんね」ともう一度言って、加乃を見やる。

「加乃さんも、埋め合わせさせてもらうから」

「え、私？　私は、別に……」

佐助を助けるというのがクラウドファンディングの最大の目的だったとはいえ、ちゃっかりデザイナーとしての実績を積むという私利私欲を混ぜていた。おかげで会社では盤《ばん》石《じゃく》たる地位を築けて、正社員への登用も決まった。

なにより、企画の終了を明後日に控え、大騒ぎが終わることへの寂《さび》しさのあまり腑抜《ふぬ》けになるくらい楽しかったなんて、真剣に立ち回ってくれた千代には言いにくい。

『そうだよ、千代さん、あいつは作業の間、文化祭みたいで楽しいって言ってたんだからいいんだよ』

佐助は千代に告げ口していた。

どうやら、疲れで朦朧《もうろう》として、思ったことをそのまま口に出していたらしい。

「じゃあ、その」

と、千代は言った。

「ほ、んとうに……伏見稲荷に助けてもらえるよう、頼んでもらっても、いいの？」

松山城のため、それから石垣を支えるのも限界な若い狸たちのため。あるいは古狸たちの愚策の埋め合わせに駆《か》り出されようとしている伊予中の神様や狸たちのため。なんなら、現実を見ようとしない古狸たちに、天敵を呼び寄せることで泡を吹かせるため。

その千代の言葉に、加乃は佐助を見たし、佐助もまた加乃を見ていた。

考えていることは同じようだと、加乃は佐助とうなずき合う。

「私は佐助がいいって言うなら、いいと思う。逃げてきたらまた匿ってあげるし。でも」

加乃が視線を佐助に向けると、佐助はもちろん同じ気持ちだった。

『千代さんのことがある』

「……え？」

きょとんとする千代に、佐助が言った。

『提案しただけでぶん殴られるなら、本当に母ちゃんたちを呼び寄せた時、千代さんはどうなっちゃうんだ？』

伊予のしきたりを破った不埒《ふらち》な輩《やから》は、わけありじゃこ天の具にされてしまうらしい。ならば天敵である伏見稲荷を四国に招き入れたとしたら、どんな目に遭うだろうか。

「わ、私は、その……」

千代は正義感からか、なにかと加乃や佐助のために動いてくれた。狸連の意思に背《そむ》いていることも多かったはず。

そして加乃は、薄々感じていたことを口にするのは今だと思った。

「千代さんって、偉い狸なんでしょ？」

千代はぎくりと体をすくませたものの、力が抜けるのは早かった。

これだけ狸連を向こうに構えて色々やって、隠しとおせるというのがおかしな話だ。

「私は……別に偉くないよ」

観念したように言った。

「でも、両親は偉そうにしてる。あのくそったれの狸連の中でだけど」

加乃はちらりと佐助を見る。佐助は加乃より先に千代の正体に勘付いていたようだし、それは自分自身が似たような境遇だから、ということもあるのだろう。

龍姫を入れて三人と松山城に行った時、三越の前でその話を聞いた。

狸界のエリート中のエリートの血筋の結婚式。

千代が人を化かすことに長けているだけでなく、若くして狸連のお歴々を相手に立ち回れるような立場なら、そんな狸は限られているのだ。

「私の両親の結婚式の時、広島まで腹鼓《はらつづみ》の音が響いたんだってさ」

千代はその血を引き継ぐ者。

伊予のみならず、四国狸界の未来を担《にな》う超サラブレッド。

「だからじゃこ天になることはないと思うし、なんなら返り討ちにしてやるつもり」

千代のその言葉がどこまで強がりかはわからないが、決して自暴自棄《じぼうじき》な感じでもない。

「狸連に愛想が尽きたっていうのも本当のことだから、伏見稲荷に助けを求めるのは、私なりの打算の結果なの」

「打算？」

『……』

加乃は佐助と視線を交差させ、それから千代を見た。

「私も佐助君を見習って家出しようって」

『俺？』

「それから加乃さんもね」

「私？」

「遠い土地で心機一転暮らす二人を見て、そういうことが本当にできるんだなって、目が覚めた思い」

加乃と佐助がそれぞれ驚いていると、千代は初めて、自然な笑顔を見せていた。

「びっくりしちゃったもん。まさか伏見稲荷から家出してきた狐と、東京からなんのあてもなく四国にきた人が、なんだかんだ居場所を作っちゃってるなんて、そんなことできるんだって、本当にやってる人たちがいるんだって」

千代は冗談でもなさそうな羨望《せんぼう》のまなざしを、加乃と佐助に向けていた。

『いや、俺は……加乃とか、そのへんのおかげっていうか……』

そこはそう言ってくれるのかと、加乃は佐助の律義《りちぎ》さに感心する。

「それはそうだけど、一歩を踏み出さないとならなかったのは事実でしょ？　それで、私が踏み出した一歩ってなんて中途半端なんだろうって。せいぜい、修行場《しゅぎょうば》から逃げ出して、地元でしか通用しない雑誌に載ることだったんだもん」

「ん？」

加乃が聞き返すと、千代は開き直ったように、屈託なく笑った。

「私、アイドルになりたかったんだ」

加乃は千代を見た時、間違いなく芸能人だと思ったし、なぜこんな掃《は》き溜《だ》めに鶴《つる》が？　とも思った。けれど今なら、千代のその言葉の意味の深さみたいなものが推《お》し量《はか》れた。

千代は名家の生まれなのだ。跡取りとして家にいることが決まっていて、アイドルになりたいとは思っても、具体的な行動に出るなんていう選択肢はまったくなかったのだろう。

「狸連は大っ嫌いだけど、本気で逃げ出す勇気もなかった。だからせいぜい悪態《あくたい》をつくだけ。でも、ここには大きな一歩を踏み出した佐助君と、加乃さんがいて、その二人をあんなに若いのに見事にまとめてみせる龍姫ちゃんがいた」

加乃も佐助も行動力こそあるかもしれないが、考えなしの行き当たりばったりなところはそっくりで、間違いなく今の生活があるのは龍姫のおかげだった。

「だったら、私ももっと勇気を持つべきだって」

千代は、晴れ晴れとした顔をしていた。

「そう考えると、佐助君のお母様たちを四国に呼び寄せて、狸連がしっちゃかめっちゃかになってる時なんていうのは、家出する最大のチャンスでしょ？」

不敵に笑う千代の顔は、小悪魔という表現がぴったりだ。

「ついでに私の計画のために、佐助君のお母様に伝手《つて》を作りたかったんだよね」

『母ちゃんに？　なんで？』

小首を傾《かし》げる佐助に、千代は白状した。

「伏見稲荷のさ、あのずらりと並ぶ鳥居の、最初の一番目ってどこが奉納してるか知ってる？」

右に傾げた首を、さらに左に傾げていた佐助だが、加乃にはわかった。伏見稲荷好きには結構有名なトリビアだ。

「日本最大の広告代理店、だっけ」

千代は笑う。

「そう。芸能人が売れるところ、その会社ありっていうね」

加乃は呆《あき》れつつ、笑えてしまう。広告代理店も水物の商売で、験を担《かつ》ぐためには伏見稲荷の最も目立つところに、巨大な鳥居を奉納するくらいのことをする。もしかしたら、伏見稲荷のお稲荷様が本当に存在するということを知っているのかもしれない。

「正一位《しょういちい》伏見《ふしみ》稲荷《いなり》大明神《だいみょうじん》が一声かけてくれたら、その広告代理店が、私のアイドル活動を後押ししてくれるかなって。もちろん、伏見のお稲荷さんたちが商売繁盛を願ってくれたら、最高だしね」

その抜け目なさに、右の口角が上がってしまう。

そんなふうに苦笑したけれど、加乃はますます千代を好きになった。

「でさ、その下心があったから……まあ、その、佐助君と、加乃さんには申し訳なくて」

それであの土下座につながるのか、と加乃は腑に落ちた。

そして全部が曝《さら》け出されてみれば、ここにいる三人は、誰もが似たり寄ったりだった。

「私たちみんな、下心があったわけだね」

加乃は言って、笑う。

「じゃあ――」

正一位伏見稲荷大明神を呼び寄せることに、なんの問題もない。

加乃がそう言いかけた直後だ。

突然縁側のガラス戸が勢いよく開き、加乃も佐助も飛び上がった。

「龍姫ちゃん？」

唯一落ち着いていた千代の言葉と、その視線の先には、巫女《みこ》服を着て目を見開き、切羽《せっぱ》詰《つ》まった様子の龍姫がいた。

狸連のことで業を煮やし、加乃のところに直接話をしにきたのだろうか。

そう思った直後のことだ。

「私は……私は、伏見稲荷を四国に招き入れることに反対です！」

「……」

千代はぽかんとし、加乃もまたそうだ。その内容というより、龍姫がこんなふうに誰かに強く反対するのがそれくらい意外だったから。

龍姫はちょっと咳き込み、大きく息を吸うその時間で、頭の中を整理したらしい。顔を上げる頃には、もういつもの龍姫を取り戻していた。

「た、狸連がどうしようもないのは私もそう思います。嫌なこともいっぱい言われました。でも、それでも、四国はやっぱり狸の国でいて欲しいって、私は思うんです」

千代が伏見稲荷に頼るほかないと考えたのは、狸連に振り回される龍姫たちのためだった。

けれど立ち止まって考えてみれば、龍姫のような意見も十分にあり得るのだった。

龍姫は狸ではなく龍の神様だが、松山城本丸広場の売店にいた店員の狸たちと知り合いだったようだし、他にもたくさんの狸たちと親交があるはずだ。その彼らすべてが狸連のややこしい連中なわけではない。

加乃もまた伏見稲荷を巡る話のことを、佐助がどうなるのか、狸連がどう考えるのか、という視点でしか見ていなかった。けれど当たり前なのだが、四国にはそれ以外にもずっとその土地で暮らしてきた者たちがたくさんいる。伏見稲荷に頼ってしまえば、間違いなくその安寧《あんねい》は乱される。

伏見稲荷たちがやってくることで、古狸たちの悪弊《あくへい》は一掃できるかもしれないが、なにもかもが若い狸や狸以外の神様に有利に働くなんてこともないだろう。伏見稲荷に狸の側から頼ってしまえば、その後は陰に陽に京都の狐が四国へと影響力を見せるようになり、四国の町中にお稲荷様のお社《やしろ》が増えていくのではないか。それは今までと似ているようで似ていない、別の四国になっていくことを意味するかもしれない。

それこそ、ちょっと間が抜けているものの、広島まで腹鼓の音が届くくらいの賑《にぎ》やかな結婚式を挙げてしまうような、お気楽な狸の治める国としての雰囲気は、大きく変わってしまうかもしれない。

龍姫は、慣れ親しんだままの伊予でずっといて欲しいのだし、それは軽んじてよい意見ではなかった。

「龍姫、ちゃん……」

その名を呟いたのは千代で、尻尾が生えていたらしなびた沢庵《たくあん》くらいになっていたのでは、というくらいに落ち込んでいた。

「ごめん……私も、古狸たちと一緒だった……」

龍姫たちを助けるのだと息巻いて両親と対立までしたのに、当の龍姫たちの意見は聞いていなかった。それでは両親の古狸たちと同じなのだ。

けれど加乃が気がついたのは、そんな千代に慌てている龍姫の姿だった。

「あ、あの、その、けど……」

「……？」

千代が苦しそうに顔を上げると、龍姫は華奢《きゃしゃ》な両手の指を絡《から》ませながらもじもじし、あらぬ方向を向いて目線を下げていた。

そしてちらりと龍姫が見たのは佐助であり、加乃はようやく合点がいった。今龍姫がまくしたてたのは、嘘ではないにしてもそれっぽい建前なのだ。

龍姫は多分、自分たちの話を結構前から聞いていたのだろう。狸連の招集に慌てふためき、でも連絡が取れないから、業を煮やして加乃の家にやってきたところ、なにやら家の中で不穏《ふおん》な感じになっていて入りにくかった。そこで聞くでもなく耳に入った加乃たちの会話に対し、龍姫がどう思ったかは簡単に想像できる。

なぜなら、このまま伏見稲荷を呼びましょうということになって、佐助が実家に戻って、千代が思惑《おもわく》どおりに伏見稲荷の後押しを受けてアイドルになったとする。その時、龍姫はどこでなにをしているだろうか？　この海沿いの家で、どこか腑抜けた加乃と一緒に、お茶でもすすっているだろう。

その合間に、狸みたいな毛皮をした狐の少年は、凄《すさ》まじい美貌《びぼう》の狸と京都で仲良くしているかもしれないのに！

「龍姫ちゃん」

声をかけたのは、加乃だ。

龍姫はほとんど涙目になって、伏見稲荷に助けを求めたくない本当の理由を言うべきか否《いな》か、迷いに迷っていた。龍姫がここではっきり佐助への想いを口にしてしまうようなら応援したかったが、勇気を振《ふ》り絞《しぼ》りきれないようでいた。

それは龍姫の意気地が足りてないというより、告白にはあまりにもタイミングが悪いからだ。

そして加乃としても、龍姫が焦《あせ》る必要はないと思う。千代が佐助を相手にする未来というのは、どうにも思い描けないのだから。

「とりあえず、中に入りなよ。蚊も入ってきちゃうし、暑いでしょ」

そう言ってから加乃が千代を見やると、もちろんだいぶ前から龍姫の恋心に気がついていた千代は、やや遅れて龍姫の言葉の本当の意味に思い当たっているようだった。

少し困ったような微苦笑は、心配しなくてもいいのに、というものだろうが、それを千代の側から龍姫に伝えるのはかえって残酷なことにもなりかねない。

加乃としては生唾《なまつば》が出るくらい甘酸っぱい恋模様なのだが、その中心に位置する佐助だけがぽかんとしている。

その間抜けさで心を落ち着けて、口を開く。

「私としては」

全員の視線が集まってから、言葉を続けた。

「全員にとってなにか丸く収まりそうな案があるのなら、それに越したことはないと思う」

いかにも日和見《ひよりみ》的だとは加乃自身、自覚があったが、けっしていい加減な言葉でもない。もだもだしている古狸の集まりめがけ、伏見稲荷という巨大なボウリングの球を投げ込むのはすかっとすることかもしれないが、問題が起きないはずがないのだから。千代だって実家と絶縁するような家出をする必要がないのなら、それに越したことはないはずだ。佐助も佐助で何度でも実家から逃げればいいと言ってはいるが、本当にそれが実行できるのか定かではない。

なによりも加乃自身だって、皆がこの家にいてくれないと、龍姫が茶飲み話にたまに付き合ってくれる程度では寂しくて仕方がなくなるのが目に見えている。

そしてその気持ちはきっと、自分だけではないはずだと加乃は信じている。

ならばなにか丸く収める道があるのではないかと、少なくとも挑戦するべきだった。

クラウドファンディングという選択肢を見つけた時のように。

「ほら、龍姫ちゃん」

加乃が優しく笑って言うと、固まっていた龍姫ははっと我に返ったように加乃たちの様子を窺《うかが》ってから、戸惑いがちにうなずいて、玄関のほうに小走りに回っていった。

「千代さん、ちなみに考える時間ってどのくらいありそう？」

一人だけ話の流れが見えていない佐助を、呆れつつもどこか慈《いつく》しむように見ていた千代は、加乃の言葉に顔を上げ、リモコンに手を伸ばしてテレビをつける。

ニュースは野球かなにかの結果をやっていたが、ワイプでずっと高知県かどこかの海岸の様子が流れていた。海が闇夜《やみよ》の中で、白波を立てている。

「テロップだと、夜明け頃には暴風圏にかかるかもって言ってるね」

伏見稲荷たちも移動には時間が必要だろうし、彼らなりに本当に四国に手を突っ込むべきかどうか相談する時間は要《い》るだろう。ならば日付が変わる前には結論を出す必要があるし、ぐずぐずしていたら計画を実行する前に、千代の両親たちが余計な行動を阻止するべくここに押しかけてくるかもしれない。

時間はない。が、時間のなさなら、クラウドファンディングの準備も似たようなもの。

加乃は立ち上がり、散々使ったボールペンと便箋《びんせん》をひっつかみ、ちゃぶ台の上に置いたのだった。


襲来する台風を前に、お城を支える人員が足りないならどうしたって借りるしかない。

さすがの狸連でも人員の手当てはすでに試みているようで、血筋を頼ってあっちこっちに連絡は入れていたらしい。

しかし地理的に直接助けにこられる狸たちは、大抵が瀬戸内海沿岸に住んでいる。もしも台風が瀬戸内海に侵入するコースを取るのであれば、水害と崖崩れに備えて、どこの狸も地元を離れるわけにはいかないだろう。

「テレビ越しにでも信仰みたいなのは伝わって、神通力の足しになるって言ってなかった？」

クラウドファンディングが市長から宣言され、多くの人たちの関心が松山城に向けられた時、石垣を支える狸たちの支えになったと千代が言っていた。

今回の台風の影響が少ない地域の狸なら、現地に駆け付けてもらうのは難しくとも、電子機器を介して力を貸してもらえるのではと思ったのだ。

「すでに地元のお寺や公民館にスマホやノートパソコンを持ち寄った狸たちが、ウェブカメラをつないで神通力を送ってるみたい」

Ｗｉ－Ｆｉ完備の伏見稲荷のお山もそうだが、狸社会も普通に電子化が行き渡っているようだし、加乃がすぐに思いつくようなことはもちろんすでにやられている。

ただ、そうなると伏見稲荷からも生身ではなくて画面越しに力を貸してもらうことができるわけで、いくらか時間の余裕はできるだろう。

「最高なのは、全国テレビとかに取り上げてもらうことだけど……」

千代は忌々《いまいま》しく呟き、ため息とともに続ける。

「それは、お城が今にも崩れそうな、ほとんど手遅れの時だろうね」

そうなる前に人々の関心を集め、神通力の足しにしたいが、危機が起こる前に人々の関心を集めるのは難しい。

『というかさ、城にあんまりカメラが入ったら、狸たちもやりにくいんじゃないか？』

佐助の指摘に、加乃は唸《うな》る。その問題もあった。

『こういう時のために秘密基地があって、地下で護摩焚《ごまだ》きでもしてるなら格好いいけど』

地下の謎の密教寺院でお城の危機を救うべく、化け狸たちが護摩の火の周りで熱心に祈る。

加乃はそんなところを想像するのだが、どうにもその護摩を焚く火で酒の肴《さかな》をあぶっている酔いどれの狸たちしか想像できない。

「残念ながら、皆、塹壕《ざんごう》みたいなところにテントを張って頑張ってる」

そこに狸たちがわらわら出入りしているのを放映されたら、絵面《えづら》としては面白くても、この先に問題を残しそうだ。

「では、やはり私たちが可能な限り、お城に向かうくらいしかないのでしょうか……？」

強い感情を見せたことが尾を引いているのか、やや遠巻きに加乃や千代たちとの会議に参加する龍姫の手元では、スマホがずっと震え続けている。メッセージアプリで伊予中の神様たちから連絡がきているのだ。山や川からある程度距離がありそうな土地の神様たちは、地元の狸と一緒に松山城を目指しているらしい。

しかしそれでさえ、台風がきて電車が止まるなり、道が通行止めになるなりすれば難しくなる。

「焼け石に水かもだけど、こっちは更新しておいた」

加乃は、全国の狸たちがすでにネットを通じて伊予の仲間に神通力を送っていると聞いて、クラウドファンディングの寄付ページを開いていた。

金曜日の夜だからか、それとも台風のせいで松山城の石垣のことを自然に思い出したのか、そう多くはないが寄付金がコンスタントに積み上げられている。ここにアクセスする人たちは間違いなくお城のことに関心のある人だろうから、少しでも活かしたほうがいいと思ったのだ。

加乃は寄付の説明ページに、松山城の様子を二十四時間映し続けているウェブカメラのアドレスを記しておいた。

「こういうのもあるんだ。誰かがバズらせてくれないかな」

千代は加乃の肩越しに画面を覗きこみ、そんなことを言った。

「でもへたにバズると、この手のウェブカメラってすぐつながらなくなるよ」

加乃は何年か前の全国的な集中豪雨の時、今にも溢れそうなダムのウェブカメラに釘付けになっていた。ニュースが出回り、アクセスが集中すると、ほとんど静止画像を途切れ途切れに映すだけの代物になっていた。

『うちのチャンネルで生配信するとか？』

佐助が言ったのは、登録者数が十のゲーム実況チャンネルのことだろう。

やらないよりまし、とは言えるかもしれないし、万が一にでも人の耳目《じもく》を集めてアクセスが殺到しても、動画の配信を支えるのは世界最強のＩＴ企業だ。自治体がやってるウェブカメラのようなことにはなるまい。

問題は、多分、誰も見ないということだろう。

「千代さんが顔出ししてみるとか」

千代が風早《かざはや》の浜辺を歩けば、男女問わずにすごい注目を集めた。

ゲームの実況配信の時は、佐助のことを思って顔出しはしなかったが、今ならどうか。

「やってみてもいいけど……本物のアイドルがお天気専門チャンネルとかにいくらでもいるから、それを思うと……」

『狸と狐でやったほうが目立つかもな』

佐助の言葉に、千代は残念そうに微笑んだ。

「そうだねえ。ネットでバズる動画は、ほとんどが子供と動物の出る映像だしね」

『その理屈だったら、化け猫が欲しいなあ。お前の知り合いにいないの？』

縁側での告白未遂以来、気まずそうに佐助のほうを見られていなかった龍姫が、急に佐助に話しかけられて背筋を伸ばしていた。

「え、あ、ば、化け猫の、知り合い、ですか？」

『ネットで人気の動物って言ったら猫じゃん』

佐助を前にして顔を赤くしていた龍姫は、どうにかその無茶ぶりに答えようとしていたが、そんなに都合よく知り合いなどいないのだろう。慌ててスマホの連絡帳を開き、泣きそうになっているところ、佐助が不意にこんなことを言った。

『あ、龍って猫が混じってなかったっけ。それでいけない？』

「え？」

きょとんと聞き返した龍姫は、はっと目を見開いてたちまち口を尖《とが》らせた。

「虎です！　虎の掌《てのひら》です！」

『なんだよ、怒るなよ。まだトカゲの赤ちゃんなんだから、虎の掌じゃなくて、子猫の肉球だろー』

「っ！　っ！」

龍姫はさっきまでとは違う理由で顔を真っ赤にして、敷いていた座布団を手に取って狐の佐助を叩いていた。

佐助なりになんだか様子のおかしい龍姫を気遣って、ちょっと意地悪したのだろうとはわかるのだが、加乃には話の中身がいまいちわからなかった。虎の掌？

千代に物問いたげな視線を向けると、「龍は鹿の角、兎《うさぎ》の目、駱駝《らくだ》の頭と鷹《たか》の爪《つめ》に、大ハマグリの腹と蛇《へび》のうなじと虎の掌を持つ、なんて言われてるんだよ」と教えてくれた。

「はいはい、どうどう」

目に涙を溜めて佐助に座布団を投げつけていた龍姫を、千代が後ろから腕を回して抱き留めていた。追い立てられた佐助のほうは、部屋の隅でふてぶてしく後ろ足で首のあたりを掻いている。

佐助は優しいのだろうが、やっぱり小学生男児だった。

「あ、でも、龍姫ちゃんの力を借りるのはありか」

千代はふとそんなことを言って、腕の中の龍姫を見下ろした。

「龍姫ちゃんがカメラを持って、ドローンの代わりに空模様を映すっていうのはどう？」

「えっ」

龍姫は肩越しに千代を振り向いて、目を丸くしていた。

「龍神様なら雷雲の中を泳ぐのも難しくないんじゃない？」

龍神と呼ばれ、いかにもご機嫌を取られた感を察した龍姫は居心地悪そうにしていたが、千代の案そのものは否定しなかった。

「空からなら、お城を支える狸たちも木陰で映らないし、映像として派手なほうが人気が出るかなって」

その様子をちょっと想像して、確かに自分も見てみたいと加乃は思った。

「犬用のハーネスつけて、佐助がぶら下がってカメラ持ったらいいよ」

『はあ⁉』

加乃の軽口に佐助は尻尾を膨らませていたし、その様子を想像したのか、龍姫はちょっと笑っていた。

もちろん、龍姫が本当に空を飛んでその模様を生配信したとして、きっとそんな簡単に人の耳目を集められたりはしないだろう。

しかし打つ手がなさそうだという見たくない現実から、少しだけ視線をそらしていられるだけの効果はあったと思う。

伏見稲荷に連絡を取る前の、最後の悪あがき。

馬鹿げたことまでやって駄目だったら、それなりに諦めもつくとばかりに。

「じゃあ、ちょっと試してみようか。ねえ、千代さ――」

加乃の言葉がそこで途切れたのは、まさにそんな計画を思いついた千代が、心ここにあらずだったから。龍姫を腕の中に収めたまま、ぼんやりと畳を見つめていた。

龍姫もその様子に気がついて、身じろぎして振り向いていたし、佐助は少し離れたところから首を伸ばしていた。

千代はまばたきも忘れ、ぶつぶつとなにかを口の中で呟いている。

そうだ、もしかして、その方法が、とかなんとか言っているように加乃には聞こえた。

「千代、さん？」

千代の見た目はあまりに整っているので、そうしているとなにかを受信してしまったアンドロイドのようだ。

そんな千代に加乃が手を伸ばそうとすると、千代は不意に加乃のほうを振り向いた。

「加乃さん」

「は、はい」

「物置に、頑丈な檻《おり》があったよね？」

あまりに意外なことに、加乃は目を白黒させつつ、一瞬だけ佐助を見た。

　このすべての始まりは、その檻の中に佐助をしまっておいたのが発端《ほったん》だった。

「うん、ある、けど……？」

「じゃあ、いけるかも。龍姫ちゃんがいるんだし、そうだよ、できるじゃん」

「えっと、千代さん？」

　加乃が戸惑うのは、千代の突然の言動もあるのだが、なによりその雰囲気の変化だった。さっきまでは和気あいあい、揃って現実逃避をしていた感じなのに、一人だけ夢から覚めてしまったような顔をしていた。

　千代はなにか、現実的な問題の解決方法を見つけたようなのだ。

　誰も思いつかなそうな、さもなくば、思いついても実行するのにはなにか大きな困難があるような、なにか。

「ここでお城を陰ながら守ったら、狸連の古狸たちはまた調子に乗るんだろうけど」

　千代は肩を落とし、それから加乃たちを見回した。

「私もなんだかんだ、今の伊予の雰囲気は好きなんだ」

　龍姫が伏見稲荷を呼び寄せることを嫌がったのは、まさに狸の国としての伊予に愛着があったから。なにかと狸連に噛《か》みつく千代であってもそれは同じで、もしかしたら誰よりも故郷が好きだからこそ、古狸たちの無策が許せないのかもしれない。

「ただ、ひとつだけ、皆にお願いがあるの」

千代は笑顔だが、どこか不穏なものを感じさせる様子でそう言った。

「これから私がなにをしても……変わらずに、友達でいてくれるかな」

「え……？　それ、は」

千代の思惑がわからず戸惑う加乃は、龍姫と佐助を見やる。

「もちろんです」

即座の龍姫。

佐助が口ごもっているのは、友達、という言葉に忸怩《じくじ》たるものがあるのかもしれない。

そして加乃が戸惑っていたのは、千代という存在は自分のようなうっかり者ではなく、色んなことを冷静に考えられる人だと思っているせいだった。そんな人物がこんなことを言いだすのだから、どうしても、不穏なものを感じずにはいられなかったのだ。

「千代さん、それは」

「危険は、あんまりないと思う。そもそも龍姫ちゃんに協力してもらわないといけないから、龍姫ちゃんの安全が優先だし」

加乃が龍姫を見ると、龍姫は居住まいを正していた。若き神主に相応《ふさわ》しい姿勢で、千代に向けてうなずいた。

「私は風早を守るのが務めですが、そのためには伊予の安寧が欠かせません。お任せください」

どんなことをするのか聞いていないのに、龍姫はすでに腹をくくっているようだった。

それは千代への信頼の証であり、同時に、佐助がここにいられるようにできるのなら、なんだってしてみせるということなのだろう。

協力者として指名されなかった佐助は、どこか悲痛な顔で千代を見た。

『千代さん、俺だって！』

背筋を伸ばして座る龍姫は、佐助の声を聞いてもなお動じなかった。

そして佐助の思いを受け止めた千代は、こう言ったのだ。

「ありがとう、佐助君。それと、ごめんね」

『え』

直後、ガラスのコップをスプーンで叩いたような音がした。

加乃と、さすがの龍姫も目を見開いて、呆気に取られていた。

なにせ目の前では、佐助が時間を止められたかのように凍り付いていたのだから。

「本当にごめん。どうしても、佐助君には言う勇気がなくって……」

千代はなにか術をかけたのだ。

その千代が、加乃を見やる。

「加乃さんには、佐助君のこと、お願いしてもいいかな」

「う、うん……えっと、生きてるの、これ？」

完全に剥製《はくせい》のようになっている佐助を見やり、加乃は恐る恐る千代にたずねた。

「気を失ってるだけ」

千代は腰を上げ、佐助に近寄ると、開かれたままの目を手で閉じてやる。それから体を優しく撫《な》でると、固まっていた関節から力が抜けてくったりとした。

千代はそんな佐助を抱き上げて、言った。

「もっと最初から言ってたらよかったんだけど、どんどん言い出しにくくなっちゃって……」

口元に罪悪感を見せながら、千代は気まずそうに微笑んでいる。

そしてようやく、腕の中の佐助を加乃に手渡してくる。

「ここに佐助君だけ置き去りにするのはさすがにかわいそうだから、一緒に連れていって欲しいんだ。それがせめてもの罪滅ぼしというか……」

寝ているのとは違う、力の抜けきった佐助の感触は、あの風の強い夜にミトン越しに抱き上げたのと同じものだった。

違うのは、龍姫にお世話をされて毛皮が随分《ずいぶん》ふかふかになったのと、ちゃんとご飯を食べるようになったので、不安になるような骨の感触がなくなったこと。

いくらかふっくらしたのでより狸に近づいたというのは、絶対に口にしてはいけない感想だ。

「千代さん、それで」

加乃は佐助が夢の中でも話を聞かないようにと、その三角の耳ごと腕の中に抱きしめて、たずねた。

「なにするつもり？」

狸界の中でもエリート中のエリートの血筋を受け継ぐ美しき狸は、一言、こう言った。

「石鎚山《いしづちさん》」

加乃はその山の名に、聞き覚えがある。

四国最高峰にして、愛媛県最高のパワースポット。

それから亡くなった祖父母が、確かこんな季節に何度も口にしていたことがある。

「石鎚山……のおかげで、伊予には台風がこない？」

けれどその山と千代がどうつながるのか。

加乃のつぶやきに、千代は微笑んだのだった。

レンタカーを借りる頃には、普段の海風とは違う雰囲気の風が、伊予北条の空をかき混ぜていた。顔に水滴が当たる気がするのは、雨が降り始めているからなのか、それとも巻き上げられた波しぶきが海から飛んでくるからなのか。

とにかく不穏という意味ではとっくに嵐の前の静けさを通り越している台風前夜、加乃はレンタカーの運転席に乗り込んでいた。

「千代さん、十七歳だったんだね」

加乃もまあまあペーパードライバーで、嵐の夜の山道を行くのは自信がなかったが、免許を持っているのは加乃だけだとわかり、運転席に座ることとなった。

「砂浜ガールズは十八歳以上だっけ。加乃さん、黙っててね」

助手席で悪戯《いたずら》っぽくウィンクして見せる千代に、「狸で十七歳ってもう相当な高齢者でしょ」と軽口を向けたら、肩を叩かれた。

気絶したままの佐助は、本丸広場で借りたリュックに入れられて、後部座席で龍姫に抱えられている。千代は助手席に座り、地図を広げていた。

「カーナビがあるから大丈夫だよ」

加乃はそう言って、石鎚山山頂付近にあるという、石鎚神社をナビに入れる。

松山市街地に向けて南下して、進路を東に変えて東温市《とうおんし》を抜けるルートだが、三時間近くかかる。しかも後半はまごうことなき山道で、ペーパードライバーとしては不安が募る。

ただ、とりあえず途中の面河《おもご》ダムを目指して欲しいと、千代からは言われていた。そこならだいぶ距離が短くなるが、それでも後半にはなんとか峠というのが控えていて、加乃の顔が若干こわばる。

「そうなんだけど、手持無沙汰でさ」

不安そうに笑う千代を見ると、千代も決して超然とした狸ではないのだとわかる。

「それに」

「それに？」

ナビを入れ終わり、画面が道筋を示す頃、千代は背中を丸めていた。

「落ち着かないの。ねえ、本当の本当に、私の計画に引いてない？」

助手席から向けられる、見たことのない不安そうな千代の顔。

千代はそれこそ一世一代の決意で、思いついた計画を話してくれた。

その内容を聞いた加乃は、千代がその案を口にするのは確かに、恐ろしく勇気のいることだったろうと理解できた。どれだけそう思ったのかを、胸の中から直接取り出して見せることができないのを、もどかしく思うほどに。

でも、神通力のない加乃は、せめて言葉でそれを伝えるしかない。

「引かないよ、本当に……って私の語彙力《ごいりょく》がなさすぎて辛いんだけど」

加乃は慎重に車を発進させながら、丁字路の左右を見るついでに、千代を見た。

「私は千代さんのこと、もっと大好きになったよ。石鎚山を倍の大きさにして台風を跳《は》ね返《かえ》すなんて、狸っぽい大風呂敷《おおぶろしき》すぎて、今から楽しみだもん」

泣きそうな顔に歪《ゆが》む千代に、後部座席からは龍姫も「私もです！」と力強く言ってきたし、楽しみだという加乃の言葉は本心からのものだった。千代が編み出した計画は、およそ人間社会で暮らしてきた加乃には、思いつきもしないものだったのだから。

その標高の高さゆえ、防風壁となって台風が瀬戸内海に入るのを防いできたという石鎚山。

千代は加乃たちの現実逃避に似た計画の中から、手掛かりを集め、嘘《うそ》から実《まこと》を引っ張り出そうとしたのだ。

狐が狐火を使うように、狸にもいくつか有名な能力がある。それは例えば頭に葉っぱを載せて人や機関車に化けてみせることであったり、松山市内でぽんぽこ叩いたら広島まで届くような腹鼓であったり、それから、もうひとつ。

そのひとつと空を飛ぶ龍神の力を借りれば、山の高さだって倍にできるはず。

車は狭い住宅街から、市内に向かうバイパスへと向けて走る。

そこに龍姫が、言葉を添えた。

「わ、私も実は、一度でいいから空を思い切り飛んでみたくて……」

龍姫は狸連の下請けとして、風早の地の安寧を守っていた。けれどその龍の角はまだ可愛らしく、コンプレックスのせいで麦わら帽子に立派な鹿の角を差している。そんな龍姫は、龍としての本気を出したことが今まで一度もないのだという。それは新米の土地神として、目立つようなことは避けなければならないという自制が大きな理由なのだろう。

「龍姫ちゃん、本当に？　本当に嫌じゃない？」

ただ、四国でもトップクラスの化け狸であるはずのところの千代は、いつもの余裕しゃくしゃくな感じはどこへやら。ちょっと面倒くさい感じになっていた。

とはいえその気持ちもまたわかるのは、まさに計画そのもののせいだ。

台風前夜ということで、車も少なく運転のしやすいバイパスを軽快に松山市街に向かいながら、加乃が千代の語った計画を反芻すると、どうしても口元が苦笑いの形ににやついてしまう部分があったのだから。

「確かに計画そのものには、その、ちょっと……驚きはしましたけど……」

龍姫はほんのり顔を赤くしてから、手元のリュックに視線を落とす。

そこでは佐助が千代の術で、深い眠りについている。

案外悪いところのある龍姫は、佐助の頭をリュックの中に押し込んでその口を閉じると、体を伸ばして助手席の千代に耳打ちした。

「佐助君も同じなのかなって、実は、ずっと気になってて……」

「ぶはっ」

「わあ⁉　か、加乃さん、ハンドル、ハンドル！」

千代が悲鳴に似た声を上げ、加乃は尻《しり》を振ってしまった車の制御を取り戻す。

ちょうど信号が赤になったので止まったところで、加乃は後部座席で恐縮している龍姫を見やる。

「佐助の奴、狐の姿ならいいと思って全然隠さないもんね」

「……」

龍姫はしばらく窓の外を向いたままだったが、やがてこくりとうなずいていた。

車内に忍び笑いが満ち、あずかり知らぬはリュックの中の本人ばかり。

「一応、狸の専売特許だよ」

千代はそう言って、大きくため息をつく。

「狐の狐火みたいなののほうが、格好良いんだけどなあ」

暗闇に怪しく浮かぶ、青い炎《ほのお》と狐の金の毛並み。

確か『陰翳礼讃《いんえいらいさん》』に似たような話があった。

狐が暗闇の中の黄金ならば、狸は歌と踊りの中で光り輝く黄金だ。

千代の編み出した計画は、それらしいと言えば、いかにもそれらしかった。

「降ってきたね」

ワイパーを動かしながら、加乃は言った。街路樹は風にあおられて渦《うず》を描き、風に乗った水滴がぱちぱちとフロントガラスで音を立てる。

「高知の友達からですけど、もうずいぶん台風はこっちにきているそうです」

ちょっと逃げるようにスマホを見ていた龍姫がそんなことを言う。

「事故らないように、急ぎます」

加乃は答え、視界が悪くなりつつある夜の道を、車で走り抜けた。

ほぼペーパードライバーの上、ろくに街灯もない夜の山道を走るのは、文字どおり生きた心地がしなかった。雨は降ったりやんだりを繰《く》り返《かえ》し、風は刻一刻と強くなっていく。

事前のナビでは山頂まで三時間とあったが、結局途中の面河ダムまででそれくらいかかってしまった。時刻はすでに夜十時を越えている。

ここまで無事についただけましかもしれないが、伏見稲荷に救援を求めることを考えれば、計画を試せる時間はあまりに少ない。

「時間はそんなにいらないよ。石鎚山は霊山だから、効果てきめんのはず」

車から降りた千代は、体を伸ばしながらそんなことを言うが、それが強がりなのか自信なのかは加乃にもわからなかった。

「けど……ここからどうするの？　石鎚山の登山道入り口はまだ全然先だけど」

風にかき回される髪の毛を押さえながら、加乃は叫ぶように言った。水滴なんだか葉っぱなんだかわからないものがひっきりなしに顔を叩き、目を開けるのも一苦労だ。

「加乃さん、忘れたの？」

と、千代が言った。

「龍姫ちゃんがいるじゃない」

「え？」

無邪気な笑顔の千代に言われ、振り向いた時には、もうそこにこの世のものとは思えぬものがいた。

鹿の角、駱駝の頭、鷹の爪に虎の掌、それからなぜか大ハマグリの腹に、蛇のうなじ。けれど加乃は兎の目と言われているはずのそれを見て、そういう伝承はちょっといい加減なのだと理解した。

「龍姫ちゃんに運んでもらえば、全員ひとっ飛びだよ」

龍姫の黄色の宝玉のような目は、人ならざる威厳に満ちて縦《たて》に割れている。

最初は冷たさを感じたそれも、今の加乃にはずいぶん親しみがある。

ただ、加乃にはもっと気になることがあった。

「……あのさ、もちろん、『まんが日本昔ばなし』的な乗り方なんだよね？」

背中に乗って、雲の上を飛ぶ。

千代は微笑み、こう答える。

「肉球があるから大丈夫だって」

その返答で、どんなふうに運ばれるのか理解できた。

自分たちはここで待ってますと今更言うこともできず、佐助の入ったリュックを背負った加乃は、加乃の家から持ってきた大きなケージを持った千代と同じように、龍姫の巨大な爪で鷲掴《わしづか》みにされた。圧倒的な力は安心感があると言えばそうだし、確かに掌部分はふんわり柔らかかった。

けれどもそのままぐうっと空に連れていかれる際の、暴力的な慣性力までが消えるわけではない。もしもちびっていたのだとしたら、それは物理法則によるものだと主張したかった。無様《ぶざま》な悲鳴については、強烈な風がかき消してくれたと信じたい。

もっとも、涙の滲む視界のはるか遠く。もうなるようにしかならないと変な落ち着きを得る頃に見えた景色は、息を呑《の》むほど美しかった。雨で濡《ぬ》れた松山市街の明かりは宝石のようで、左隣りで憎たらしいほど余裕で空の旅を満喫《まんきつ》している千代を振り向けば、その向こうには西条市《さいじょうし》の明かりと、さらに遠くに中国地方の沿岸部の明かりまでもが見えている。

こんな夢みたいな光景が見られるなんて、と感激したのは上昇が一服した一瞬のことで、すぐに下降へと転じれば、たちまち胃の中身が全部出てしまいそうになった。

「……死ぬかと思った……」

膝が濡れるのも構わずにというか、とても立っていられず、加乃は濡れた石畳の上にへたり込んでいる。龍姫は加乃たちを下ろすと、ぐうっと鎌首をもたげるようにしてそのまま再び空へと飛んでいった。

石鎚山の頂上はふきっさらしになっていて、そこにお社が建っている。

当然こんな天気のこんな時間に人など誰もおらず、龍姫を見咎《みとが》める者もいない。

おかげで生まれて初めて思う存分空を泳いでいるらしい龍姫からは、ほとばしる嬉《うれ》しさみたいなものが瀕死《ひんし》の加乃にも伝わってきた。

「あれなら、台風の目の中に飛び込んだって平気かも」

千代はあっけらかんとそう言って、スマホを取り出すと画面を確認していた。

「日付が変わる頃まで頑張って、台風になんにも変化がなければ、伏見稲荷に電話かな」

千代はそれから、自分のスマホを加乃に手渡してきた。

「これは術で作り出した幻じゃないから、加乃さん持っててくれる？」

佐助は狐の時は毛皮姿で、人に化けると服を着た姿になる。けれど龍姫が仕立ててくれた甚兵衛《じんべえ》姿のこともあって、なにが幻術でなにが本物なのか加乃にはわからないところがある。

それは千代も同じようなもので、もしかしたら存在そのものが妖術なのかも、なんて思ってしまうが、唯一確かな実体らしいスマホの待ち受け画面は、いつ撮影したのか皆で食卓を囲んでいる写真だった。

「……私は、狸連とか伏見稲荷とかの関係って、千代さんたちみたいにきちんとわかってないと思うんだけど」

加乃はそう言って、柔軟体操をしている千代から、足元のリュックに視線を向けて、最後に墨汁《ぼくじゅう》のような空に向け、続けた。

「みんなでわいわい暮らせたら、最高だなって」

千代は加乃を見つめ、少し曖昧《あいまい》に笑ったのは、やっぱり千代としてはアイドルを目指して四国を出るのが夢だからかもしれない。けれど後ろ足で砂をかけて飛び出すのか、どうにかこうにか円満な形で出ていくのかでは、全然違うはず。伏見稲荷に連絡を取れば円満ということにはまずならないはずだし、そうなったらきっと、ちょくちょく伊予北条に遊びにきてくれるなんてことも難しくなるだろう。

「同じことを、伊予の皆も思ってるからね、がんばらないと」

話を逸《そ》らしたようにも思えたが、千代にはそういう責任もあるのだった。

松山城の足元では、今も若い狸たちが交代で張り込んで石垣を支えている。

伊予のあちこちでは、土地の神様や狸たちが水害や崖崩れに備えている。

自分たちがしているように、皆がそれぞれ、守りたいもののために不安な夜を迎えている。

中国四国地方で最も高いせいで、四方をはるか遠くまで見渡せる石鎚山の頂上から、あちこちの街の明かりを見回した加乃は、あるひとつの考えに至っていた。

「ねえ」

ひときわ風が強く吹いたのは、ひとしきりはしゃいで満足したのか、少し離れたところに巫女姿に戻った龍姫が着陸したからだ。龍と人の体の差異に慣れないような感じで、ちょっとよろめきながら小走りにこちらに駆け寄ってくる。

「この様子、配信しない？」

千代は目を見開き、嫌そうな顔になった。この計画に加乃たちが引かないかをずっと気にしていたから、千代が嫌がる気持ちはわかるし、加乃は自分がひどいことを言っているのかもしれないと思ったが、こうも思わずにはいられないのだ。

「絶対、面白いもの」

お祭り好きの陽気な狸。

皆が不安な夜に立ち向かうのに、きっとふさわしいものになる。

それに加乃は車中から薄々感じていたが、千代は加乃や龍姫たちの反応こそ心配していたものの、この計画自体には、明らかに前向きだった。

砂浜ガールズに載りたくて浜辺をうろついていた時も、加乃が撮影の人間だとわかるとノリノリで色んなポーズを取って見せるような性格だ。アイドルになりたいなんて言うのも、元々目立ちたがりの部分があるからに違いない。

そしてこんな度肝を抜く狸の計画こそ、人々の耳目を集めるはずなのだった。

「千代さんも、ちょっとは思ってるんでしょ？」

一世一代の化け術を、満天下に知らしめたい。

尋ねると千代は子供っぽく顔を逸らし、渋々《しぶしぶ》うなずいていた。

「配信ってことは……私たちの実況用のチャンネルにアップするの？」

「まあ、今からだとそうなるかな」

千代はちょっと考え、首をすくめる。

「仮に注目が集まったとしても、最悪なアイドルデビューになりそうだなあ」

「鳴かず飛ばずよりいいと思うよ」

「加乃さんって割りとひどいよね！」

千代は言ってから、諦めたように笑った。

「でも、そうだよ、誰かそう言ってくれないかなって心のどこかで待ってたよ。だって、せっかくの大仕掛けなのに誰にも見られないのはもったいないもの！」

そこにあるのは、風早のビーチで初めて出会った時に見せた、無邪気な千代の笑顔だった。

『さあて』

加乃がまばたきするその一瞬で、美女が狸に変わっていた。佐助のことを狸だ狸だと思っていたが、本物を目《ま》の当《あ》たりにしたら、やっぱりだいぶ見た目は違う。

狸になっても可愛い千代のつぶらな目が、加乃のことをまっすぐに見据《みす》えていた。初舞台の、たった一人の観客を見るように。

『伊予の八百八狸』

強風にも負けない、凜《りん》とした口調だった。

『その神髄《しんずい》、とくとご覧あれ！』

千代がその場でとんぼ返りをしたと思いきや、少し離れた石垣の上に現れる。再びくるりと回ってみせると、今度は社殿の上に現れた。

暗闇の中でもすぐに輪郭がわかるのは、燐光《りんこう》みたいにほのかに光っているからだ。

加乃は次の展開を固唾《かたず》を飲んで待っていたのだが、千代は動かない。

なんだろうと思っていたら、ポーズを決めたままじっとしていた千代が、顔だけ動かして加乃を見やる。

『加乃さん、撮影、撮影』

「あっ」

わたわたとスマホを取り出し、撮影を開始する。社殿の屋根の上に二本足で立つ狸が画面に映ると、当たり前だが画像は現実と同じリアリティなのに、雑なコラージュみたいなおかしみがあった。

これなら誰も本物だとは思うまい。

本物の神様たちを除いては。

そして加乃が撮影を始めたとわかった千代は、えほんという咳《せき》ばらいとともに宙返りをして言った。

『さあ御立合い！　取り出《い》だしましたるは金棗《きんなつめ》！　だがただの金棗と思うなかれ！　摩《ま》訶《か》不《ふ》思《し》議《ぎ》なるこの金棗は、叩けば一畳、一畳が二畳、二畳が四畳、四畳が八畳！　さあさあ御立合い！』

千代が口上を述べ、宙返りをしてはまた述べて、一回転するたびに黄金の輝きが強まっていく。そうするたびに、それまで目立たなかったそれが、明らかなる存在感を主張し始め、なんなら最も強い光を放ち始めていた。

佐助と同じ、その短い脚の間に収まるたわわに実ったそれの大きさは、あっという間に冗談みたいに大きくなっていく。

ぶるんぶるんととんぼ返りに合わせて揺れるそれは、やがて本体よりも大きくなり、ついには本体を振り回す側になり、もはや小山となったそれの上に腰掛けた千代は、いつの間に手にしていたのか、大きな檻をよっこらせと持ち上げて頭からかぶっていた。

そして自分の体をすっぽり入れると、尻の下にある小山のことは気にもせず、そういう手品みたいに蓋《ふた》を閉じてしまう。

『伊予の狸は天下一！　迫る台風なんのその！』

　最後の叫びの直後、強烈な風が襲ったかと思えば、油揚げを奪うトンビのように、突如現れた龍の巨大な爪がケージを摑み、ものすごい勢いで飛んでいった。

　檻の中の千代に引っ張られ、置き去りにされた巨大な金棗が引き延ばされ、恐ろしいほどの巨大さになっていく。

『百畳、千畳、一万畳！　伊予の狸は天下一！』

　声だけやたら近くで聞こえるのは、幻聴なのかなんなのか。

　もはや加乃のいた社殿の後ろは、たわわな実りの下敷きになってなにも見ることができないし、爆発的に巨大化したそれはとどまる所を知らなかった。あっという間に狭い山頂を覆《おお》いつくし、峰にあふれ出て谷を埋め、それでもさらにどんどんでかくなっていく。石鎚山を頂点にした山脈一帯に、金色に光る柔らかそうな袋がのしかかっていく。

『うわははは、うわははははは！　御覧《ごろう》じろ！　御覧じろ！　流々《りゅうりゅう》仕上げを御覧じろ！』

　高笑いがこだまして、もはや見渡す限りの山々が金色に光るもので埋め尽くされ、しかもそこには草が生え、木々が生い茂り、鳥が飛んで滝ができていた。

　今や四国の山の上にはまったく新しい山脈が生まれ、その山々が高笑いをしている。

　加乃は訳の分からない感動に包まれ、けれどどこか奇妙な感覚のずれに吐《は》き気《け》に似たものを感じていたら、足元でなにかが動いた。

見やれば、リュックから顔を出した佐助だった。

『あんまり見つめてると、帰ってこれなくなるぞ』

呆れたような佐助の言葉。

実際、佐助に視線を向けていると、高揚感が落ち着く代わりに、不快感も減っていく。

加乃を現実に引き留めてくれた化け狐は、リュックから顔を出したまま、耳を伏せていた。

『……千代さん、雄だったんならもっと早くに言ってくれよ～……』

それだけ完璧な化け術だった、ということだろうし、千代は加乃たちの前で決して狸の姿に戻らなかったのも、ばれるのが嫌だったのだろう。

『うわははは、うっはははは！』

山々にこだまする高笑いは、もはや千代のものとは関係のない、天からの轟《とどろき》のようになっている。加乃は少し冷静になった頭で、その絢爛豪華《けんらんごうか》な金棗の狂宴から、足元でげんなりしている狸みたいな狐の少年に顔を向ける。

「失恋を癒《いや》すには、新しい恋が効くんだってさ」

『……』

佐助は加乃のことを、嫌そうに見上げている。

「龍姫ちゃんみたいないい子は、そうそういないと思うけどな」

鉄のケージごと千代を摑んで空を飛ぶ龍の神様。

佐助は遠くのほうにいるのだろう彼女たちを見るために目を細め、うめくように言った。

『でも付き合ったらさ、あいつ怒らせると、あの爪で鷲摑みにされるってことだろ？』

加乃は空を運ばれた時のことを思い出し、返事をする。

「肉球は柔らかかったよ」

龍は虎の掌だが、歳若いトカゲの赤ちゃんだから猫の掌だと言って、佐助は龍姫を怒らせた。

『肉球くらい、俺にだってあらい』

どんな対抗心なのかと、加乃は笑ってしまう。

「というか、これ、どうなんだろう。台風の進路がそれてる感じってある？」

もはや巨大な金棗の山はてっぺんも見えず、中国山地側が完全に見えなくなっている。

南側を振り向けば、そこは夢から覚めた直後のような、荒涼とさえ感じさせる嵐の夜が広がっている。

背後では黄金の山脈が輝いているのに、反対側を振り向くとそんな輝きがあるようには感じない。せいぜい雲に反射する街灯《まちあか》りのせいで、重く垂れこめた雲の輪郭や濃淡がなんとなく見える程度だ。きっと街からこの山を見上げても、いつもの山があるようにしか見えないのだろう。

そしてその街のずっと向こう。はるか遠くの高知の沖合に、とぐろを巻いたような黒雲が見える気がした。

『どうかなあ。向こうも伊予が地震で弱ってるってのがわかってるだろうし』

まるで台風を生き物みたいに言う佐助だが、そういえば外国では台風に人の名前を付けるところもある。

『ちょっとびびってはいるけどって感じかな』

まだ足りないわけだ。このまま瀬戸内海の内側に入り込み、滅多に台風のこない土地を思う存分荒らそうという魂胆《こんたん》だろう。

「君の神通力は？」

『寝起きにマラソンしたら死んじゃうだろ。コンビニくらいは行けるけど』

つい今しがたまで、千代に術をかけられてほとんど仮死状態だった。

『それより、配信のほうはどうなんだ？　生配信じゃないよな？』

「あ」

撮影のことをすっかり忘れていた。そんなに長くしたところで意味もない。それと、もしもこれが千代の見せる幻覚ならば、カメラにはなにも映ってはいないかもしれないと怖かったが、撮影を止めて見返すと、きちんと最初の口上から映っていた。

佐助との余計な会話など、不要な部分を編集ツールで切り取れば、このままアップロードできそうだ。

伊予を台風から救う狸の奇跡、みたいなタイトルをつければいいかとか、あれこれ考えながらアプリで動画を切り貼りしていくのだが、これをそのままアップしても、すごい技術のCG作品だと思われるだけで終わりそうな気がしてきた。

というか、神通力を集めようとするのなら、これが台風を追い返して伊予を守り、ひいては大変な状況にある松山城の石垣を守ることの一環なんだとみんなに思ってもらう必要があるのでは。

動画としてアップロードするのだから、文章には頼れない。ナレーションを入れるかとも思ったが、聞くに堪えないものができあがるだけだろう。

なにより今の世の中は忙しく、長ったらしい説明だとかは聞いてもらえない。

この動画を見た瞬間、すぐに核心にたどり着く必要がある。

これを見た瞬間、石垣が台風で崩れるのを防ぐための大スペクタクルだとわからせなければならない。

そんな魔法みたいなこと……。

加乃が爪を噛んで考えていると、リュックから佐助がのそのそと出てきた。その視線は龍姫や千代ではなく、東のほうを向いていた。

後ろ足で砂をかけ、飛び出してきた伏見稲荷。

暴風に毛皮を吹かれながら、どんな思いで故郷の方角を見つめているのだろうか。

加乃は下唇を噛み、なにか、最後の一手を探していた。

そして佐助の背中の模様が目に入った時、すべてが頭の中で組みあがった。

「ねえ、最後の一押しがあるんだけど、手伝ってくれる？」

佐助は最初に耳だけ加乃のほうに向け、遅れて振り向いた。

『……なんか、すげえ嫌な予感がするんだけど』

さすが狐で、その辺の勘は鋭いのかもしれない。加乃はネットですぐに必要なことを検索し、準備を整え、佐助にスマホの画面を見せる。

千代の一世一代とも言える大化け術は、そのまま配信したところで多分誰にも気づかれないままに終わるだろう。あるいは気付かれたとしても、前衛的なCG作品だと思われるだけでは意味がない。どうにかして耳目を集めたうえで、松山城の石垣へと話をつなげる必要がある。

いよいよ台風が近づき、佐助が無意識にでも思わず伏見のほうを向いてしまったその瞬間、加乃が思いついたひと工夫。そのひと工夫を説明した時の、呆気にとられた佐助の顔を、加乃はその後に何度も思い出すことになる。

悪い笑みが出てきてしまうのは、そりゃそうだよなと思うからだ。

『狐は執念《しゅうねん》深いんだからな……お前の所業は、絶対に忘れないからな！』

牙を見せて唸る佐助は、それでも加乃の考えを実行してくれた。

今この場でできることとして、それ以上のことはないと佐助にもわかったから。

加乃が思いついたのは、佐助の背中の十字の模様と、伏見稲荷にずらりと並ぶ鳥居群の、その一番目立つところに鳥居を奉納するという広告代理店のこと。

そして加乃のそばには、これでもかというくらいに広告を載せるのに適したブツがあるのだし、今の世の中、非常に便利なＩＴ技術が存在する。

『なんでこんな目に遭うんだよ！　くそー！』

佐助の叫びは、多分、最後まで千代が見た目どおりの美女ではないことに気がつかなかったことに対するものが半分、それから加乃の提案したことに対するものが半分だったろう。

佐助は叫びながら走りだし、石鎚山の上にもうひとつ新しい山を築いている金棗に向かって飛び掛かったかと思えば、空中でくるりと体を丸め、ポンと変身した。

それは一見すると不思議な幾何学《きかがく》模様の板なのだが、ぺたりと千代の金棗に張り付けば、誰にでも一目でなにかわかるものだった。

「よし、つながった！」

加乃が佐助の化けた姿にスマホを向けると、画面が遷移《せんい》してとあるページが表示された。

それは松山城の石垣修復への寄付を募《つの》るページである。

なぜこんなことをできるのかと言えば、佐助にＱＲコードに化けてもらい、千代の金棗に張り付いてもらったからだ。

加乃は即座に編集した動画にこのシーンをくっつけて、松山城の窮地を救うべく狸が立ち上がった、みたいなタイトルと、ありったけのハッシュタグをつけてアップした。

佐助の絶叫がいつまでも嵐に吹かれて渦巻く中、動画はネットの海に帆を張って船出したのだった。

閉幕

クラウドファンディングが終わる、日曜日の夜十二時。

松山城の石垣を補修するための寄付金額を見て、加乃はうめき声ともとれる息を吐《は》いた。二週間の募集期間を経て、一億三千二百万円余りが集まっていた。

加乃は寄付金の募集が終わると同時に、市長から預かっていたお礼を述べる動画をページにアップして、返礼品の送付予定といった事務的な案内を更新する。

これでいったん、この計画は加乃の手を離れることになる。

けれど寂《さび》しさみたいなものはなくて、やりきった、という感慨があった。

更新中もずっと画面の隅っこで繰《く》り返《かえ》し再生していた例の動画をクリックし、動画の情報を確認する。

「再生数、七百万だって」

巨大な龍と一匹の狸《たぬき》が織りなす、山の上での大スペクタクル映像。

それは台風襲来を前にした叫びとして、クラウドファンディングの最後の二日を飾る告知映像と認知されたらしい。しかもそこには災害を前にした本物の危機的状況があるものの、狸の下品さが奇妙なユーモアとなって、不思議な印象を生み出していた。そのなんともいえない、もしかしたら人によっては不謹慎な感じが、ネットの人たちの琴線に触れてくれたのだ。

あるいは千代が言っていたように、ネットで配信をしている有名な人たちの中には狸や狐がいて、彼らが一目で動画の意味を見抜き、応援の意味で共有してくれたのかもしれない。

とにかく動画はバズりにバズり、動画の中のQRコードを読み込んだ人たちが寄付のページにアクセスし、千代曰く、滝のように神通力《じんつうりき》が流れ込んだらしい。

台風はギリギリのところで逸《そ》れてくれたが、深夜にかけてはそれでも雨脚が強くなって、石垣を支える現場は綱渡りの状態だったらしい。身勝手な狸連の招集ではあったが、松山城を守るために夜のうちに駆《か》け付《っ》けた神様たちのおかげもあって、無事に朝を迎えることができた。

台風が逸れてくれた翌土曜日の朝には、さらに地元の無事を確認した狸や神様が続々とやってきて、びしょぬれの雑巾《ぞうきん》みたいになってへたり込む狸たちに代わり、石垣を支えることとなった。

日曜日は事前にテレビなどで寄付のことを取り上げてもらう予定だったところ、バズった動画もあわさって、初日以上の関心を世間から集めることに成功した。

そうして集まった金額はたちまち一億円を超え、千代はその実績とともに肩をぐるぐる回す勢いで、狸連の古狸たちの尻《しり》を蹴《け》飛《と》ばしにいった。伏見稲荷《ふしみいなり》の力を借りる必要はもうないし、狸連も千代が率《ひき》いる若い狸たちの意見に耳を貸さないわけにはいかないだろう。

万事丸く収まった……と言いたいところだったのに、最後の事件は日曜日から月曜日に日付が変わる頃に起こった。

寄付の受付終了と共に市長からのお礼の動画をアップしたり、寄付の最後のお礼など細々したページの更新を終えて、龍姫が淹《い》れてくれたお茶をやれやれと飲んでいた時のこと。

一本の電話が加乃のスマホにかかってきたのだ。

なにげなく手を伸ばした加乃が凍り付いたのは、まず、表示された登録名を見て。

それから、そんな名前を登録した覚えなどないからだった。

しかもその表示名を見てしまえば、電話に出ないなどという選択肢はあり得ない。

恐る恐る通話を開始したのだが、どうして番号を知られているのかとか、なぜ知らぬ間に自分のスマホにその番号が登録されていることになっているのかとか、そんな疑問は軽く吹き飛ぶくらい、底知れぬ怖さを感じさせる女性の声が聞こえてきた。

夜分に恐れ入ります、伏見の狐どすが、と冗談みたいな京都弁で話し出した相手が誰なのか、加乃はもちろんすぐにわかった。そこにうちの悪戯《いたずら》狐がおりますやろ、と言われる頃には、漏れ出る声を聞きつけたのか、それとも電話からまがまがしい神通力が漏れ出ていたのを察知したのか、佐助が電話をもぎ取っていた。

そして、寝室に籠《こも》ってしまう。

山ほど動画が拡散され、テレビでも放映された。ＱＲコードに化けているのが佐助だと気がついた誰かが、伏見に連絡したのだろう。

その可能性は考えておいて然《しか》るべきだったのに、と加乃が悔やんでいると、龍姫がそっと手を重ねてきた。龍姫は加乃のことを慰《なぐさ》めるようにも、自身の不安を耐えるためにも、そうしてきたように見えた。

チックタックと古めかしい壁掛け時計の音がする中、待つほかない。

時折、声のようなものが聞こえるが、外の風との区別がつきにくい。

佐助が無理やり連れ戻されるようなら、直談判に赴《おもむ》いてやる。いや、佐助をいじめようとする同輩の毛皮をバリカンで丸刈りに……と思っていたところ、隣の間に続く襖《ふすま》がガタガタと揺れて、開かれた。

「どう、だった？」

加乃の問いに、佐助は返事をしない。どすどす足音を立てて歩き、ちゃぶ台のそばに荒々しく腰を下ろす。その顔は恐ろしく不機嫌で、ちょっと泣いてすらいるようだった。

龍姫は緊張に口を引き結んでいるし、加乃も喉《のど》の奥が冷たくなる。

「どうだった、の？」

加乃が重ねてそう尋ねると、目尻を赤くした佐助はぶっきらぼうに言った。

「クソババぁ……」

やっぱり駄目だったのか。

加乃と龍姫が、そう思った直後のこと。

「俺たちのこと、とっくに知ってたって」

時間が、一瞬だけ止まる。

「……え？」

「タクシーに乗っけた時、元気にやってるとわかって安心したって」

「は？」

「あれ、母ちゃんだったらしい」

加乃は呆気《あっけ》にとられ、そのまま龍姫を見る。龍姫は顔を青ざめさせ、息を呑《の》んでいた。

「くっそお……俺もぜんっぜん、気がつかなかった……」

本丸広場で地震に遭遇した後、加乃たちを拾って親切にも伊予北条まで届けてくれた狸のタクシー運転手。あまりに都合がよかったが、狸同士のネットワークとはそんなもんかと思っていた。

それがまさか、加乃たちのことを見にきていた伏見稲荷大明神《だいみょうじん》だったとは。

「なにそれ、怖すぎるんだけどっ！」

加乃は千代に化かされた時よりも怖くなり、思わず周囲を見回してしまう。

「多分そうなるから、安心しろって伝えてくれだとさ」

まさに今この様子を見ているような気にもなってくるが、電話口の向こうで愉快そうに笑う、悪い狐の笑顔が見えたような気がした。

「それと、伏見の銘酒だかを送るって言ってたから、それは断っておいた。日本酒は苦手って言ってたよな？」

「え？　ああ、うん……いや、えっと」

加乃の返事が曖昧《あいまい》になったのは、日本酒が苦手というのは好きすぎて飲みすぎるせいで、いつもひどい目にあうからなのだが、今はそんな自分の酒癖の話ではない。もっと確認すべきことがある。

けれどどうしても言葉が出ないのは、もしかしたら照れくさいのを不機嫌そうな顔で隠そうとしている、佐助の神通力だったのかもしれない。

「で、今は仕事もネット越しにできるから、好きなだけここにいればいいってさ。けどたまには伏見に帰って――って、うわ⁉」

がちゃんと湯呑《ゆのみ》が倒れ、ちゃぶ台の上をお茶がサーッと流れていく。

思わず飛びのく佐助の声で、ちゃぶ台に身を乗り出して湯呑をひっくり返していた龍姫が我に返る。そして慌てて布巾《ふきん》を手に取って拭《ふ》いているのだが、やっぱり上の空。

佐助は悪態《あくたい》をつきながらも、手元がおぼつかない龍姫を手伝って、結局二人で台所に濡《ぬ》れた布巾と空になった湯呑を片付けに行った。

龍姫はほっとして泣いているのか、佐助が困惑しながらも不器用に声をかけているのがちょっとだけ見えた。

加乃はそんな少年少女を見送って、一人になった居間でひとつ息を吐く。

「なんだよ、も〜……」

結局、狸やら狐やらに化かされ続けた一か月。

けれどここには、本当のことが残っている。

広すぎてちょっと寂しいことがあるものの、しばらくは楽しい日々が過ごせるはずの新しい居場所だ。

祖父母のお墓にも報告しに行かないとなと思う。

少し涼しくなってから、みんなでピクニックがてらどうだろうか。

加乃はそんなことを思い、色あせた畳《たたみ》の上に寝っ転がった。

すると庭先に鎮座《ちんざ》しているお社《やしろ》が目に入り、どんな飾りつけをしようかなと思って、笑ったのだった。

文庫書き下ろし
本文イラスト　しょうじ

この作品はフィクションです。実在の人物、団体、狸、狐とは一切関係ありません。

中公文庫

瀬《せ》戸《と》内海《ないかい》の見《み》える一軒《いっけん》家《や》
庭《にわ》と神様《かみさま》、しっぽ付《つ》き

2023年3月25日　初版発行

著　者　支《はせ》倉《くら》 凍《い》砂《すな》

発行者　安部 順一

発行所　中央公論新社
〒100-8152　東京都千代田区大手町1-7-1
電話　販売 03-5299-1730　編集 03-5299-1890
URL https://www.chuko.co.jp/

DTP　嵐下英治
印　刷　大日本印刷
製　本　大日本印刷

Published by CHUOKORON-SHINSHA, INC.
Printed in Japan　ISBN978-4-12-207345-6 C1193

も-25-17
新装版 ダウン・ツ・ヘヴン Down to Heaven
森 博嗣
女性でキルドレのエースパイロットという話題性から広報に使われ、鬱屈した日々を送るクサナギ。ショー化した戦争を生きる子供たちの物語〈解説〉室屋義秀
207264-0

も-25-18
新装版 フラッタ・リンツ・ライフ Flutter into Life
森 博嗣
戦闘機乗りのクリタは地上の澱んだ空気にうんざりしている。だが上司のクサナギの幼馴染みの研究者と出会ったことから——物語急展開！〈解説〉荻原規子
207286-2

も-25-19
新装版 クレィドゥ・ザ・スカイ Cradle the Sky
森 博嗣
空から墜ちた「僕」は「彼女」の車で逃亡する。空に戻ることを渇望しながら、その日は来ないと予感して……。翼を失ったキルドレの物語。〈解説〉押井 守
207311-1

も-25-15
新装版 スカイ・クロラ The Sky Crawlers
森 博嗣
大人になれない僕たちは、戦闘機に乗り戦うことしかできないのだ——永遠の子供「キルドレ」が請け負う戦争。生死の意味を問う傑作シリーズ。〈解説〉鶴田謙二
207212-1

も-25-14
イデアの影 The shadow of Ideas
森 博嗣
主人と家政婦との三人で薔薇のパーゴラのある家で暮らす「彼女」。彼女の庭を訪れては去っていく男たち。知性と幻想が交錯する衝撃作。〈解説〉喜多喜久
206665-6

も-25-10
ブラッド・スクーパ The Blood Scooper
森 博嗣
立ち寄った村で、庄屋の「秘宝」を護衛することになったゼン。人を斬りたくない侍が、それでも刀を使う理由とは。ヴォイド・シェイパシリーズ第二作。〈解説〉重松 清
205932-0

も-25-11
スカル・ブレーカ The Skull Breaker
森 博嗣
侍の真剣勝負に遭遇、誤解から城に連行されたゼンを待つ、思いがけぬ運命。若き侍は師、そして己の過去に迫る。ヴォイド・シェイパシリーズ第三作。〈解説〉末國善己
206094-4

も-25-12
フォグ・ハイダ The Fog Hider
森 博嗣
ゼンを襲った山賊。用心棒たる凄腕の剣士は、ある事情を抱えていた。「守るべきもの」は足枷か、それとも……。ヴォイド・シェイパシリーズ第四作。〈解説〉澤田瞳子
206237-5

各書目の下段の数字はISBNコードです。978－4－12が省略してあります。

も-25-13
マインド・クァンチャ The Mind Quencher
森　博嗣
突然の敵襲。絶対的な力の差を前に己の最期すら覚悟しながら、その美しさに触れる喜びに胸震わせ、ゼンは剣を抜く。ヴォイド・シェイパシリーズ第五作。〈解説〉杉江松恋
206376-1

も-25-6
森博嗣の道具箱 TOOL BOX The Spirits of Tools
森　博嗣
人がものを作るときの最も大きなハードルとは、それを作る決心をすることだ——小説執筆も物作りの一つと語る著者が、その発想の原点を綴る。〈解説〉平岡幸三
204974-1

き-40-1
化学探偵Mr.キュリー
喜多喜久
周期表の暗号、ホメオパシー、クロロホルム——大学で起こる謎を不遇の天才化学者が解き明かす!!　至極の化学ミステリが書き下ろしで登場！
205819-4

き-40-2
化学探偵Mr.キュリー2
喜多喜久
過酸化水素水、青酸カリウム、テルミット反応——今日もMr.キュリーこと沖野春彦准教授を頼る事件が盛りだくさん。大人気シリーズ第二弾が書き下ろしで登場！
205990-0

き-40-8
死香探偵　尊き死たちは気高く香る
喜多喜久
「キュリー」シリーズ著者・喜多喜久の新たな化学ミステリ登場！　分析オタクのイケメン准教授×死の香りをかぎ分ける青年が不審死事件を《嗅ぎ》解く！
206508-6

き-40-10
死香探偵　連なる死たちは狂おしく香る
喜多喜久
人気作家のサイン本に一冊だけ付いたチョコレートの死香の謎など、分析フェチの准教授×死の香りを嗅ぎ分ける美青年の〈匂い〉に特化した化学ミステリ！
206693-9

か-91-1
カンブリア　邪眼の章　警視庁「背理犯罪」捜査係
河合莞爾
この能力ってあることに限り絶大な効果がある。それは犯罪です。「理に背く力」を使う犯罪者に立ち向かう、二人の刑事の運命は？
206849-0

か-91-2
カンブリアⅡ　傀儡の章　警視庁「背理犯罪」捜査係
河合莞爾
都知事選の有力候補者が立て続けに事故死した。そこに「能力者」の存在を感じた尾島と閑谷は捜査を進めるが、思わぬ障害が……？　文庫書き下ろし。
207077-6